Jane Austen

诺桑觉寺
苏珊夫人

Northanger Abbey

Lady Susan

奥斯丁文集

〔英〕简·奥斯丁 著
王雪纯 萼别 译

人民文学出版社

Jane Austen
NORTHANGER ABBEY
LADY SUSAN
Illustrations by Hugh Thomson

图书在版编目（CIP）数据

诺桑觉寺/（英）简·奥斯丁著；王雪纯译．苏珊夫人/（英）简·奥斯丁著；萼别译．—北京：人民文学出版社，2022（2022.10重印）
（奥斯丁文集）
ISBN 978-7-02-016050-1

I.①诺… ②苏… Ⅱ.①简… ②王… ③萼… Ⅲ.①长篇小说—小说集—英国—近代 Ⅳ.①I561.44

中国版本图书馆CIP数据核字(2021)第208642号

责任编辑	王　婧
装帧设计	刘　静
责任校对	王筱盈
责任印制	王重艺

出版发行	人民文学出版社
社　　址	北京市朝内大街166号
邮政编码	100705

| 印　　刷 | 三河市鑫金马印装有限公司 |
| 经　　销 | 全国新华书店等 |

字　　数	226千字
开　　本	880毫米×1230毫米　1/32
印　　张	9.625　插页3
印　　数	3001—5000
版　　次	2022年1月北京第1版
印　　次	2022年10月第2次印刷

| 书　　号 | 978-7-02-016050-1 |
| 定　　价 | 39.00元 |

如有印装质量问题，请与本社图书销售中心调换。电话：010-65233595

奥斯丁:先锋与妥协(代前言)

有时候,我真的很惋惜奥斯丁那个时代没有电影电视,否则她一定是那个时代万人空巷的名导名编。尤其是当我看到《诺桑觉寺》的那个结尾:"教堂的钟声响了,人人都笑逐颜开。"——皆大欢喜的结尾,仿佛是一部为了票房向观众趣味妥协的爱情电影,即使背后站着的那个原著作者一生未嫁,孑然独守,她依然深知,世人从来只愿看到团圆。

似乎这种妥协犹嫌不够,她还不免要赘述几句,"尽管上将的冷酷造成了可怕的延误,但是他们似乎也并没有因此受到根本的伤害。两个人分别在二十六岁和十八岁开始他们的美满生活,这也是一件喜事;而且,我倒认为,上将的不公正干预,非但没有真正危害他们的幸福,反而促成了他们的幸福,因为这使他们增进了相互的了解,使他们的感情更加深厚。因此,这本书的倾向究竟是主张父母专制呢,还是鼓励子女违忤父母之命,我就把这个问题留给感兴趣的人士去解决吧。"

此种姿态,可策万全,对于渴望恋爱自由婚姻自主的男女,以及对于相信父母之命媒妁之言的十八世纪读者来说,统统有了交代。这种照顾到所有人观感的情商,也像一个谙熟大众传播心理的老手。

但写下《诺桑觉寺》时的奥斯丁,才刚刚二十四岁,她人生中最重要的那场情事,甚至也许是唯一的一场情事,也已经展开,并迅速地结束了。

本书收录的两篇小说，《诺桑觉寺》和《苏珊夫人》，严格来说，都属于简·奥斯丁的"少作"。

跟很多女作家一样，简·奥斯丁二十一岁时写就的小说《初次印象》（后修改为《傲慢与偏见》）更像是她的情感自传，她在二十岁遇见年轻慧黠的爱尔兰律师汤姆·勒弗罗伊，然而勒弗罗伊当时还是个穷小子，为了他的前途，他的家庭执意要他跟富贵家族联姻。而简·奥斯丁的父亲在英国汉普郡斯蒂文顿担任教区长多年，家中八个子女，虽然谈不上贫穷，但也绝对称不上富裕。

这也是奥斯丁笔下大多数女主人公的困境：不太穷，也不太富。男人们在她们的美貌和智慧带来的吸引力，以及家庭和经济状况带来的排斥力之间左右为难，天人交战；此外，还有不少七大姑八大姨自发地介入这种纠结，从两端发力，展开拔河。

在社会的困境之外，这些年轻的女孩子也在面对自己内心成长的困境。不太穷也不太富的另一重尴尬在于：不太穷，所以对金钱婚姻动力不足；而且不太穷的另一个直接副产品是，她们大多受过良好的教育，已经生长出了自由意志、见解和灵魂，她们不甘于仅仅沦为婚姻市场上代沽的货品，要趁新鲜卖个好价钱。换言之，所谓"不太穷，也不太富"，意味着她们所拥有的财富让她们生出了自尊，但却还不足以支撑任性，为爱而婚。——玛丽·都铎为了嫁给自己喜欢的查尔斯，不惜缴纳两万四千英镑的巨额罚款并上缴二十万的彩礼，穷牧师的女儿可没有这样的底气。"为爱不婚"已经是她们所能承受的最大任性，而赌气嫁给穷小子是行不通的，跟爱人私奔也是万万不可。在奥斯丁的笔下，私奔的女子通常都没什么好下场，这也隐隐折射出作者作为过渡时代里的人，所抱有的一种折中主义价值体系。

但奥斯丁依然是任性的，起码她做到了自己认知边界里任性的极致：为爱不婚。

据说勒弗罗伊的家人察觉了他对穷牧师之女的爱恋，为了及时阻拦这一自毁前程的罗曼司，他的家庭要求他马上返回爱尔兰。勒弗罗伊照办了,两人从此再未相见。勒弗罗伊如家人所愿,娶了一位大家闺秀,后来成为爱尔兰最高法院首席法官。在一个以金钱与阶级来制定最高规则的世俗社会中,不光女人不能任性,男人也不能。

奥斯丁终生未嫁。一八〇〇年,她的父亲退休,全家迁居巴斯,她在那里,拒绝了一位将要继承大笔财产的青年的求婚,因为她并不爱他。她把自己的情感倾诉到书写之中,她一生中最重要的两部作品《傲慢与偏见》《理智与情感》都是在二十岁遇见勒弗罗伊之后的第二年写出了雏形,也就是在这段时间内,她写出了《诺桑觉寺》,但是在她生前,这本小说始终没有出版。《苏珊夫人》则完成得更早,是女作家在一九七四年的作品。这一年,奥斯丁才十九岁,如果按一般的认知,勒弗罗伊算是奥斯丁的初恋的话,那么,写出《苏珊夫人》的奥斯丁,还只是情窦初开却没有真正经历过男女之爱的少女。

跟后来那些折中主义的作品相比,奥斯丁在少女时代写的《苏珊夫人》似乎反倒具备更多的先锋性。这是一部多视角的、以纯信件文体组成的小说,不同人称以第一视角阐释,进而铺陈出整个故事的全貌;这种写作手法,比后来柯林斯那部脍炙人口的《月亮宝石》早了近七十年。奥斯丁简直是写"八卦"的始祖,直到今天,我们当代小说和影视剧里,那些被标签化的女性角色——玛丽苏、绿茶、傻白甜——在奥斯丁的小说里都能觅到踪影,《苏珊夫人》就是《绯闻女孩》的高龄祖母。从这个意义上说,可能我们的现代社会,到现在都还没有彻底走出工业革命之前奠定下的伦理和价值格局。《苏珊夫人》里塑造了一位自私、风流、充满野心和欲望,但同时又生机勃勃、无比迷人的新寡妇苏珊·弗农,丈夫死了才不到四个月,尸骨未寒,她就急着要为自己寻找接盘的人,她要谋上位,同时周旋于几个富有的男人之间,以颠倒众生为乐,她不在意女儿的快乐幸福,女儿不过是她用来缔结富家姻缘的工具,一旦发现女儿指望不上,她便亲自出马。

奥斯丁在《苏珊夫人》中直面书写出女性的欲望,这种欲望并不为父权夫权乃至社会的道德体系所困,在苏珊·弗农夫人写给闺蜜爱丽莎·约翰逊的书信中,她毫不客气地把男人视为累赘、猎物和可被玩弄于股掌之间的消遣:"尽管他现在低三下四了,我却不能原谅他这一次的傲慢,我没想好应该在这次和解之后立刻赶走他以惩罚他,还是嫁给他,好以后永远戏弄他。"

她也可以毫不讳言自己为了征服男人所使用的心机、手腕和谎言:"如果我还有什么可自负的,那就是我的三寸不烂之舌了。"她不但要得到男人的钱包和社会地位,同时还要得到爱的快乐:"我不能在如结婚这样严肃的事情上草率地做决定;尤其是我目前还不缺钱用,而且很有可能,在那位老绅士死之前我都很难从这桩结合中捞到什么好处。确实,我胸有成竹,相信事情在我掌控之内。我已经叫他完全领教了我的魔力,现在可以享受征服的快乐了,我征服了一颗原本打定主意不喜欢我的心、一个对我的过去完全怀有偏见的人。"

奥斯丁在《苏珊夫人》里塑造了一个"坏女人",一个坏得有理有据、有声有色的女人,虚荣得热气腾腾。对于这个人物,年轻的奥斯丁也表现出她的宽容,在周围人的道德围攻之下,苏珊夫人没有如愿以偿地嫁给她名单上排名最靠前的金龟婿,但她倒也没有输得很彻底,还是成功迷倒了另一个富裕但是昏庸的男子,那本来是她为女儿物色的对象。她的女儿,成功逃脱了母亲的逼婚陷阱,跟之前被母亲迷得五迷三道的年轻男子坠入爱河。对于一本十八世纪的女性小说来讲,我们今天认为俗套的情节,在当年也许正是先锋。

从《苏珊夫人》到《诺桑觉寺》,奥斯丁也在经历着自我的成长,这种心灵上的试图自洽,也是跟女作家自身的情感经历紧密关联的。在她后来改写的《傲慢与偏见》《理智与情感》之中,我们不难看出她试图在正视势利的社会现实和保持内心的质朴纯净之间找到一条中间道路,她不忍心为难她笔下的那些不太穷也不太富的可爱的年轻小姐们,不忍心让她们重复自己的悲剧,总是试图给她们安排一个不那么绝望的结局。但在巴斯,奥斯丁自己却陷入深刻的内心考验,父亲已经退休,家里的财务状况只可能继续走下坡路,拒绝富家子弟的求婚,便也是拒绝了自己对于这一大家人在经济上的奉献义务。她终究无法牺牲自己的尊严和爱,来为家庭谋求现世安稳,可能从这时候起,她已经意识到自己可能终生不会嫁人。很难说她内心承受了怎样的纠结,作为牧师之女,她用亲情和仁爱抵抗世俗的风刀霜剑,我们只知道她在巴斯期间经历了严重的抑郁症折磨。奥斯丁没有活太久,她在四十二岁的时候,躺在姐姐的怀抱里死去了,只有她留下的故事至今还在人间流传。

蒯乐昊

二〇二〇年十月

诺桑觉寺

王雪纯 译

第 一 章

凡是见过尚在襁褓中的凯瑟琳·莫兰的人,都不会觉得她生来有做小说女主角的命。她的生活境况、父母的性格,还有她自己的脾气和长相,样样都对她不利。她父亲虽然叫了理查德这么个俗名——并且其貌不扬,但他是位牧师,不会遭人轻视,也不缺钱,还是个可敬之人。除了领着两份优厚的俸金,他还有一份可观的独立收入——而且他还完全没有把女儿们禁闭在家的恶习。凯瑟琳的妈妈是个简单实在的女人,脾气又好,尤其值得一提的是,她着实体魄强健。在凯瑟琳降生前她已经生了三个儿子,当她接着又把凯瑟琳带到人世来的时候,非但没像人们想当然的那样油尽灯枯,而是照样活得好好的——又接连生了六个孩子——看着他们围绕在身边长大,她自己也一直身安体健。有十个孩子的家庭总会被人当作典范,起码在数胳膊数腿数脑袋瓜的时候算得上是人丁兴旺,不过把莫兰家作为典范还是有些不尽如人意,因为这一家人总体来说实在是太普通了,凯瑟琳在很多年里也不外乎是这个样子。她纤弱的体态显得笨笨的,蜡黄的皮肤缺少血色,一头细软的深色直发,面容棱角分明——她就是这么个模样;而她的心性似乎更是与女主角式的命运不合。她喜欢玩的都是男孩子们的游戏,她酷爱打板球,而且不仅不爱玩洋娃娃,还不喜欢所有那些更像是女主角应该享有的童年乐趣,比如照料一只睡鼠,喂养一只金丝雀,浇灌一丛蔷薇花。说真的,她对花园毫无兴趣,假使她真的去采花了,也主要是为了找点儿恶作剧的乐子——这种推测至少有一点依据,因为她总是专拣那些不让摘的花去采摘。这正是她的习性——她就是有些不同寻常的能耐。没人教给她的话,她就什么都不会学也弄不懂,有时甚至教了也学不会,因为她常常心不在焉,偶尔还笨头笨脑的。母亲为了教她背诵《乞丐的祈求》花了三个月的工夫,结果呢,妹妹萨莉倒比她背得还好。但凯瑟琳并不总是这么笨——绝对不是;她学会念寓言故事《兔子和许多朋友们》的速度,不比全英国任何一个女孩子逊色。母亲希望她学学音乐,凯瑟琳也相信自己会喜欢学的,因为她很乐于在废旧古钢琴的琴键上叮叮咚咚地敲打。于是,在八岁那年她开始学音乐。一年之后就学不下去了——莫兰太太可不会不顾女儿天分不足或兴趣不大还非要强求她多才多艺,而是答应凯瑟琳放弃了。音乐教师被解雇的那天,是凯瑟琳一生中最开心的日子之一。她对美术的爱好也没强到哪儿去,虽然只要有机会从母亲那里弄到一张信封纸,或是随便在哪里抓到一张多余的纸片,她都会在上面尽情地作画,画房子和树木,画母鸡和小鸡,差不多全都是一个模样。父亲教她写字和算数,母亲教她学法文,这些她都学得磕磕绊绊,这几门功课她总是能躲就躲。如此不合常情而难以捉摸的一个人物!——尽管在十岁就露出了大大咧咧的苗头,可她既没有坏心眼也没有坏脾气,不怎么执拗,几乎从不和人拌嘴,对弟弟妹妹也特别好,只偶尔对他们发过几次威。除了这些之外,她还爱吵嚷和疯玩,讨厌规矩和整洁,在这个世界上,没有什么比从房后的青草坡上一路滚下来更让她开心的了。

这就是十岁的凯瑟琳·莫兰。到了十五岁那一年,她的模样俊俏起来;她开始卷头发,盼着参加舞会;她的气色好起来了,面容因为饱满且有了色泽而变得柔和,眼神中添了几分生动,身材也更显眼。原先对泥巴的热衷让位给了对穿着打扮的倾心,随着越来越爱俏,她也就愈发爱干净了;现在,她时不时地能享受一下父母对自己女大十八变的夸赞:"凯瑟琳长成个多么好看的姑娘啦——她今天简直就是个美人了。"这些话一阵阵传进她耳朵里;真是太受用啦!简直就

"凯瑟琳长成个多么好看的姑娘啦。"

是个美人了,对一个在人生前十五年里相貌平平的女孩子来说,从这句话里获得的快乐,远比一个天生丽质的女孩子要强烈得多。

莫兰太太是个非常贤良的女人,愿意把孩子们的一切事情都料理妥当,可惜她有太长时间都在卧床待产中度过,还要教导那些年幼的孩子,因此几个年长的女儿就难免要自己照顾自己;这便不奇怪了,天生就没有女主角气质的凯瑟琳,到十四岁了还只顾着玩板球、打棒球、骑着马闲逛或是在田野里疯跑,却偏偏对读书毫无兴趣——至少是那种做学问的书——因为,若不是从这些书里学不到任何有用的知识,若是这些书只讲故事而不谈见解,凯瑟琳也不会对读书有什么抵触的。不过,从十五岁到十七岁,她接受了成为女主角的培养;她读遍了女主角必读的书籍,为的是在未来不平凡的人生中那些起起落落的日子里,可以记起书中充满抚慰又经久不衰的箴言名句。

从蒲柏的诗中,她学会了去谴责那种人——"承受着不幸的嘲弄。"

格雷的名句——"多少鲜花注定在无人之处绽放,可惜了那芳香飘散在荒原上。"

还有汤普森——"那是个愉快的差事,给少年人传授狩猎的门道。"

通过读莎士比亚,她获得了大量的知识——这是其中的一例:"琐事轻薄如空气,可是,在嫉妒的心中却是铁证,如同圣经无可置疑。"

以及——"那可怜的甲虫,被我们举步践踏,它肉身经受的痛楚,和一个巨人受死时别无两样。"

还有当年轻女子恋爱时,通常会是这样——"如同雕像般的耐心,以笑容面对忧伤。"

这一来凯瑟琳长进了不少,同时在另一些方面她的成长更是非同小可:尽管她不会写十四行诗,却能让自己去读那些诗;尽管她似乎没有可能在钢琴上弹一首自己谱写的前奏曲,迷倒所有聆听的人,但她可以不知疲倦地倾听别人的演奏。她最大的弱点只在画笔上——对绘画她毫无感觉——就连为心上人画一幅肖像的想法都没有,让人无从窥探她的心事。而正是这一点戳中了她可悲的短处,达不到一位合格的女主角的高度。眼下她还没意识到自己的空虚,因为她根本没有一位心上人可以描绘。快满十七岁的她,还不曾遇上过哪个可爱的年轻人令她心动,从未燃起一次真正的火花,甚至从未生起一丝爱慕之情,仅仅有过一些不温不火且稍纵即逝的好感而已。这的确是奇怪!不过,再奇怪的事,只要找出背后的原因,总是可以解释得通的。附近这一带找不出一位贵族;真的——甚至连个男爵都没有。在莫兰家认识的人里,从没有哪一户养育和救助过一个被人遗弃在家门口的男婴——从来没有一个身世扑朔迷离的年轻人。凯瑟琳的父亲没有养子,教区里的乡绅更是膝下无子。

然而,当一个年轻姑娘注定要成为女主角,就算被四十个有意作对的家族重重包围也阻挡不了她。即将会也一定会发生一些事,让她的那位男主角横空出世。

莫兰一家所住的村庄富勒顿位于威尔特郡,这里拥有最多地产的人是艾伦先生。艾伦先生遵医嘱要去巴斯疗养,这对他的痛风病会有益处——艾伦先生的太太这个好脾气的女人很喜欢莫兰小姐。或许艾伦太太心里明白,假如奇遇不会降临在一位年轻小姐家门口,她只能出远门去寻找,于是艾伦太太邀请凯瑟琳和他们夫妇一同前往巴斯。莫兰先生和太太对这个计划欣然赞同,凯瑟琳更是满心欢喜。

第 二 章

关于凯瑟琳·莫兰天赋的相貌与心智,除了前面说到的之外,还得补充几句。因为即将要讲述她旅居巴斯六个星期中的曲折与风险,为着让读者能够有更准确的认识,的确应该表述清楚,以免在后面的章节看不透凯瑟琳究竟是个什么样的人:她心地仁爱,性情愉悦开朗,没有任何骄傲自负或扭捏作态——她的仪态刚刚从少女的青涩腼腆中脱胎,容貌讨人欢喜,而且,一旦打扮起来,还很漂亮——她的头脑正如所有十七岁的女孩子一样,天真无邪,不谙世故。

随着启程时刻的临近,身为母亲的莫兰太太心中自然会产生强烈已极的焦虑不安。和宝贝凯瑟琳这次可怕的分别引起无数令人心惊肉跳的不祥预感,她准是忧伤满怀,在女儿动身前的一两天里止不住地落泪;和女儿在私密的房间里商量出行事宜的时候,从她那智者的双唇中奔涌而出的当然都是些最为重要而实用的忠告。比如某些贵族和准男爵会胁迫年轻女性前往某些偏远农场寻欢作乐,在提醒女儿警惕这种暴行的时候,莫兰太太还是如释重负的。谁不会如此呢?可惜莫兰太太对贵族和准男爵们的了解实在太少了,以至于对这类人常用的花招一无所知,也丝毫没有疑心自己的女儿会因为他们的阴谋诡计而受到伤害。她的告诫归结起来就是以下这几点:"拜托你,凯瑟琳,晚上要出门的话,一定要把自己从头到脚裹严实了;还有,我希望你尽量对花出去的钱记记账——我特意给你准备了这个小本子。"

萨莉,或者还是叫萨拉吧(出身不够高贵的小姑娘,哪个不会在满十六岁时想法子给自己换个好听的名字呢?),在这种情况下她理应成为姐姐凯瑟琳最贴心的朋友和知己,然而不同寻常的是,她既没有缠着凯瑟琳每天都要写信,也没逼着姐姐许诺把每个新结识的人或是任何将会在巴斯发生的有趣的谈话细节描述给她听。与这次重要旅行着实相关的一切都准备妥当了,一个女主角第一次离家远行时总会惹起离情别绪和脆弱敏感,而从莫兰一家来看,却是克制而淡定到了一定的程度,和平平常常的日子里平平常常的感觉没什么两样。凯瑟琳的父亲并没有允许女儿从他的账户里无限制地提款,更没有给她手里塞一张一百镑的银行支票,他只给了女儿十个几尼,答应凯瑟琳有需要的时候再添给她。

就在这种不怎么乐观的前景中,离别的时刻到了,旅程开始了。一路上风平浪静,无惊无扰。既没有强盗劫匪或暴风骤雨来亲近他们,也没能幸运地翻一次车引来英雄救美之缘。最大的恐慌不过是艾伦太太受到的一次惊吓,她以为她的套鞋被落在了一间客栈,幸好后来发现这只是一场虚惊。

他们抵达巴斯。凯瑟琳欢喜雀跃——他们驶近巴斯赏心悦目的郊野,接着又穿过一条条街道,驶向旅店,凯瑟琳东瞧瞧,西看看,目不暇接。她是为着快乐而来,此刻已经感受到了。

他们很快就在普蒂尼大街上舒适的客栈安顿下来。

现在是时候来说说艾伦太太这个人了,这样才能使读者判断出,她的所作所为将如何引发书中后来的种种不快之事,又是怎么可能导致可怜的凯瑟琳陷入最后几章所描述的那种绝望惨境——无论是因为她的轻率、庸俗还是嫉妒——包括拦截凯瑟琳的信件,诋毁她的名声,或将她逐出门外。

艾伦太太属于为数众多的那一类女人,她们这个群体只能让人产生一种感受,就是惊讶:世上竟然会有男人喜欢她们乃至娶她们为妻。她既没有姿色、天赋、才艺,也不解风情。像艾伦先生这么精明智慧的男人,娶了她无非是看中了她贵妇人的气质,她那一肚子木讷寡言的好脾气,以及浅薄的头脑。从某种角度来说,她倒是非常适合引荐女孩子去见世面的,因为她自己就像个年轻姑娘一样喜欢东瞧瞧西逛逛。讲究穿着是她最热衷的事。她有个完全无害的乐趣,就是打扮得漂漂亮亮的,因此我们的女主角凯瑟琳在正式步入社会之前,必须要花上三四天的工夫学习最流行的穿衣风尚,还要等她的监护人艾伦太太自己先置办好最新款式的服装才行。凯瑟琳也采买了一番,等这一切都准备齐全,接引凯瑟琳进入高地会所的重要夜晚终于来临。她的头发经过最巧手的理发师修剪装饰,衣着也精心地穿戴起来,艾伦太太和她的女仆都宣称凯瑟琳看起来很像样子。这样的鼓励至少能让凯瑟琳希望在走过人群时不会被指指点点。至于人们的赞叹,如果有当然是再好不过,可她并没有抱这个指望。

艾伦太太在装扮上花了太长时间,他们来到舞会厅时已经很晚了。正值旺季,舞厅里人头攒动,两位女士使足了力气才挤进去。艾伦先生倒好,直接去了桥牌室,把两位女士丢在了人群里。艾伦太太在无奈的小心翼翼中尽可能快速地穿过了堵在门口的人群,比起她照顾的女孩子是否安好,她更在意自己那身新做的礼服裙别被弄坏;凯瑟琳呢,紧跟在艾伦太太身边,把她的手臂挽得那么紧,免得被摩肩接踵的人潮合力把她们冲散。但让她完全想不通的是,穿过大厅并没有使她们躲开人群,反倒是越走人越多了。原本在她的想象中,一旦顺利进入舞厅,她们就能轻轻松松找到座位,方便无碍地观看人们跳舞。可是眼前的情形却远非如此,哪怕她们坚持不懈地挣扎着走到大厅另一端,也没能改变这种处境;她们根本看不见什么跳舞的人,只能看见女人们高高戴在头上的羽毛。不过她们还是继续走着——总会看到一线希望的;又持续耗费了一阵子体力和脑力后,她们终于发现已经走到了最高一排椅子后的过道上。这里的人没有下面那么多;这回莫兰小姐总算可以把屋子里的人尽收眼底,也看清了刚才穿过人群时走的那条路有多么惊险。视线真是好极了,那天晚上头一次,凯瑟琳感觉到自己是在一个舞会上:她渴望跳舞,可是这里的人她一个也不认识。面对这种情况,艾伦太太尽了她最大的努力,时不时用温吞吞的语气说上一句,"我希望你能去跳舞,亲爱的——但愿你能找到一个舞伴。"有那么一阵子,她年轻的女伴对她的祝福还是充满感激的,但是这种话重复过多并且证明完全没用以后,凯瑟琳终于厌烦起来,也不再向艾伦太太道谢了。

好景不长,她们没能在这个费尽千辛万苦占据的制高点休息多久。所有的人都忙着起身去吃茶点了,她们也得和别人一样挤出去。凯瑟琳心里升起一缕失望——她讨厌没完没了地被人挤来挤去,这里大多数的面孔都那么无趣,而且所有的人都是完全陌生的,她没办法和任何一个同样受困在此的人交流只言片语,来宣泄心中那禁锢着的烦闷;等她们终于走到茶点室,凯瑟琳感觉更糟了,因为她们加入不了任何一群人,一个熟人也找不到,也没有哪位绅士来帮助她们。艾伦先生不见人影;她们为了找到舒服一些的座位而徒劳地寻觅了一番之后,只得勉强在一张桌子的尽头坐下来,这一大桌人的茶点已经上齐了,而她俩却只能枯坐在那里,除了跟彼此说说话,也没有别人可以搭话。

她们刚坐下来,艾伦太太就暗自庆幸起来,她总算保住了自己的衣裙没被弄坏。"要是它被撕破了,那我可太受刺激了,"她说,"难道不是吗?——这棉布料多么娇贵。要我说,这屋子里就再没见到让我看着这么顺眼的东西,我敢保证。"

"这太难受了,"凯瑟琳低声说,"这里的人我们一个都不认识!"

"是啊,我亲爱的,"艾伦太太答道,显得十分平静,"这确实太难受了。"

"我们该怎么办呢?这桌上的先生们和女士们好像都在奇怪我们为什么坐在这里——好像我们非要凑进人家的聚会似的。"

"是啊,是很奇怪。这太让人不愉快了,要是我们在这儿有一大群朋友就好了。"

"但愿有一个就好——那就有一个人能做伴了。"

"说得太对了,我亲爱的;要是有认识的人我们就可以聚在一起了。斯奇纳一家人去年在这里——真希望他们今年也在。"

"要不我们还是走吧?你看,这里连我们的茶具都没有摆。"

"真是,没有我们的。太可气了!但我觉得还是坐着别动的好,被这么多人推推搡搡实在受不了!我的头发还好吧,亲爱的?有人刚才推了我一下,我担心给弄乱了。"

"没事,一点都没乱,看着很漂亮。不过,亲爱的艾伦太太,在这满屋子人里你真的就没有一个认识的人吗?我觉得你一定是有熟人的。"

"真的没有,我发誓——有就好了。我真心希望在这里遇上好多朋友,那样我就能给你找个舞伴了。你去跳舞我会很开心的。瞧那个怪模怪样的女人!她穿的礼服也太古怪了!太过时了!你看她的背后。"

过了一会儿,一位邻座请她们喝茶。她们满怀感激地接过茶,顺便和招待她们的这位先生聊了几句,这也是整个晚上唯一一次有人和她们搭话,直到舞会结束,艾伦先生找到了她们,会合在一起。

"怎么样,莫兰小姐?"他马上问道,"我希望你在舞会上过得愉快。"

"确实很愉快。"她答道,拼命想忍却还是没忍住一个长长的哈欠。

"我真希望她能去跳舞,"艾伦太太说;"我们要是能给她找个舞伴就好了。——我刚才还说起,假如斯奇纳一家不是去年而是今年冬天在这里就好了;或者帕瑞斯家能来也好,他们曾经说过要来的,那样凯瑟琳就能和乔治·帕瑞斯跳舞了。真遗憾她还没有个舞伴!"

"但愿我们下次再来时会好一点。"艾伦先生宽慰道。

"她穿的礼服也太古怪了！太过时了！"

舞会结束后,人群渐渐散去——给留下来的人腾出了足够的空间稍微自在地走动一下;而这正是属于一位女主角的时刻,她在整晚的活动中都没机会引人注目,此时就要被人发现和欣赏了。每隔五分钟,随着一群群人的离场,她的魅力就越发显露出来。她已经在很多没机会接近她的年轻男子眼前亮相了。只不过还没有哪个人在看到她时发出痴狂的惊叹,舞厅里也并没有传递开急切打探的窃窃私语,还没有人唤她为女神。然而凯瑟琳的模样是非常俊俏的,如果这些人见过她三年前的样子,他们现在更会觉得她漂亮得出奇。

确实有人在打量她,而且是带着几分赞赏的;因为她亲耳听到,有两位绅士称她为美女。这些话语产生了应有的效果,凯瑟琳立刻觉得,这个晚上比她之前所感受到的愉快得多了——她卑微的虚荣心得到了满足。比起为货真价实的女主角写十五首诗歌来咏叹她的魅力,那两个年轻男子朴素的赞美更使凯瑟琳感激,她心情舒畅地和大家一起走向轿椅,对自己在交际中赢得的关注十分满意。

第 三 章

如今，每个白天都会有例行的事务——要去逛逛商店，城里那些新鲜地方也得去转转；专供饮用温泉水的泵房也是要去的，她们在那里要来回逛上一个小时，和每个人打照面却没有人能说说话。在巴斯遇上许多许多朋友仍然是艾伦太太最大的愿望，她反复念叨这个愿望，而每一天都是一次新的证明，她还是一个人都不认识。

她们在低地会所露面了。我们的女主角在这个地方运气要好得多。会所的司仪介绍了一位颇有绅士风度的年轻人给她做舞伴——他名叫蒂尔尼。他大约二十四五岁，个子高高的，一副面孔惹人喜欢，一双眼睛聪慧灵动，即使不算非常英俊，也差不了太多。他风度翩翩，这让凯瑟琳觉得自己的好运来了。跳舞时他们顾不上交谈；等到坐下来喝茶的时候，凯瑟琳发现他给人的好感恰如自己在心目中已做出的好评一样。他谈吐流畅而生动——这个人身上有一种调皮而诙谐的气质吸引着凯瑟琳，尽管这让她有些费解。他们聊了一会儿自然而然应时应景的话题之后，他突然对凯瑟琳说："我可真是太粗心了，女士，作为你的舞伴，有些问题我早应该关心的。我还没有问过你到巴斯多久了，以前是不是来过，你是否去过高地会所、剧院和音乐会；也没问问你对这里总的感觉如何。我真是太疏忽了——不过你现在是否有空闲来满足我这些详细的提问呢？如果可以的话，我马上就开始问了。"

"你没必要给自己添这种麻烦的，先生。"

"不麻烦，我向你保证，女士。"接着，他摆出一副呆板的笑容，刻意用轻柔的嗓音,装腔作势地继续说道,"你到巴斯很久了吗,女士?"

"大约一个星期了,先生。"凯瑟琳答道,努力忍住笑。

"真的!"他故作惊讶状。

"你为什么会吃惊呢,先生?"

"是啊,为什么呢?"他说,换回正常的语气,"可是听了你的回答,总得表现出某种情绪来吧,而惊讶是最容易装出来的,比起其他情绪也没什么更不合理的。现在我们继续吧。你以前从没来过这里吗,女士?"

"从没来过,先生。"

"是吗!你是否已经光顾了高地会所呢?"

"是的,先生,我上星期一去了那里。"

"去过剧院了吗?"

"去过,先生,我星期二去看戏了。"

"音乐会呢?"

"去了,先生,星期三去的。"

"那么总的来说,你喜欢巴斯吗?"

"是的——我很喜欢这里。"

"现在我还得假惺惺地笑一下,然后我们就可以恢复正常了。"

凯瑟琳把头转过一边,不知道该不该放胆笑出来。"我知道你是怎么看我的,"他一脸严肃地说,"在你明天的日记里,我不过就是个可怜虫。"

"我的日记!"

"是啊,你会怎么写,我知道得一清二楚:星期五,去了低地会所,穿着我那条镶蓝边、有树枝花纹的棉布礼服裙,素色黑鞋子——还是很好看的;不过却被一个古里古怪、爱耍小聪明的男人莫名其妙地烦扰了,他非要跟我跳舞,还说些胡言乱语扫我的兴。"

"我绝对不会写这种话的。"

"要我告诉你该写些什么吗?"

"请说吧。"

"我和一个非常可爱的年轻人跳了舞,是金先生介绍的;我和他聊了很多很多——他像是个绝顶非凡的天才——但愿我能更多地了解他。这些,女士,就是我希望你写的。"

"不过,我可能不写日记。"

"你可能并没坐在这间屋子里,我也可能并没坐在你身边。这些可能性都同样是不确定的。居然不写日记!没有日记,你那些没有同来的表姐妹们怎么能了解你在巴斯的日常生活呢?如果每晚不在日记里写下来,那些白天听到的客套和恭维又怎么能被心安理得地接受呢?如果不靠坚持写日记,你那些花样翻新的衣裙怎么能被记住,你姿容的独特之处和你头上那各色各样的发卷又怎么能被描绘出来呢?亲爱的女士,我并不像你愿意去相信的那样,对女孩子的生活一无所知;正是写日记这种可爱的习惯,对形成广受赞誉的女性闲散体写作风格有着巨大的功劳。人人都承认写出漂亮的书信是女性特有的天赋。天然的禀赋或许很重要,但我确信坚持写日记的习惯是必不可少的助力。"

"我有时候会想,"凯瑟琳怀疑地说,"女子写的书信是不是真的比男子好很多!就是说——我不认为女性总是那么优越。"

"要是给我机会评判的话,我看女性通常的书信风格是无懈可击的,除了三处细节之外。"

"哪三处呢?"

"普遍的内容空泛,完全不关心标点符号,以及非常多见的无视语法规则。"

"说真的!我根本用不着为不认同那种赞誉而担心。你并没把我们女性的文采看得过高。"

"我不会再断言女人比男人更会写信了,就好像这是一种普遍准则似的,就像说她们更会唱二重唱,或是更会画风景画。任何一种能力,只要是建立在审美品位上的,两性之间的优秀者是平分秋色的。"

他们的谈话被艾伦太太打断了:"我亲爱的凯瑟琳,"她说,"快帮我把这个别针从袖子上摘下来,恐怕它已经穿了一个洞了;要真是那样我就太伤心了,这可是一件很称心的礼服裙,虽然这布料一码只要九先令。"

"和我猜的价钱一模一样,夫人。"蒂尔尼先生看着那布料说。

"你懂得布料吗,先生?"

"特别在行。我戴的短围巾都是自己买的,而且我被公认为出色的鉴赏家;我妹妹也总是信任我挑选衣裙的眼光。有一次我帮她买了一件,所有见到那衣服的女士都说我真是赚了大便宜。一码只要五先令,那可是正宗的印度棉布。"

艾伦太太被他的天赋打动了。"男人一般很少会对这种事用心,"她说,"艾伦先生永远都分不清我这件和那件衣服有什么区别。你妹妹有你真是太贴心了,先生。"

"我希望如此,夫人。"

"那么请问,先生,你觉得莫兰小姐的礼服怎么样?"

"非常漂亮,夫人。"他说,一本正经地打量着,"但我觉得它不容易清洗;恐怕会被磨坏。"

"你怎么会,"凯瑟琳边笑边说,"这么——"她差点说出"奇怪"。

"我和你想得一样,先生。"艾伦太太回答,"莫兰小姐买衣服的时候,我就是这么跟她说的。"

"不过您也知道,夫人,布料可以派上不止一种用场;它足够莫兰小姐用来做手帕,或帽子,或者一件披风。布料是永远都不可能被浪费的。我已经听我妹妹讲过四十回了,每当她放纵自己买了超出她所需要的,或是在剪裁时不小心失了手,都会这么说。"

"巴斯是个迷人的地方,先生;这里的好店铺太多了。我们很惨,住在乡下;我们那边的萨利斯伯瑞也不是没有好店铺,可就是路程太远——八英里可是好长一段路呢,艾伦先生说是九英里,根据丈量是九英里,但我确信不会长过八英里——那段路真让人累得吃不消——回到家时都快要累死了。可是在这里,出门买样东西有五分钟就够了。"

蒂尔尼先生非常礼貌地做出对她的话很感兴趣的样子;于是艾伦太太就拉着他不停地聊布料的话题,一直到舞会再次开始。听着他们两人的谈话,凯瑟琳对蒂尔尼先生有些担忧,觉得他在嘲弄别人的短处时有点过分放纵。"你在想什么想得这样认真?"他们走回舞厅的路上他说,"我希望和你的舞伴无关吧,因为看你摇头的样子,你对所想的事情并不满意。"

凯瑟琳脸红了,说道:"我并没有想什么。"

"这样回答很高明也很隐晦,还真是的;但我宁可听你马上回答说你不想告诉我。"

"那好吧,我不想说。"

"谢谢你;既然我们很快就会彼此熟悉了,以后每次见面我就算经你允许,用这个话题来打趣你,世上没有什么比这更能让我们亲密起来的了。"

他们又跳起舞来;然后,聚会结束,互相道别,至少在女方的心里是热烈向往着更进一步的结交。凯瑟琳一边喝着温热的酒和水,一边准备上床睡觉时,会不会对蒂尔尼先生有所思以至有所梦,这就不得而知了。我倒是希望,就算梦见也最多不过是在浅睡之中,或是早上打个盹儿的工夫里;因为万一这是真的,就像一位著名作家所断言的那样,在男人没有表白爱意之前,年轻姑娘没理由先表示自己坠入了情网,如果一个姑娘在得知某位先生梦到过自己之前先梦到了他,那肯定是极不妥当的。蒂尔尼先生是否合适做凯瑟琳的梦中人或心上人,这个念头可能还没进入艾伦先生的脑海,不过作为他所监护的女孩子的普通朋友,这个年轻人倒不惹人反感,经过打听,艾伦先生对他还是满意的；那天晚上他早早就煞费苦心地弄清楚了凯瑟琳的舞伴是何许人，确切得知蒂尔尼先生是一位牧师，来自格鲁塞斯特郡一户地位显赫的人家。

第 四 章

第二天,凯瑟琳怀着比平时更急切的心情匆匆赶到泵房,心中笃定地相信能在上午过去之前见到蒂尔尼先生,还准备在见到他时以笑容相迎;可是笑容并没用上——蒂尔尼先生没有出现。除他之外,巴斯所有的人都在这段人气最旺的时辰里陆陆续续在大厅里出现;每时每刻都有成群的人进进出出,沿着台阶上上下下。没人关心这些人,也没人想见到他们;唯独他无影无踪。"巴斯真是个让人快活的地方,"当她们在大厅里转悠累了,在大钟附近坐下来时,艾伦太太说,"要是我们在这里有些熟人该多开心啊。"

这种感叹被艾伦太太徒劳地重复了太多遍,她现在已经没什么理由指望它能带来更多的益处了;不过我们总是听人说"凡有所求,不轻言弃","勤奋不懈,必获如意",艾伦太太每天勤奋不懈地盼望着一件事,假以时日,终于得到了应有的回报,就在她坐下来不到十分钟的工夫,一位坐在她旁边和她年龄相仿的夫人,在仔细打量了她几分钟之后,殷勤备至地对她说了这样一番话:"我觉得,夫人,我不会搞错的;虽说离上次与您幸会已经过了很久,您是艾伦太太没错吧?"这个问题当即得到了回答,然后这位陌生人就称自己是索普太太;于是艾伦太太马上认出了这位昔日同窗密友的面孔,她们在各自嫁为人妇之后只见过一面,那已是多年以前了。这次相见让她们欢喜非常,的确也应该,因为在过去十五年里她们满足于彼此不相往来。她们先是互相赞美对方的气色外观;然后说到自从上次见面后真是发觉时光飞逝,说到在巴斯相遇是多么出乎意料,老友相聚又是何等开心,之后,她们开始就各自的家庭、姐妹和表亲的情况互相交换了信息,两个人同时开口,都想多说说而不是多听听,谁都没怎么仔细听另一个人所讲的话。然而,比起艾伦太太,索普太太多了一个侃侃而谈的条件,她家里儿女成群;她细细描述着儿子们的才华和女儿们的美貌,讲起他们不同的职业和前景——约翰在牛津,爱德华在商人泰勒男子学校,威廉加入了海军——尽管天各一方,世界上却再没有哪三个人比他们更值得宠爱和重视了。艾伦太太没有类似的谈资,没有同样的成就感可以强灌到她的朋友不愿听也不愿信的耳朵里,她只能不得已坐在那里装个样子,听着这位母亲的宣泄,不过,让她聊以自慰的是,她敏锐的眼睛很快就有所发现,索普太太皮衣的花边和她自己身上的比起来,逊色了不止一星半点。

"我那几个宝贝姑娘来了。"索普太太叫道,指着三个打扮入时的女孩子,她们正手挽着手朝她走来,"亲爱的艾伦太太,我正盼着要给你介绍一下,她们会非常高兴认识你的:个子最高的是伊莎贝拉,我的大女儿;她是不是个标致的姑娘?另外两个女儿也很招人喜欢,不过我看还是伊莎贝拉最漂亮。"

几位索普小姐被引见给她们;莫兰小姐刚才被冷落了片刻,这时也被介绍给对方。她的名字好像使她们都很受震动;在非常客气地与她寒暄之后,最年长的那位年轻姑娘向其他人高声说道:"莫兰小姐和她哥哥长得实在太像了!"

"简直是一个模子刻出来的!"她们的母亲叫道。以及"不论在哪儿遇上都能看出他们是兄妹!"这句话她们翻来覆去说了两三遍。凯瑟琳一开始感到很惊讶,不过还没等索普太太和她的女儿们开始讲述与詹姆斯·莫兰先生相识的经过,凯瑟琳已经想起来了,她的长兄新近和一位与他就读同一所学院的年轻人来往密切,那人名叫索普;圣诞节假期最后一周,她哥哥是和索普家一起度过的,就在伦敦附近。

一切都清楚了,索普小姐用滔滔不绝的热情话语表达着想和凯瑟琳结为好友的心愿，并且说通过兄长们之间的友谊，她和凯瑟琳其实已经算是朋友了，等等，凯瑟琳开心地听着，竭尽所能地用动听的话来回应；然后，她很快就应邀挽着索普家大小姐的手臂，和她一起绕着大厅散起步来，以此作为两人友谊的初次印证。凯瑟琳很高兴在巴斯多了一些朋友，和索普小姐聊天的时候，她几乎把蒂尔尼先生忘却了。友情显然是最好的安慰剂，来治疗爱情失意的伤痛。

在她们无拘无束的闲聊中所涉及的话题，对于增进两位年轻姑娘之间陡然而生的亲密感还是大有帮助的；例如谈谈穿着、舞会、风流韵事或是恶作剧。不过，比莫兰小姐年长四岁的索普小姐，至少多长了四年的见识，谈论起这些事情来有着明显的优势：她能比较出巴斯和唐桥的舞会有什么不同，巴斯和伦敦在时尚方面的差异；她可以在许多细节上纠正她的新朋友对于服装品位的看法；仅凭任意一对男女之间相互的一个微笑，她就能看出他们之间的私情；她也能从密密麻麻的人群中挑出不同寻常的那一个人。这些本领自然博得了凯瑟琳的崇拜，对她来说这一切都是新鲜的；这份油然而生的敬重之情本来应该让凯瑟琳产生距离感，多亏索普小姐那随和悦人的态度，加上频频表达认识了凯瑟琳是多么开心，这才彻底消解了凯瑟琳心头的畏怯，只留下甜柔的友情。她们越来越亲热，在泵房里绕行了整整六圈还不满足，等到一起离开时，索普小姐还要求陪伴莫兰小姐一路走到艾伦先生住所门口；直到她们得知当晚就会在剧院见面，第二天一早还会在同一个礼拜堂做祷告时，两个人才都安心了，然后还要无比热烈地握手告别，久久不愿松开。凯瑟琳接着就径直跑上楼，从客厅窗口看着索普小姐沿街而去，羡慕着她步态中优雅的气质，还有她的身段与衣着透出的时髦味道；好不容易有缘结识这样一位朋友，凯瑟琳心里充满感激，她也的确该当如此。

索普太太是个寡妇，但不是很有钱；她是个好脾气好心眼的女人，也是个非常溺爱孩子的母亲。她的大女儿容貌十分出众，两个小女儿也装作和她们的姐姐一样漂亮，模仿她的神气，照着她的样子打扮,学得像模像样。

　　这一段关于索普家的简要说明,是为了免去由索普太太自己来讲述那些冗长而琐碎的细节,否则的话,她所经历过的种种惊险和磨难,估计要占去三到四章的篇幅;她会列数贵族和律师们的卑劣,甚至连已经过去二十年的对话,她都能够毫厘不差地复述出来。

第 五 章

那天晚上在剧院,凯瑟琳并没有忙不迭地回应索普小姐的领首和微笑示意,虽然这还是占去了她大部分的空闲,她仍然没有忘记用探索的目光在视线所及的每个包厢里寻找蒂尔尼先生;然而却徒劳无获。蒂尔尼先生对剧院并不比对泵房更感兴趣。凯瑟琳寄希望于第二天能有更好的运气——她如愿以偿地盼来了一个大晴天,她看着那美丽的晨光,对自己的好运坚信不疑;因为在巴斯,一个晴朗的星期天总会使所有宅子里的居民倾巢出动,每逢此时仿佛全世界的人都会出来散步,和朋友们谈论如此诱人的天气。

礼拜刚一结束,索普和艾伦两家人就赶忙聚在一起;她们在泵房待了好一阵子,直到发觉那里的人群实在难以忍受,连一张上流社会出身的面孔也见不到,在巴斯的这段时间她们每个人每到星期天都有同感,于是她们迅速赶往新月区,和更优越的同伴一起呼吸新鲜空气。凯瑟琳和伊莎贝拉在这里手挽着手,通过无所不谈的闲聊再一次品尝到友情的甜蜜——她们聊了很多,也聊得很愉快;不过凯瑟琳和她的舞伴重逢的希望再一次落了空。哪里都见不到他;每一次的寻觅都是一场空,无论是白天散步还是晚上聚会,无论在高地会所还是低地会所,在盛装还是便装的舞会,他都无迹可寻;散步的人,骑马的人,或是白天驾着轻便马车的人当中都不见他的踪影;他的名字也没有出现在泵房的来客登记册上。没有比这更使人好奇的了。他一定是离开巴斯了。可他并没有说过他只逗留这么短的时间!这种神秘的感觉太匹配一位男主角了,给凯瑟琳对他的为人处世的想象注入了新鲜的魅力,激起她更迫切地了解蒂尔尼先生的愿望。从索普家的人那里她打听不到什么,她们在遇到艾伦太太前两天才来到巴斯。然而,这倒成了凯瑟琳常常和她可爱的朋友沉醉其中的一个话题,从这位朋友那里凯瑟琳得到了一切可能的鼓励,延续着她对蒂尔尼先生的想念;因此他在凯瑟琳幻想中留下的印象并没有淡去。伊莎贝拉十分肯定蒂尔尼先生一定是个迷人的男子,同时也准知道他非常喜欢亲爱的凯瑟琳,所以应该很快就会回来。她尤其喜欢他是做牧师的,"因为我必须承认自己对这个职业格外偏爱";说这句话时她仿佛无意中发出了一声叹息。也许凯瑟琳错就错在没有追寻这淡淡情绪的源头——不过她对谈情说爱的手段以及对朋友应尽的义务还没有足够的经验,当然还不懂得在适当的时候需要机灵地打趣嘲弄,而另一些时候则需要迫使别人讲出心里的秘密。

艾伦太太现在可高兴了——她对巴斯相当满意。她找到了一些相识的人,而且还如此幸运地在这些人中遇到了最可贵的老朋友一家;还有,让这份好运更加圆满的是,她发现这些朋友谁也不能穿戴得像她自己这样阔气。她每天的口头禅再也不是"我希望在巴斯有我们认识的人!"而是改成——"遇到索普太太我真是太高兴了!"她急于增进两家人之间交往的那种心情,正如同她年轻的被监护人与伊莎贝拉一样;每天大部分时间她都要和索普太太一起说话才感到满足,她们称之为聊天,其实在这过程中她们几乎从没交流过任何想法,话题也经常说不到一块儿去,因为索普太太谈的主要是她的孩子,而艾伦太太说的都是她的衣服。

基于最初见面时的热烈气氛,凯瑟琳和伊莎贝拉之间的友谊飞速发展,她们很快就一步步跨过了逐渐亲热起来的阶段,没过多久,无论是她们的朋友还是她们自己都感觉不出什么陌生的痕迹了。她们互相称呼彼此的教名,走在路上总是手挽着手,在舞会上帮着对方把长裙的底边用别针扣起来,在跳舞的行列里也不让别人把她们隔开;倘若某个下雨的早晨阻碍了她们去其他地方玩儿,她们也会不顾

在舞会上帮着对方把长裙的底边用别针扣起来。

潮湿和泥泞,照样坚定地会面,两个人关在屋里,一起读小说。是啊,小说——我可不会采纳写小说的人常见的那种既不大度也不明智的习惯,一边用他们鄙夷的责难去贬低小说,一边自己却在不断写出这类作品——和他们最强大的敌人站在一起,给小说打上最严苛的标签,而且绝不会允许自己笔下的女主角去读这些作品,万一,某位女主角偶然读到一部小说,那么她肯定会在翻阅那些乏味的篇章时感到满心厌恶。天哪!如果一部小说的女主人公不能为另一部小说的女主人公所青睐,她还能指望从谁那里得到维护和尊重呢?对这种做法我不能苟同。还是留给那些评论家闲着没事的时候,随心所欲地妄自抒发想象吧,让他们用陈词滥调去评点每一本新出版的小说,他们的这些糟粕已经使期刊业抱怨不已。让我们不要抛弃彼此;我们是一个受伤害的群体。没有哪一类作品遭到过如此的诋毁,尽管比起世界上其他文学团体,我们的创作给人们提供了更彻底、更本真的阅读乐趣。由于傲慢、无知或风气,使我们的敌人几乎和我们的读者一样多。那种摘录上九百段《英格兰史》的能耐,或是像某种人把弥尔顿、教皇和修道院院长的文字分别节选十来行,再附上《观察家》里的一篇文章,再加上一章斯特恩的小说,然后把这些拼拼凑凑,集结成一本书出版,当这一切在无数人笔端被颂扬之时,仿佛大多数人的愿望都是去贬损小说家的能力并低估他们艰苦的创作,蔑视那些只有天才、机智和品位才会推崇的成就。"我可不是爱读小说的人。""我几乎从来不碰小说。""可别以为我常常看小说。""一本小说能写成这样就算很不错了。"——这都是些常见的伪善之辞。——"这位小姐,你读的是什么书?""噢,只不过是本小说!"年轻女子回答;一边放下手里的书,装出漫不经心的样子,又或是闪过刹那的羞惭,"只不过是《塞西莉娅》,或是《卡米拉》,或者《贝琳达》。"或者,简而言之,只不过是那些展现了最伟大的心智力量的作品,其中包含了对人性最透彻的理解,将人性的多变描写得最恰到好处,洋溢着最生动的智慧和幽默,用精雕细琢的语言传播到世间。假设还是那位年轻女子,手捧的不是这样一部作品,而是一本《观察家》,她会多么骄傲地展示它并说出书名;尽管她根本不可能有工夫去读这本大部头出版物的任何一部分,因为无论是书的内容还是形式都不免会令一个有品位的年轻人厌恶:书中绝大部分篇幅的叙述充斥着不真实的环境、不自然的人物,所谈及的话题跟任何一个活生生的人都毫不相干;至于书中所使用的言辞,同样地,也常常十分恶俗不堪,给容忍它的时代留下了污点。

第 六 章

　　下面的对话,是一天早上两位朋友在泵房里展开的,她们已经结识八九天了,这段谈话为她们之间无比热烈的相互依恋提供了写照,那种细腻、周到,那标新立异的思想,以及对文学的品位,都表明她们俩有充分的理由黏在一起。

　　她们按约定时间见面;伊莎贝拉比她的朋友先到了将近五分钟,她的第一句话自然就是:"我亲爱的人儿,什么事让你来得这么晚?我等了你至少几百年了!"

　　"这么久,真的吗!我太抱歉了;可我确实觉得我来的时间正合适。才刚刚到一点。我希望你没在这里等很久吧?"

　　"哦!至少有十年那么久。我敢肯定我到了已经有半个钟头了。不过算了,我们到大厅另一边去坐坐,好好聊一会儿。我有好多话要跟你说。头一件事,今天早晨就在要出门的时候,我真担心会下雨;很像是要有阵雨的样子,那我可就有罪受了!你知道吗,刚才经过弥尔森街的一个店铺橱窗时,我看见了一顶你能想得出来的最好看的帽子——很像你戴的这顶,只不过上面的缎带是罂粟红的,而不是绿色的;我可真想要那顶帽子啊。对了,我最亲爱的凯瑟琳,今天整个上午你一个人都在做什么?——接着读《奥多芙的神秘》了吗?"

　　"是的,我从醒来就一直在读;已经读到黑面纱那一段了。"

　　"真的,你读到那里了?太棒了!哦!说什么我都不会告诉你黑面纱后面遮住的是什么!你是不是特别急着想知道?"

"哦！当然，特别想；会是什么呢？——不过别告诉我——不管怎样我都不希望有人告诉我。我知道肯定是个骷髅，一定是劳伦蒂娜的骷髅。哦！我太喜欢这本书了！我愿意一辈子都读这本书。相信我，如果不是要来见你，我无论如何也不会把它放下的。"

"亲爱的人儿！你对我真是太好了！等你读完《奥多芙的神秘》，我们就一起读《意大利人》；我已经给你列出了十到十二本这一类的书了。"

"真的吗，太好了！我太高兴了！——都有什么书？"

"我这就把它们的名字念给你听；在这里，记在我的笔记本上了。《乌芬巴赫的城堡》《克勒蒙特》《神秘的警告》《黑森林的通灵师》《午夜铃声》《莱茵河的孤儿》，还有《恐怖的神秘事件》。这些应该够我们读上一阵子了。"

"是啊，足够了；不过这些都是恐怖小说吗？你能肯定它们都很吓人吗？"

"是的，很肯定；因为我有个很特别的朋友，安德鲁小姐，她是个可爱的姑娘，全世界最可爱的人儿之一，这些书她每一本都读过。真希望你认识安德鲁小姐，和她在一起你会很开心的。她给自己织了一件你能想象到的最可爱的斗篷。我觉得她美得像个天使，那些不欣赏她的男人真让我恼火！——为这个我会狠狠地责骂他们。"

"责骂他们！你为他们不欣赏安德鲁小姐而责骂他们吗？"

"是的，我会的。为了那些真正的朋友我没什么不能做的。在我的观念里，爱别人不能是三心二意的；这不是我的本性。我对朋友的忠诚总是超乎寻常地坚定。今年冬天在我们那里的一次聚会上，我告诉亨特上尉，如果他整晚都来招惹我，我是不会和他跳舞的，除非他承认安德鲁小姐像天使一样美丽。男人认为我们不可能有真正的友谊，你明白，所以我决定要让他们刮目相看。现在，要是我听到任何人说起你的时候不够尊重，我马上就会对他们发火——不过这种事也不太可能，你是那种让男人非常喜欢的女孩子。"

"哦,天哪!"凯瑟琳叫道,羞红了脸,"你怎么能这样说?"

"我对你太了解了;你是多么热情活泼啊,这正是安德鲁小姐想拥有的,我必须承认,她有时会无精打采得让人吃惊。哦!我一定得告诉你,昨天我们刚分手的时候,我看见一个年轻人目不转睛地盯着你——他准是爱上你了。"凯瑟琳红着脸,再一次否定她的话。伊莎贝拉笑了。"这是真的,我用名誉担保,但我明白是怎么回事;你不会把其他人对你的爱慕放在心上的,除了那个人之外,他的名字就不用提了。唉,我不会怪你的,"她的语气严肃起来,"你的感受很容易懂。我太清楚了,当一个人心有所属的时候,其他任何人再献殷勤也很难打动她的。一切和所爱的人无关的事情都这么索然寡味,这么无趣!我完完全全能够了解你的感受。"

"但你不应该劝我相信我是多么想念蒂尔尼先生,我可能再也不会见到他了。"

"再也不会见到他!我最可爱的人儿,不要说这样的话。如果你这么想的话,我保证你会难过的。"

"是的,的确是的,我不该这样说。我不能假装说我并不是很喜欢他;但只要我有《奥多芙的神秘》可以读,就觉得好像没人能让我难过了。哦!那可怕的黑面纱!我亲爱的伊莎贝拉,我敢肯定面纱后面准是劳伦蒂娜的骷髅。"

"这让我觉得好奇怪,你以前竟然没有读过《奥多芙的神秘》;不过我猜想莫兰太太是反对读小说的。"

"不,她不反对。她自己还经常读《查尔思·格兰迪森爵士》呢;只是一些新书我们没机会读到。"

"《查尔思·格兰迪森爵士》!那本书写得太糟糕了,不是吗?我记得安德鲁小姐连第一部都没读完。"

"那本书和《奥多芙的神秘》一点儿都不一样;可我还是觉得它挺有趣的。"

"你真这样想!——太让我吃惊了;我一直觉得那本书没什么

好看的。不过,我亲爱的凯瑟琳,你准备好今天晚上戴的头饰了吗?我决定在所有的场合都完全照着你的样子穿戴。男人有时候会留意到这一点的,你知道。"

"可就算他们留意了也无所谓呀。"凯瑟琳很天真地说。

"无所谓!哦,天哪!我把这当作一条规矩,永远不在意他们说些什么。如果你不摆出点脾气来对付他们,让他们有点分寸,男人常常会无礼得可怕。"

"是吗?——可是,我从来没发现是这样。他们对我通常是很规矩的。"

"哦!那是他们装出来的样子。他们是世界上最自以为是的家伙,总觉得自己有多重要似的!对了,虽然我已经上百次地想过,可总是忘了问你,你最喜欢什么肤色的男人?你最喜欢皮肤深色还是浅色的?"

"我也说不清。我从来没有仔细想过这个问题。要我说,介于两者之间吧。褐色——颜色不浅,同时——也不是很深。"

"好极了,凯瑟琳。那就是他。我还没忘记你说起过的蒂尔尼先生的样子——'褐色皮肤,深色眼睛,还有颜色很深的头发。'——不过,我的眼光和你不一样。我喜欢浅色的眼睛,至于肤色嘛——你可知道——比起别的来我最喜欢蜡黄色。你千万不要出卖我,如果你遇到某个你认识的人是这种样子的。"

"背叛你!——这是什么意思?"

"唉,别让我难过就是了。看来我是说得太多了。我们不说这个话题了。"

凯瑟琳顺从了,虽然有些愕然;在保持了短暂的沉默之后,又回到了在当时比世上所有的一切都更使她感兴趣的那个话题,劳伦蒂娜的骷髅;可是她的朋友没让她说下去,伊莎贝拉说:"看在老天的分上,我们离开大厅的这一边吧。知道吗,有两个讨厌的年轻男人盯着我看了半个小时了。真让人心慌意乱。我们去看看来客登记册。"

他们应该不会跟着我们过去的。"

她们朝登记册走过去；伊莎贝拉查看名录的时候，凯瑟琳的职责是监视那两个引起警觉的年轻人的动向。

"他们没朝这边来吧，有没有？我希望他们不至于这么鲁莽，还一直跟着我们。要是他们过来了，求你一定告诉我。我绝对不会抬头看的。"

过了一会儿，凯瑟琳怀着发自内心的高兴，向伊莎贝拉确保她不用再心怀不安，那两个男子已经离开了泵房。

"他们朝哪边走了？"伊莎贝拉迅速转过身来问，"其中有一个年轻人长相很不错。"

"他们向着教堂庭院去了。"

"好吧，甩掉他们可太让我高兴了！那么现在，你和我一起去艾德嘉大厦怎么样，去看看我的新帽子？你说过你想去看看的。"

凯瑟琳欣然同意。"只是，"她补充道，"我们可能会赶上那两个男人。"

"哦！别管他们。要是我们走快点，很快就能超过他们，我急得要命，想给你看那顶帽子呢。"

"可是我们只要等上几分钟，就根本没有再见到他们的风险了。"

"我可不会对他们这么客气，我向你保证。我不认为对待男人要这样尊重。他们就是这样被惯坏的。"

这个理由让凯瑟琳无可反驳；于是，为了显示索普小姐的独立自主，以及她要羞辱另一种性别的坚定意志，她们立即出发了，走得要多快有多快，追赶着那两个年轻人。

第 七 章

只用了半分钟,她们就穿过了泵房庭院,来到联盟走廊对面的拱门;但她们不得不在这里止步。每个熟悉巴斯的人都会记得,从这个位置穿过奇普街有多么艰难;这真的是很不合理的那一类街道,它很不幸地连接着通往伦敦大区和牛津的道路,以及城里最重要的客栈,每天都少不了成群结队的女士被马车、骑马的人或拉货物的车阻挡在街道的这边或那边,不管她们的事情有多重要,是为了找到糕饼店还是帽子店,甚至是(就像眼下的情况)为了找到年轻男子。自从在巴斯住下来,伊莎贝拉一天至少会有三次尝到这倒霉的滋味并为之抱怨;而现在她注定了要再品尝和再抱怨一次,因为她们刚刚走到联盟走廊对面的那一刻,看到那两个男子正走过人群,沿着那条重要街巷的排水沟穿行,就在她们要穿过奇普街的时候,却被一辆轻便马车挡住了,那马车驶过破烂的硬石路面,驾车的人一副非常老练的样子,那猛烈的架势很像是要祸及他自己和同车人,还有他那匹马的性命。

"哦,这些可恶的马车!"伊莎贝拉抬眼望去,说道,"我真讨厌它们。"她的厌恶之情尽管理所应当,却只有那么一瞬间,因为她又看了一眼之后便叫了起来,"太好了!是莫兰先生和我哥哥!"

"老天!是詹姆斯!"凯瑟琳也同时脱口而出;这时,那匹马看到了驾车的年轻人的眼神,立刻硬生生地收住脚步,差点儿把他掀倒在车座上,仆人这时蹦跳着爬了上去,两位先生跃身下车,连马带车都交给他去料理。

这次见面对凯瑟琳来说完全出乎意料,她无比兴奋而快活地迎接哥哥;做哥哥的性情本就非常随和,跟妹妹感情也很亲密,所以当索普小姐那双明亮的眼睛让他几乎无暇分神时,他还是抽空向妹妹充分地证明,自己的喜悦心情不亚于她;同时他迅速地对索普小姐礼貌致意,那种交织着喜悦和窘迫的神情其实可以让凯瑟琳有所领会,假如她对觉察别人的感情更在行一些,而不是简单地沉浸在自己的感受里,她就会发现,她的朋友在哥哥眼里正像在她自己眼里一样漂亮。

约翰·索普,刚刚一直在交代安顿马匹的事,很快也走到他们身边,凯瑟琳立即从他这里得到了应得的补偿;因为他只是漫不经心地轻轻碰了碰伊莎贝拉的手,却对凯瑟琳奉送了一个完整的右脚后撤鞠躬礼,外加短短的半鞠躬。他是个中等个子的壮实男子,长着一张普普通通的面孔,体态也有失风度,他好像生怕自己太气派了,除非穿成马夫的样子,也仿佛怕自己太像个绅士,除非在该文明的地方能表现得不拘小节,在可以容许不拘小节的地方能肆无忌惮。他掏出怀表:"你猜我们从台特伯雷冲风破浪赶到这里花了多长时间,莫兰小姐?"

"我对距离没有什么概念。"她哥哥告诉她有二十三英里。

"二十三!"索普喊道,"按英里算是二十五吧?"莫兰争辩着,用权威的道路指南册、客栈老板的经验和路上的里程碑来辩解;但他的朋友对这些都置之不理;他对距离有更准确的检测方法。"我知道一定是二十五,"他说,"在路上我就知道了。现在是一点半;我们驾车从台特伯雷的客栈院子出发的时候,镇上的钟敲响了十一点;试问全英格兰谁能让我的马配着马具,每小时还跑不到十英里;这么算来就是整整二十五英里。"

"你少算了一个小时,"莫兰说道,"我们离开台特伯雷的时候只有十点钟。"

"十点!我用灵魂起誓,是十一点!我一下一下地数了钟声。

你这位哥哥简直快把我弄疯了,莫兰小姐;请看看我的马吧,你这辈子见过像它这样为速度而生的动物吗?"(这时仆人刚上了马车,准备驱车离开。)"这么纯的血统!三个半小时难道只跑了二十三英里!看看这匹马,你会觉得这是可能的吗?"

"它看起来倒确实是热得厉害。"

"热!在我们到达沃尔考特教堂之前它一直毫无倦意;看看它的前躯,看看它的腰背,只看它跑动的样子也就够了——这匹马绝对不可能每小时还跑不到十英里:绑住它的腿也照样能跑。你觉得我的马车怎么样,莫兰小姐?很规整,是吧?车体很棒;伦敦打造;我到手还不满一个月。它是给基督教堂学院的一个人造的,那人是我的朋友,人很不错;这车子他用了几个星期,一直到,我相信,到了他方便出手的时候,那时候我正好在四处物色这类轻便的车子,其实我已下了决心要买一辆双马拉的敞篷车;可我碰巧在马格达伦桥上遇见了他,他正驾着车进入牛津,最后一个学期了:'啊!索普,'他说,'你是不是正想要这么一个小巧的东西呢?这是个极品,只是我对它厌烦透了。''哦!去他妈的,'我说,'你找对人了;你要多少?'你猜他开价多少,莫兰小姐?"

"这我肯定完全猜不到。"

"双马双轮车的车体,你看看;座位,行李厢,剑匣,前挡泥板,灯具,纯银装饰,你完完整整都看见了;铁铸的部分像新的一样,比新的还好。他要五十个几尼;我当场就和他成交了,扔下钱,马车就归我了。"

"说实在的,"凯瑟琳说,"对这类事情我懂得太少了,不知道这个价钱是贵还是便宜。"

"既不算贵也不算便宜,本来可以再压低点价钱,我敢这么说;可我不喜欢讨价还价,再说可怜的弗里曼需要现钱。"

"你这种性格真好。"凯瑟琳很高兴地说。

"哦!去他妈的,只要有办法帮朋友做点儿好事,我讨厌让人瞧

37

不起。"

现在两位年轻姑娘被问起她们原先准备去做什么;接着,在知道了她们的目的地之后,两位男士决定陪她们去艾德嘉大厦,也去问候一下索普太太。詹姆斯和伊莎贝拉走在前面;伊莎贝拉真是春风得意,极力把握和詹姆斯这次愉快的散步,这让她感到非常满足,他带来了双重的好感,既是她哥哥的朋友,又是她朋友的哥哥,她又是这样纯洁而不解风情,后来虽然在弥尔森街赶上了刚才那两个惹人讨厌的年轻男人并从他们身边走过,她也远远没有兴趣惹起他们的注意,只不过回头看了他们三次而已。

约翰·索普当然是和凯瑟琳一起走着,然后,经过了几分钟的沉默,重拾起关于他的马车的话题——"反正,你会发现的,莫兰小姐,有些人会认为它是个便宜货,其实我第二天就可以再涨十个几尼卖掉它;奥瑞尔学院的杰克逊,马上就开价六十;当时你哥哥也和我在一起。"

"是的,"听到了这句话,詹姆斯说,"可你忘了那是连你的马也算在内的。"

"我的马!哦,去他妈的!给我一百几尼也不能卖我的马。你喜欢敞篷马车吗,莫兰小姐?"

"喜欢,很喜欢;我还从来没机会坐过一次呢,但是我特别喜欢。"

"这我就高兴了;我每天都会带你坐我的车出门。"

"谢谢你。"凯瑟琳说,出于怀疑心里有点烦扰,不知答应这种邀请是否恰当。

"我明天就拉你上兰斯顿山。"

"谢谢。可是你的马难道不需要休息吗?"

"休息!它今天只跑了二十五英里;都是胡扯:没什么比休息更毁马的了,没什么比休息能更快地击垮它们。没有,没有!我在这里的这段时间,平均每天要让我的马锻炼上四个小时。"

"你真要这样做吗!"凯瑟琳很认真地说,"那可是每天四十英里呢。"

"哎呀,四十,五十,我管它呢。好吧,明天我拉你上兰斯顿山;记住,我们约定了。"

"那该有多棒啊!"伊莎贝拉叫着,她回转身,"最亲爱的凯瑟琳,我真羡慕你;不过我担心,哥哥,你的车上是坐不下三个人的。"

"什么三个人! 不行,不行;我到巴斯来可不是为了拉着妹妹到处跑,那会成为大笑料的,天哪! 詹姆斯肯定会陪着你的。"

这倒引起了另外那一对儿之间的一阵子客套;不过凯瑟琳既没听到细节也没听到结论。她身边这位的演说已从刚才持续的激昂调子降下来,转为仅仅用简短果决的句子,来赞美或批评他们一路上见到的每一位女性的面容;凯瑟琳尽可能听着并附和了一会儿,带着她年轻女性的心态中全部的礼貌和顺从,唯恐自己的观点因为和这个满腔自信的男人相悖而受到伤害,尤其是涉及她对同性的审美看法,过了一阵子后,她终于大胆地转换了话题,提出一个久久盘桓在她脑子里的头等重要的问题,那就是:"你读过《奥多芙的神秘》吗,索普先生?"

"《奥多芙的神秘》! 哦,主啊! 我可不看;我从来不读小说;我还有别的事要做呢。"

凯瑟琳正要谦卑而羞惭地为自己提的这个问题道歉,却被索普的话拦住了,"小说里都是些胡言乱语之类的东西;自从《汤姆·琼斯》之后再没有过一本算得上让人满意的书,只有《僧侣》除外,有一天我读了那本书;至于其他所有小说,它们是天底下最没劲的东西。"

"如果你去读一下,我觉得你一定会喜欢上《奥多芙的神秘》的,这本书真的特别好看。"

"我可不看,天哪! 要看的话,就得看拉德克利夫夫人写的,她写的小说还是够有意思的;那些书值得一读,里面倒有一些有趣儿的、有个性的东西。"

"《奥多芙的神秘》就是拉德克利夫夫人写的。"凯瑟琳略带犹豫地说,恐怕会使他难堪。

"不一定吧;真是吗?哎呀,我记起来了,就是的;我刚才想到的是另一本无聊的书,是那个让他们大惊小怪的女人写的,她嫁给了一个法国移民。"

"我想你说的是《卡米拉》吧?"

"对,就是这本;完全不合常理!一个老头子玩儿跷跷板,我曾拿起第一册翻了翻,很快就发现根本看不下去;看之前我确实猜想过书里会写些什么;直到听说她嫁给了一个移民,我就知道我肯定是没法看完这本书了。"

"我还从没读过呢。"

"那不是你的损失,你放心吧;都是些你能想象到的最可怕的无稽之谈——除了一个老头子玩儿跷跷板和学拉丁语,这本书里什么也没有;我用灵魂起誓再没有什么了。"

可惜,这段振振有词的批判对可怜的凯瑟琳没起什么作用,说话间他们已经来到了索普太太的旅舍门口,索普的自我感觉从一个有眼光又毫无偏见的《卡米拉》的读者,让位给了一个富有爱心和责任感的儿子,索普太太在走廊上远远地就看见他们了,当他们见面的时候,"啊,母亲!你好吗?"索普说着,热情地握了一下她的手,"你从哪儿弄来这么一顶怪里怪气的帽子?你戴着它活像个老巫婆。我和莫兰来这里陪你住几天,所以你应该在附近什么地方给我们找两张舒服的床铺。"这句话看来满足了做母亲的心里所有溺爱孩子的愿望,她欣喜若狂地迎接了他。接着索普对两个年幼一点的妹妹不偏不倚地奉上手足之情,他向每一个妹妹问好,然后评价说她们的样子都很难看。

这些做法可不讨凯瑟琳的喜欢;但他既是詹姆斯的朋友又是伊莎贝拉的哥哥,而且,当她们告辞出来去看新帽子之际,伊莎贝拉的一番保证进一步影响了她对索普这个人的判断,伊莎贝拉说约翰觉得凯瑟琳是全世界最迷人的姑娘,并且在他们分手之前,约翰邀请她当晚做他的舞伴。凯瑟琳但凡再年长几岁或是再多几分自负,对这种攻势可能就无动于衷了;可惜,当年少和自卑集于一身时,需要依靠非同寻常的冷静思考,才能抗拒被称作全世界最迷人的姑娘这样的诱惑,以及这么快就被约定做舞伴的吸引力;这一切的结果就是,莫兰兄妹和索普家人坐了一个小时,然后两人动身走回艾伦先生住处,身后的门一关上,詹姆斯就问:"我说,凯瑟琳,你觉得我的朋友索普怎么样?"如果不念及他们的友情,也不想说恭维话,凯瑟琳可能就会说:"我一点儿也不喜欢他。"可是她并没有这么说,而是立刻答道:"我很喜欢他,他看起来很不错。"

"这家伙是天底下性情最好的人;有点口若悬河,但我相信,这会让他赢得你们女人的好感。你觉得他家里其他的人怎么样?"

"很好,真的是非常好;尤其是伊莎贝拉。"

"听你这么说我太高兴了。我就是希望看到你和她这样的女孩子做朋友;她那么有头脑,同时又那么令人可亲,一点儿都不做作。我一直想让你和她结识;她好像也特别喜欢你。她把所有能想到的赞美之词都用在你身上了;能让索普小姐这样的姑娘赞美,就算是你,凯瑟琳,"他疼爱地握住她的手,"也应该觉得骄傲。"

"的确是的,"凯瑟琳回答道,"我对她喜欢极了,知道你也喜欢她让我特别高兴。你去她家拜访之后给我写的信里从来没提起过她。"

"因为我觉得我很快就能见到你了。希望你们两个人在巴斯的这段时间多多相处。她是一个最可亲的姑娘;脑筋超乎寻常地发达!全家人都那么钟爱她,她显然是人见人爱;在巴斯这样的地方,她会招来多少爱慕者啊——是不是?"

"是啊,我想肯定是这样的;艾伦先生认为她是巴斯最漂亮的女孩子。"

"我相信他会这么说;我还真不知道有哪个人比艾伦先生更懂得鉴赏美貌。我用不着问你在这里是不是开心了,我亲爱的凯瑟琳;有伊莎贝拉·索普这样的同伴和朋友,你在这里不可能过得不开心。艾伦先生和太太肯定也对你很好吧?"

"是的,非常好;我从来没有这么开心过;现在你来了,就比以前更让人高兴了。你大老远特意到这里来看我真是太好了。"

詹姆斯接受了这份感激之情,接受之后,为了让他自己更心安,还十分诚恳地说:"那是当然,凯瑟琳,我是很爱你的。"

接着他们相互询问和交流兄弟姐妹们的事情,关于其中几个的境况,和另外几个的成长,还有其他的家庭琐事。他们聊个不停,只有詹姆斯偶尔说了句夸赞索普小姐的题外话。后来他们走回普蒂尼街,詹姆斯受到艾伦先生和太太非常热烈的欢迎,艾伦先生邀请他一起吃饭,艾伦太太则叫他来猜一猜,她新买的披肩和手笼在价钱和分量上有多么称心。因为在艾德嘉大厦预约了事情,詹姆斯谢绝了艾伦先生的邀请,只在满足了艾伦太太的要求后就匆匆离开。他们准确核对好了在八角大厅聚会的时间,到了此时,凯瑟琳才能独享《奥多芙的神秘》,那愈演愈烈而无休无止的惊悚想象,让她把世上一切对衣着和晚餐的牵挂都抛在脑后,也没办法去安抚艾伦太太,她在为约好的裁缝迟迟不到而担心。在一个小时里,凯瑟琳甚至只花了一分钟去回想一下属于她的那份幸福,晚上的舞会她已经有人邀约了。

第 八 章

　　《奥多芙的神秘》也好,裁缝也好,不管怎样,普蒂尼街的一队人马非常准时地来到高地会所。索普一家和詹姆斯·莫兰只比他们早到了两分钟;伊莎贝拉笑容满面,热情洋溢,用一系列惯常的仪式风风火火地向她的朋友问候了一番,赞叹她合体的长裙,艳羡她的卷发。她们跟着各自的保护人,手挽着手,走进舞厅,每当想起什么就相互窃窃私语一番,捏一下对方的手或是会心一笑,让这个地方充满了她们的奇思妙想。

　　就座后没过几分钟,舞会就开始了。詹姆斯和妹妹一样早早地约好了舞伴,一个劲儿缠着伊莎贝拉起身去跳舞;可是约翰到桥牌室找一个朋友说话去了,伊莎贝拉宣布,在她亲爱的凯瑟琳也能一起跳舞之前,什么也劝说不动她下到舞池里。"相信我,"她说,"不跟你可爱的妹妹在一起,我无论如何也不会去跳舞的;要不然我和她肯定整个晚上都得分开。"凯瑟琳心怀感激地接受了这份好意,她们就这样又继续等了三分钟,伊莎贝拉一直和坐在她另一边的詹姆斯说着话,这时又回过身来对凯瑟琳耳语道:"我亲爱的人儿,恐怕我必须离开你了,你哥哥他实在没耐心再等下去;我知道你不会介意我走开,而且我相信约翰马上就会回来,到时候你很容易就能找到我的。"虽然有一点失望,但凯瑟琳心肠太好了,是不会提出反对的,于是那两人站起身来,在他们匆匆离开前,伊莎贝拉只来得及按着她朋友的手说了一句:"再见,我心爱的。"索普家另外两位姑娘也去跳舞了,现在只剩下凯瑟琳坐在索普太太和艾伦太太中间,由她们仁慈地守护着。她忍不住对索普先生的无影无踪恼火起来,不仅因为她盼着去跳舞,也因为她意识到,真正的情况是她本来很体面的,可别人并不了解,她只得很没脸面地与许多仍然坐着冷板凳、渴望有个舞伴的女孩子为伍。在世人面前蒙羞,看起来颜面丢尽,尽管她的心地纯洁无瑕,她的举止天真无辜,却因为另一个人的不端行止使她受到折辱,这倒是属于女主角人生的典型遭际之一,而女主角在此时的坚韧不屈则格外显出她品格的高贵。凯瑟琳也是坚韧的,她忍受着,不曾有过一句怨言。

在这种羞辱之中过了将近十分钟,凯瑟琳心里产生了一阵愉快多了的感觉,她看见,不是索普先生,而是蒂尔尼先生,就在离她们的座位不到三码远的地方;他好像正朝这个方向走来,但并没有看见她,这样一来,因为他的突然重现而在凯瑟琳脸上绽开的笑意和红晕就没人留意了,否则也有辱于她作为女主角的身份。他的样子还是一如既往的潇洒活跃,正在兴致勃勃地和一位打扮时髦又很漂亮的年轻女子交谈,她倚靠着他的手臂,凯瑟琳立刻就猜到那是他的妹妹;于是,由于他很可能已婚而永远失去他的这种想法,被凯瑟琳不假思索地抛到九霄云外。不过,仅仅从简单和可推测的依据来看,她的确从未想过蒂尔尼先生可能已经结婚:他的举止,他的谈吐,从来都不像她见过的那些已婚男人;他从没提起有妻子,但说过有个妹妹。依据这些情况,她很快得出结论,此刻正是他的妹妹伴在他身边;所以,凯瑟琳并没有变得脸色煞白,倒在艾伦太太怀里,而是坐得笔直,找到最完美的感觉,只有脸颊比平常略显红润。

蒂尔尼先生和他的同伴还在继续向这边走来,但走得很慢,一位女士很快超过了他们,她是索普太太的朋友;这位女士停住脚步和索普太太说话,蒂尔尼先生和同伴也停了下来,好像他们是跟随这位女士来的,凯瑟琳触到蒂尔尼先生的目光,立刻就收到了他表示相认的微笑致意。她以愉快的神情回报,蒂尔尼先生靠得更近些时,他同时对凯瑟琳和艾伦太太说话,艾伦太太非常客气地和他打招呼。"又见到你太高兴了,先生,真的;我还担心你已经离开巴斯了。"他感谢她的惦念,并说他的确离开了一星期,就在有幸见到她之后的第二天早上。

"那么,先生,那我敢说你肯定不会后悔又回来了,这个地方就是属于年轻人的——当然也属于其他所有的人。艾伦先生一提到他对这里感到厌烦,我就对他说,我相信他不应该抱怨什么,这个地方多么令人愉快,在巴斯度过每年最无趣的这个季节要比闷在家里好多了,我告诉他,为了健康着想,到这里来是他的幸运。"

"那么我希望,夫人,艾伦先生应该会喜欢上这个地方,发现它对自己是有益处的。"

"谢谢你,先生。我确信他肯定会的。我们的一位邻居斯奇纳医生,去年冬天到这里来疗养,离开的时候身体可壮实了。"

"这种事可真是一种莫大的鼓舞啊。"

"是啊,先生——斯奇纳医生和他的家人在这里待了三个月呢;所以我对艾伦先生说,他可千万不能着急离开。"

说到这里,他们被索普太太打断了,她对艾伦太太提出想挪动一下位置,好给休斯太太和蒂尔尼小姐留出座位,她们已经答应过来坐在一起。于是座位被留出来了,蒂尔尼先生仍然站在她们面前;考虑了几分钟之后,他邀请凯瑟琳和他共舞。这本该令人欣喜的恭维却造成女方极度的难堪;在回绝对方的时候,她对这种状况表现出的难过,就像她真实的心声一样强烈,刚说完索普就回到了她身边,如果他再早回来半分钟,可能就会觉得凯瑟琳的难受有点太过分了。他用完全不当回事的口吻对凯瑟琳说让她久等了,这根本不可能使她的心境好转起来;而且当他们站起身来时,他不厌其烦地谈起刚刚分手的那位朋友养的马和狗,以及他们之间准备交换小狗的计划,凯瑟琳对这些话题的兴趣,远不足以抑制她向着舞厅里她告别了蒂尔尼先生的那个方向频频望去。至于她亲爱的伊莎贝拉,凯瑟琳尤其盼望着要把蒂尔尼先生指给她看,可是她却完全不见踪影。她们在不同的舞蹈队列里。凯瑟琳现在和她所有的同伴都分开了,身边没有一个认识的人——难堪的感受一波波接踵而至,这一切让她推演出这样一个实用的教训,对一位年轻姑娘来说,参加舞会提前就约好舞伴,未必能够让脸面上更有光彩或让她感觉更开心。就在这教训带来的压抑之中,凯瑟琳突然被肩头的一记触碰惊觉,一回身,发现休斯太太正站在她身后,还有蒂尔尼小姐和一位先生跟随着。"请原谅,莫兰小姐,"休斯太太说,"恕我冒昧,我实在是找不到索普小姐,索普太太说她相信你丝毫不会反对让这位年轻女士挨着你跳舞的。"整个舞厅里不可能有任何人比凯瑟琳更开心地答应休斯太太提出的这个请求。两位姑娘被介绍给彼此,蒂尔尼小姐对这份宽厚恰到好处地表达了感谢,宅心仁厚的莫兰小姐则以真心的体贴表示,这种区区小事不值一提;休斯太太看到她年轻的被监护人如此得体地安顿妥当,也就心满意足地自去逍遥了。

蒂尔尼小姐有着姣好的身材、漂亮的面孔,容貌十分可人;从她的气质看,尽管没有刻意炫耀,不像索普小姐那样一心追逐时尚,却更具备真正的优雅韵味。她的仪态显示出良好的心智和教养;既不羞羞答答,也不故作开朗;她有年轻貌美的资本,却似乎能做到置身于舞会而并不企图吸引身边每位男子的目光,也没有那种夸张的情绪,不会为每一次小小的波澜就欣喜若狂或无理取闹。她的样子以及她和蒂尔尼先生的关系,立刻激起了凯瑟琳的兴趣,她渴望和蒂尔尼小姐结识,所以兴致勃勃地和她聊着,能想到什么就说什么,只要是鼓起勇气又有空闲的时候。不过就是因为常常需要某一个或更多上述的必要条件,还是阻碍了她们迅速地彼此熟悉,使她们不得不穿越一段缘分的萌芽期,谈谈各自对巴斯的喜爱,如何欣赏这里的建筑和周围的乡野,是否画画、弹琴,或是否爱歌唱,是否喜欢骑马。

两支舞曲刚刚结束,凯瑟琳就发现自己的手臂被她忠实的朋友伊莎贝拉轻轻挽住,伊莎贝拉兴高采烈地叫道,"我总算找到你了。最亲爱的人儿,我找你找了一个小时。是什么让你跑到这边来跳舞了?你知道我是在舞厅另外一边的!你不在身边我觉得糟透了。"

"请原谅,莫兰小姐。"

"亲爱的伊莎贝拉,我怎么可能找得到你呢?我根本就看不到你在哪儿。"

"我就是一直跟你哥哥这样说嘛——可他就是不相信我。去找找她吧,莫兰先生,我说——可是都白说了——他就是不肯动一动,不是这样吗,莫兰先生?反正你们男人都是这样懒得过分!我把他好一顿数落,亲爱的凯瑟琳,你会很吃惊的。——要知道我对这种人从来不会顾及什么礼节的。"

"你看那位头上戴着珠链的小姐,"凯瑟琳轻声说,把她的朋友从詹姆斯身边拉开,"那就是蒂尔尼先生的妹妹。"

"噢!天哪!你当真吗!我得赶紧看看她。好一个可爱的姑娘!我从没见过有谁比得上她一半漂亮!可是她那个万人迷的哥哥在哪里?在舞厅里吗?如果在的话现在就把他指给我看。我太想见见他了。莫兰先生,你不要听,我们没在说你。"

"可你们到底在嘀咕些什么呢?发生什么事了?"

"又来了,我就知道会这样。你们男人的好奇心就是永无休止!还总说女人好奇心重,真是的!——算了吧。不过你还是知足吧,我们正在说的事你一点儿也不用知道。"

"你觉得这样可能让我知足吗?"

"好吧,我承认我从来没见过你这样的人。我们正在说的事对你意味着什么呢?也许我们说的正是你;所以我建议你还是别听了,要不然你恐怕会听到一些不怎么好听的话。"

在这段持续了一阵子的随意闲聊中,最初的目标好像完全被遗忘了;凯瑟琳虽说也很乐意暂时把这个话题放下一会儿,但还是无法打消一丝疑虑,伊莎贝拉那样急切地盼着见到蒂尔尼先生,现在怎么又把这件事彻底放在一边了呢?乐队又奏响一支新的舞曲时,詹姆斯想把他漂亮的舞伴带走,可她却拒绝了。"我告诉你,莫兰先生,"她喊道,"我说什么也不会做这种事的。你怎么能这样惹人烦呢;你只要想想看,我亲爱的凯瑟琳,你哥哥想要我怎样。我已经跟他说过那样很不得体,完全不合规矩,可他还是要我再去和他跳舞。如果我们还不换舞伴,这里的人都会说我们闲话的。"

"我用荣誉担保,"詹姆斯说,"在这些公共场合,这是常有的事,换不换都可以。"

"胡说,你怎么可以这么说?不过当你们这些男人想达到某种目的时,才不会坚持什么原则呢。我可爱的凯瑟琳,你得帮我;让你哥哥明白这是多么不可能的事。告诉他你看见我这样做会多么吃惊;难道不是吗?"

"不,不会的;但如果你觉得不妥,那就还是换个舞伴吧。"

"听听,"伊莎贝拉叫着说,"你听到你妹妹的话了,可你根本就不在意她。好吧,假如我们让巴斯所有的老妇人都忙不迭地传起闲话来,记住那可不能怪我。来吧,亲爱的凯瑟琳,看在老天的分上,陪在我身边。"于是她们走了,想重回她们原先的座位。这时候约翰·索普刚好离开了;凯瑟琳正想再给蒂尔尼先生一个机会,让他再来一遍那使她倍感殷勤的好意的邀请,她尽可能加快脚步向艾伦太太和索普太太走去,暗自希望蒂尔尼先生还和她们在一起——当这个希望最终落空时,她觉得这一切都太不尽情理了。"怎么样,我亲爱的,"索普太太说,迫不及待地想听到对她儿子的夸赞,"我希望你的舞伴让你喜欢。"

"很喜欢,夫人。"

"那我就高兴了。约翰还是很有魅力的,不是吗?"

"你碰到蒂尔尼先生了吗,亲爱的?"艾伦太太问。

"没有,他在哪儿?"

"他刚才还和我们在一起,后来他说实在懒得继续闲荡了,才决定去跳舞;所以我还以为他可能会去邀请你,如果你们碰上的话。"

"他能去哪儿了呢?"凯瑟琳说,四处张望着;可没过多久就看见他正领着一位年轻女士去跳舞。

"啊!他找到舞伴了;我希望他邀请的是你。"艾伦太太说,安静了片刻之后,她补充道,"他是个很可心的年轻人。"

"他的确是啊,艾伦太太。"索普太太扬扬自得地笑着说,"虽然我是他的妈妈,可我还是得说,世界上再也没有比他更招人喜欢的年轻人了。"

这莫名其妙的回答可能会让很多人摸不着头脑;艾伦太太却没糊涂,只经过瞬间的思索,她就对凯瑟琳悄声说:"我看她准以为我说的是她儿子。"

凯瑟琳又失望又恼火。看来只是毫厘之差,她和视线中的那个目标就失之交臂了;这个想法使她没法和颜悦色地回应约翰·索普,他没过多久就凑过来对她说:"好了,莫兰小姐,我看咱们俩又该起来去蹦跶一会儿了。"

"哦,不了;很感谢你的邀请,我们约好的两支舞已经跳完了;再说,我也累了,一点儿也不想再跳了。"

"不想跳了?——那我们就四处转转,在这群人里找找乐子。跟我来,我让你看看这舞厅里最可笑的四个人——我的两个小妹妹和她们的舞伴,这半个小时我一直在看他们的笑话。"

凯瑟琳再一次推辞了;最终约翰自顾自地走开,去拿妹妹们寻开心了。这一晚上余下来的时光让凯瑟琳觉得无比沉闷;在他们的茶会上,蒂尔尼先生被拉去和他的舞伴同桌喝茶;蒂尔尼小姐虽然和凯瑟琳同桌而坐,却没有坐在她近旁,詹姆斯和伊莎贝拉两个人聊得热火朝天,以至于伊莎贝拉无暇分身,最多不过是抛给她的朋友一个笑脸,捏上她一把,加上一句"最亲爱的凯瑟琳"。

第 九 章

凯瑟琳的心情逐渐变得不快,这个晚上后来发生的事情是这样的。首先,她继续待在舞厅里时,开始对身边所有的人无一例外地感到不满,这种情绪很快就引发了严重的疲倦和想回家的强烈渴望。而这些,等她回到普蒂尼街时,又转化成出奇的饥饿感,当饥饿得到安抚,就变成了急切的渴睡——这就算是她低潮的极限了;只一转眼的工夫她就沉沉入睡,一口气睡了九个小时,一觉醒来时她已经完全复原,神采奕奕,充满新的希望和新的打算。她心里的头一个愿望就是要和蒂尔尼小姐增进友谊,为此凯瑟琳差不多当即决定,中午就到泵房去找她。在泵房一准能碰到那些初来乍到巴斯的人,她已经感受到,这栋房子特别适合显露女性的美德,适合女性之间结成亲昵的关系,它如此绝妙地适用于私密的交心和无限的信任,使凯瑟琳受到鼓舞,理所当然地期待在这里结交一位新朋友。她就这样定好了白天的计划,早餐后静静地坐下来读书,下决心在一点的钟声敲响前,不动地方也不做别的事;出于习惯,她很少会被艾伦太太的议论和惊叫所干扰,艾伦太太是那种头脑空洞又没有思考能力的人,这种人既不会喋喋不休,也做不到一声不吭;所以,当她做针线活的时候,倘若掉了根针或断了根线,倘若听到街上过马车的声音,或是看见自己衣裙上的一小块污渍,她一定会大呼小叫,不管别人是不是有空闲搭理她。到了十二点半左右,一阵格外响亮的敲门声促使艾伦太太匆匆跑向窗前,门口有两辆敞篷马车,前一辆上只坐着一个仆人,凯瑟琳的哥哥带着索普小姐驾驶着后面一辆。还没等艾伦太太告诉凯瑟琳,约翰·索普就跑上楼来,高声喊道:"怎么样,莫兰小姐,我来了。你等很久了吧?我们没办法来得更早;那个马车厂的老鬼永远也找不出一辆好用的车,不等我们跑上路,詹姆斯他们那辆车就得散架,百分之百。您好吗,艾伦太太?昨晚的舞会很棒,不是吗?来吧,莫兰小姐,快点儿,另外两个人都心急火燎地急着要出发呢。他们想来上一次翻车。"

"这是什么意思?"凯瑟琳说,"你们都要上哪儿去?"

"上哪儿去?怎么了,你不会忘了我们的约定吧!我们不是说好今天上午要一起驾车出游吗?你记性可真差!我们要去南克莱佛顿。"

"是说过些什么,我记得。"凯瑟琳说,一边看着艾伦太太等她的意见,"可我真的没在等你。"

"没在等我!真有你的!如果我不来,你得闹腾成什么样啊。"

就在此时,凯瑟琳无声的恳求完全被她的朋友忽略了,因为艾伦太太自己根本没有用表情来传递心思的习惯,也从来不会明白其他任何人这样做的意图;凯瑟琳纵然盼望再见到蒂尔尼小姐,在那一刻却还可以为一次驾车出游而略做推迟,而且谁也不会认为她和索普先生同行有什么不妥,因为同时还有伊莎贝拉和詹姆斯一起去,所以她索性更直白地说了出来:"那么,夫人,你看行吗?能让我出去一两个小时吗?我可以去吗?"

"只要你愿意就去吧,我亲爱的。"艾伦太太用完全无动于衷的态度回答道。凯瑟琳听了这话就跑开去做准备了。没过几分钟她再出现的时候,几乎没给那两个人足够的时间对她说完短短的几句赞美之词;等索普好不容易讨到艾伦太太对他的马车的赏识之后,凯瑟琳才得到艾伦太太的临别祝福,和索普一起匆匆下楼。"我最亲爱的人儿,"伊莎贝拉叫着,这让凯瑟琳在上车之前就立即被友谊的责任所感召,"你做准备最少花了三个小时。我还担心你病了呢。昨晚的舞会我们多开心啊。我有无数件事要跟你说;不过还是赶快上车吧,我等不及要出发了。"

凯瑟琳听从了她的指令,转身上车,但还来得及听到她的朋友高声对詹姆斯说:"多可爱的女孩子!我可真喜欢她。"

"莫兰小姐,"索普一边扶她上车一边说,"要是我的马在刚起步的时候有点欢蹦乱跳,你不要被吓着。它很可能会的,偶尔有一两下失蹄,也可能会停住一会儿;不过它很快就会了解它的主人。它精神头十足,要多贪玩儿有多贪玩儿,但它没有恶意。"

在凯瑟琳看来这样的画面可不怎么诱人,但是想退缩已经太晚了,再说她这么年轻,不会承认自己害怕了;于是,她决定听天由命,姑且相信这头牲口像吹嘘中的那样了解自己的主人,她神定气闲地坐下来,看着索普坐在她身边。一切都齐备了,站在马跟前的仆人听到一个傲慢的声音吩咐"放开马",然后他们就用能想象到的最平静的方式起程了,没有失蹄也没有蹦跳,没有任何这一类闪失。凯瑟琳为这样一次幸运的逃离感到高兴,怀着感激的惊喜,她大声说出快活的心情;而她的同伴立刻把这件事说得极其简单,要她相信这完全归功于他把握缰绳时独特的高明手段,还有他指挥马鞭时非凡的手法和判断力。凯瑟琳忍不住觉得奇怪,索普驾驭马车的本领这么高,还有什么必要警告她这匹马会要哪些花招呢,但她还是由衷地庆幸自己能遇到如此优秀的马车手;并且相信这匹马一路上都能继续保持平静,不会要哪怕一点点让人讨厌的顽皮习气,而且(照例来说它的速度可是一小时十英里)决不会飞奔得让人心慌,因此她放下心来,让自己在这二月晴朗温和的日子里,享受最宜人的空气和活动,相信自己安全无虞。最初的短暂对话过去后,他们沉默了几分钟;接着就被索普唐突的问话打破了,"老艾伦富裕得像个犹太人——是不是?"凯瑟琳没听懂他的话,于是他又重问了一遍,加上了解释,"老艾伦,带你来的那个人。"

"哦!你是说艾伦先生。是的,我相信他很富有。"

"他一个孩子都没有?"

53

"是的——一个也没有。"

"这对他的继承人倒是个好事。他是你的教父,对吧?"

"我的教父!——不是的。"

"可你一直和他们夫妇很亲近。"

"是的,很亲近。"

"哎呀,我就是这个意思。他好像真是个很不错的老家伙,我敢说他这辈子过得相当不赖;他得了痛风也不是什么坏事。他现在每天都得来瓶酒吧?"

"每天来瓶酒!——没有啊。你怎么会想到这种事?他是个很有节制的人,你昨晚该不会是招引他喝酒了吧?"

"愿上帝救救你!——你们这些女人总在为男人喝酒担心。怎么,你总不会以为男人会被一瓶酒击垮吧?有一点我很肯定——如果每个人每天都能喝上一瓶酒,世界上的混乱会比现在少一半。这对我们大家可是一件大好事。"

"我可不相信。"

"哦!上帝,这会让很多人得到拯救的。在这个王国能买到的酒,比起应该有的数量来,连百分之一都不足。我们的大雾天气需要靠这个改善。"

"可是我听说在牛津人们喝酒很厉害。"

"牛津!现在牛津可没酒喝啦,相信我。那里没人喝酒。很难碰上一个酒量最多能超过四品脱的人。你看,举个例子吧,他们都认为在我住处的最后那次聚会很了不起,平均算下来我们每个人大概喝掉了五品脱。这在大家眼里可是很不一般的。我的酒都是上好的货色,错不了。这种事在牛津可不会随便碰上——这一来你可能就清楚了。不过这也只是给你一个概念,让你知道牛津的人喝酒的一般比率。"

"是的,确实有点概念了。"凯瑟琳激动地说,"那就是说,你们喝的酒要比我想象的多很多。还好,我相信詹姆斯不会喝这么多的。"

54

然后他们就起程了,没有失蹄也没有蹦跳。

这句话引起了一阵高声的异常激烈的回应,根本听不清他说了些什么,只听见夹杂其中的频频的抱怨,最后几乎变成了咒骂。等他的话说完,凯瑟琳心里只有更加坚定地相信,在牛津人们喝很多的酒,同时也高兴地确信,自己的哥哥还是比较有节制的。

接着,索普的心思又全部回到了他自己那马车装备的优越性上,凯瑟琳也被鼓动着去赞赏他的马跑起来时的活力、自如,它行进时从容的节奏,还有精良的弹簧工艺赋予马车的动态。凯瑟琳尽可能附和他的每一句赞美之辞。要想抢在他前面或比他说得更多,那是不可能的。他在这方面知识渊博,凯瑟琳则一无所知,他语速飞快,而凯瑟琳自愧弗如,无力招架;她实在想不出什么新鲜词儿来夸赞了,不过她对索普坚决认定的一切都欣然应和,最终他们之间毫不费力地达成了共识,那就是,他的装备总体来说是全英格兰同类中最齐整的,他的马车是最整洁的,他的马是最善跑的,而他自己则是最好的马车手。"你不会是当真的吧,索普先生,"过了一会儿,凯瑟琳觉得关于马车的话题已经判定完毕,才试着问道,也顺便稍稍换个话题,"詹姆斯的马车真会散架吗?"

"散架!哦!上帝啊!你这辈子见过这么不牢靠的小玩意儿吗?那上面没有一块铁皮是好的。破旧轮子至少用了十年!——要说到车厢,我用灵魂起誓,凭你自己的力气碰上一下都能把它弄散。这是我见过的最差劲的破烂玩意儿!——感谢上帝!我们这辆要好多了。给我五万英镑我都不一定愿意驾那辆车跑上两英里。"

"我的天!"凯瑟琳惊叫起来,吓得不轻,"那求求你还是掉转头吧;再走下去他们肯定会出事的。我们真的回去吧,索普先生;拦住我哥哥,告诉他那马车有多不安全。"

"不安全!哦!上帝!有什么不安全的?就算它真的散架了,他们也不过就是打个滚;反正到处都是松土;这一下会摔得很漂亮的。哦,去它的!只要懂得怎么驾车,那辆马车是足够安全的;那种车碰到高手就是再破烂不堪也还能跑上个二十年。上帝保佑你!只要给我五英镑,我就愿意驾着它往返一次约克郡,一根钉子都不会少。"

凯瑟琳听后十分诧异,她不懂得该怎样协调针对同一件事的两种截然不同的说法;从小到大所受的教育使她无法理解这种饶舌的癖好,也不知道过度虚荣会制造多少无聊的论断和无耻的谎言。她自己的家人都是简单明了的人,很少去追求在言语上卖弄什么乖巧;她父亲最多打个双关语,她母亲能引用上一句格言也就满足了;因此他们没有养成说谎的习惯,或是出尔反尔,自相矛盾,以便让自己显得更有分量。凯瑟琳相当困惑地对这件事反思了一会儿,不止一次地想开口请索普先生说出一个更清晰的见解,听听他对这个问题真实的看法;但她按捺住了自己,因为她看出来索普先生并不擅长表述什么更清晰的见解,不能把他自己先前那些含糊之词说得简单易懂;而且,她同时也考虑到,既然他可以轻易地阻止他们,他总不至于真的让自己的妹妹和朋友遭遇危险,凯瑟琳最后的结论是,他一定很清楚那辆马车其实非常安全,因而她也就不再让自己担惊受怕了。索普心里似乎已经把整件事情忘干净了;他后来和凯瑟琳的谈话,或不如说是演讲,从头至尾全是就着他想说的话题自说自话。他告诉凯瑟琳他曾经花很少的钱买马,然后卖了个天价;再讲到赛马会上,他对赢家的预测无一失手;还有狩猎会,他打的鸟(就算没有一枪射得准)比所有同伴射中的加在一起还多;索普还给她讲述了一些出名的户外运动,说起围捕狐狸,他的预判和指挥猎犬的本事弥补了经验老到的猎人犯下的错误,还有他骁勇的骑术,虽然从未对他自己的性命有过片刻威胁,却常常把其他人害得很惨,而他只是轻描淡写地说让不少人摔折了脖子。

凯瑟琳不习惯自己做出判断,而且对男人究竟应该是什么样子还没形成全面的概念,她没办法彻底压抑住心中的疑惑,去忍受索普没完没了、扬扬自得的口若悬河,听他说自己是怎样一个彻头彻尾的好人。这是个大胆的揣测,因为他是伊莎贝拉的哥哥,而且詹姆斯向她保证过,索普的性情会让所有的女性都喜欢;可是尽管如此,他们出门还不到一个小时,和他相处时极度的疲劳感已经不知不觉地蔓延上来,而且持续不断地增强,当他们再回到普蒂尼街时,凯瑟琳已经多多少少对索普高高在上的权威产生了抵触,同时也对他给所有人带来欢乐的能力感到怀疑。

他们到了艾伦太太门前,伊莎贝拉的惊讶简直难以形容,她发现时间已经这么晚,不能陪她的朋友进屋坐坐了——"已经三点多了!"这实在是不可思议,难以置信,不可能!她既不相信她自己的表,也不信哥哥的和仆人的;不论讲道理还是讲现实她都不相信他们的担保,直到詹姆斯拿出他的表来,确认了这一事实。伊莎贝拉还是又迟疑了一下,仍然觉得不可思议,难以置信,不可能;她只能一次又一次地申辩,说以前从来没有像今天这样,两个半小时一晃就过去了,她还要凯瑟琳也来佐证。而就算是为了取悦伊莎贝拉,凯瑟琳也不会说谎话;不过伊莎贝拉倒是免去了她的朋友提出异议的苦恼,她根本就没等凯瑟琳回答。她全神贯注于自己的感受;让她觉得糟糕透顶的是发现自己不得不直接回家去。——她有太长时间都没能和最亲爱的凯瑟琳说上几句话了;而且,她有数不清的事要说给凯瑟琳听,结果却仿佛她们永远也见不着面了;所以,她脸上挂着苦恼深重的笑容,在极度沮丧中笑眼盈盈地和她的朋友惜别,然后离开了。

凯瑟琳见到刚刚结束了一天闲逛回来的艾伦太太,寒暄立刻开始,"太好了,我亲爱的,你回来了。"对这个事实,凯瑟琳最大的愿望就是有能力加以反驳,"我希望你出去兜风很愉快吧?"

"是的,夫人,谢谢你。我们今天开心极了。"

"让索普太太说对了。你们几个一起去玩儿让她高兴得不得了。"

"那么,你见到索普太太了?"

"是啊,你们刚一走我就去了泵房,在那里碰上她的,我们一起聊了好久。她说今天上午市场上完全买不到小牛肉,这么缺货太不正常了。"

"你见到我们的其他熟人了吗?"

"见到了。我们说好去新月街转一圈,在那里碰见了休斯太太,蒂尔尼先生和小姐在跟她一起散步。"

"真的吗?那他们跟你说话了么?"

"说了,我们一起在新月街散步了半个小时。他们好像很容易相处。蒂尔尼小姐穿了件带圆点的布裙,依我看来,她总是穿得特别漂亮。休斯太太跟我说了好多关于这家人的事。"

"她都跟你说了些什么?"

"哦!说得实在太多了;她几乎就没说过别的事。"

"她有没有说过他们住在格鲁塞斯特郡的什么地方?"

"有,她说了;可我现在想不起来了。不过他们是非常好的人家,还很有钱。蒂尔尼夫人是德拉蒙德家的千金,休斯太太和她曾经是校友;德拉蒙德家的小姐有一大笔财产,后来,她出嫁的时候,她父亲给了她两万英镑,还有五百英镑用来买婚纱。他们从货栈出来时,休斯太太看见了全套的衣服。"

"蒂尔尼先生和太太在巴斯吗?"

"是的,我想他们是在的,但也不太肯定。不过,我还记得,我有个印象就是他们都不在人世了,至少太太是不在了;没错,蒂尔尼太太就是去世了,因为休斯太太告诉我,德拉蒙德先生在女儿结婚那天送给她一串非常漂亮的珍珠项链,现在给了蒂尔尼小姐,她母亲去世后就留给她保存了。"

"那么蒂尔尼先生,我的舞伴,是他家唯一的儿子吗?"

"这个我可不太肯定,亲爱的;我仿佛记得他是独子——不过,不管怎样,他是个很好的年轻人,休斯太太说的,看来好像真的很不错。"

凯瑟琳没有再多问什么;听到这里她已经感觉到了,艾伦太太讲不出什么真实情况,她觉得自己运气格外不好,错过了和那对兄妹的

59

一次见面。如果她能预见到这种情形,说什么也不会动心跟着另外几个人出去的。结果,事已至此,她只能为自己的坏运气哀叹,回味着自己的损失,后来她想明白了,这趟驾车出游根本就不是很开心,而且约翰·索普本人也相当不招人喜欢。

第 十 章

艾伦、索普和莫兰几家人晚上都在剧院见面了;凯瑟琳和伊莎贝拉坐在一起,后者终于有机会倾吐一下,在她们分隔开的无尽漫长的时光里,她积攒了无数想说的话。"哦,天哪!我亲爱的凯瑟琳,我总算和你在一起了么?"凯瑟琳走进包厢时,伊莎贝拉就这样边说边坐在她身边。"好了,莫兰先生,"他就坐在她另一侧的近旁,"今晚我不会跟你再多说一句话了;所以我警告你别再期望什么了。我最可爱的凯瑟琳,这么长时间里你过得可好?其实不用问了,你看起来美极了。你的发型真的比以前做得更绝妙了;你这个坏家伙,你是不是想迷倒所有的人?相信我,我哥哥已经相当为你着迷了;至于蒂尔尼先生——反正那是已经肯定的事——就算你再腼腆,现在也不能怀疑他对你的感情了,他又回到巴斯就已经很说明问题了。哦!为了能见见他我愿意放弃一切!我实在不耐烦得要发狂了。我妈妈说他是世界上最可爱的年轻人——我妈妈今天早上见到他了,你知道吗;你一定得给我介绍他。他这会儿在剧院里吗?——看在老天的分上,快找找看!告诉你吧,不见到他我是不会离开的。"

"不在,"凯瑟琳说,"他不在这里;我没看到他在什么地方。"

"哦,真可怕!我是不是永远也认识不了他呢?你喜欢我的裙子吗?我觉得它还算合适;袖子的样式完全是我自己想出来的。你知道吗,我现在别提有多厌烦巴斯了;今天上午你哥哥和我一致同意,虽说在这里待上几个星期确实非常好,但我们可不想在这儿永远住下去。我们很快就发现,我和他的喜好一模一样,比起其他地方来我们更喜欢乡村;真的,我们的观点居然这么一致,简直很可笑了!没有一件事我们的想法是不同的。我说什么也不会饶过你;你这个淘气的家伙,你肯定会说东道西地讲我的怪话。"

"不会,我真的不会。"

"会的,你肯定会的;我比你自己更了解你。你肯定会说我们好像是天生的一对儿,或者诸如此类的怪话,肯定会让我超乎想象地难堪,我的脸准会红得像你衣服上的玫瑰一样;我绝对不会饶了你。"

"你这样对我真是太不公平了:我无论怎样也不会说这些不得体的话;再说,我脑子里根本就不会有这些念头。"

伊莎贝拉露出不大相信的笑容,这天晚上其余的所有时间她都在和詹姆斯聊天。

第二天早上,凯瑟琳的决心还是十分坚定,她要想尽办法再见到蒂尔尼小姐;到了通常要去泵房的时间,她感到有些紧张,生怕会再次横生枝节。不过那样的事并没有发生,没有访客登门绊住他们,三个人一同准时出发去了泵房,那是人们日常活动和交谈的场所:艾伦先生喝完了他那杯温泉水,就和其他的绅士们一起谈论当天的政治时事,比照他们在报纸上读的报道;女士们则一起散散步,关注每一张新面孔,还有屋子里的几乎每一顶新帽子。詹姆斯·莫兰陪伴着索普家的女士们,不到一刻钟之后就出现在人群当中,凯瑟琳马上来到她朋友身边的老位置上。詹姆斯仍然留在原来的位置,现在他和伊莎贝拉是形影相随,两个人单独走在其他人之外,就这样过了一会儿,凯瑟琳才开始疑惑自己这种别扭的处境,她完完全全被她的朋友和哥哥牵制着,她想关注哪一个都没什么机会。那两个人一直忙于多愁善感的窃窃私语或是激烈的争论,他们只用耳语般的声音来传递情意,而当他们活跃起来又伴随着那么多欢声笑语,尽管他们也会时不时交替地来征求凯瑟琳的意见,她却总是说不出什么,因为他们的话题她一个字也听不见。熬了一阵子后,她总算可以离开她的朋友,因为她必须去和蒂尔尼小姐打个招呼,她无比兴奋地看见蒂尔尼小姐和休斯太太刚刚走进屋,便立刻向她们走去。如果没有被前一天的失望所刺激,她不会有更坚定的决心去攀谈,这需要的勇气比她原本能鼓起的大多了。蒂尔尼小姐非常客气地问候她,对她的主动示好报以同样的友善,两家人离开泵房之前她们一直在一起说话,虽然她们所谈论的话题和用到的词语,都是每一次在巴斯度假,在这个屋檐下被千万次重复过的,但是她们之间的交谈朴素、真实,没有自以为是,这应该算是很不一般的优点了。

"你哥哥的舞跳得真好!"凯瑟琳在谈话快要结束时直率地感叹道,这让她的同伴立刻觉得又惊讶又有趣。

"亨利吗?"她笑着回答,"是啊,他确实很会跳舞。"

"那天晚上他听我说已经有舞伴了,却又看到我一直坐在那儿,肯定觉得很奇怪。但我的确和索普先生有一整天之约。"蒂尔尼小姐只能微微行了个躬身礼,"你想不到的,"凯瑟琳沉默了一会儿又说,"再见到他的时候我好吃惊。我以为他肯定是彻底离开巴斯了。"

"亨利在有幸见到你之前,只在巴斯待了几天。他就是来帮我们订旅馆的。"

"这我可完全没有想到;当然了,在哪里都见不到他,我就以为他肯定是走了。星期一和他跳舞的那位年轻女士应该是史密斯小姐吧?"

"对,她是休斯太太的朋友。"

"我相信她跳舞跳得很开心。你觉得她漂亮吗?"

"不是很漂亮。"

"你哥哥从不到泵房来,是吧?"

"来的,有时候会来;但他今天早上和我爸爸骑马外出了。"

这时休斯太太走了过来,问蒂尔尼小姐是否准备好离开了。"我希望能有幸很快和你再见面。"凯瑟琳说,"明天你会去参加沙龙舞会吗?"

"我们也许——是的,我想我们肯定会去的。"

"那我太高兴了,我们都会去的。"这句寒暄得到了蒂尔尼小姐相应的回复,然后她们就走了——在蒂尔尼小姐这一方,对这位新朋友内心的情感已经有了一些了解,而对凯瑟琳来说,她完全没有意识到自己表述过的一切。

她高高兴兴地回家了。这个白天她的愿望都实现了,现在她所期待的目标就是第二天的晚上,未来的美好。为了这个场合该穿哪件裙子,要戴哪个头饰,成了让她最操心的事。关于这件事她讲不出有什么道理。衣着在任何时候都只是一种肤浅的特征,而且过分地讲究衣着常常会破坏它原初的效果。这些凯瑟琳心里是很清楚的,她的姨祖母在刚刚过去的圣诞节给她上过一堂这方面的课;但是星期三的晚上她还是有十分钟躺在那儿睡不着,在她的圆点长裙和绣花长裙之间举棋不定,要不是因为时间来不及,她就为这次舞会买件新衣服了。这类判断可能会犯一个重大但不算少见的错误,从一个异性的,比如一位兄长而不是姨祖母的角度也不是她自己的角度,也许就会提醒她,面对一件新衣裙,一个男人只会感觉到自己毫无感觉。假如有人能使女人了解,男人的心对女人穿戴之物的昂贵或新颖是多么无动于衷,他们对女人布料上的图案是多么无所偏好,女人对圆点或花枝、软薄布或粗布料那种独特的敏感,在男人眼里又是怎样视而不见……可能许多女性的自尊会因此受到伤害。女人的精心打扮只是为了自我满足。没有男人会因此更欣赏她,没有女人会因此更喜欢她。对前者而言,整洁入时就足矣,若有几分寒酸或不得体之处,则最能使后者觉得可喜。——不过所有这些重要的思想见解,都没有扰乱凯瑟琳内心的宁静。

星期四晚上,伴随她走进舞厅的心情和上个周一大不相同。那时候她为了跟索普的约定欣喜若狂,而现在最让她焦虑的就是避开索普的视线,唯恐他又来相约。尽管她不能也不敢期待蒂尔尼先生会第三次来邀请她跳舞,但她的心愿、希望和计划仍然只记挂于此,别

"他今天早上和我爸爸骑马外出了。"

无他求。每一位年轻姑娘都能体会我的女主角在这种紧要关头的感受，因为每个姑娘都或多或少地有过同样的心烦意乱。她们都曾经，或至少都相信自己曾经身陷麻烦，被她们希望躲避的人所追求；也都曾经为得到自己想取悦的人的关注而焦急。从索普一家走进来的那一刻起，凯瑟琳的煎熬就开始了：她坐立不安，生怕索普朝她走过来，尽可能躲躲闪闪地避开索普的目光，在索普对她说话时假装没听见。沙龙舞结束了，跳起了土风舞，她还没见到蒂尔尼兄妹的影子。"你可别被吓着，我亲爱的凯瑟琳，"伊莎贝拉低声说，"我可真的又要和你哥哥跳舞了。我可以肯定地说这让人很吃惊。我认为他应该为自己感到羞愧，但是你和约翰一定要来帮我们保持淡定。动作快点儿，我亲爱的人儿，来找我们。约翰刚刚走开了，不过他很快就会回来的。"

凯瑟琳顾不上也不想回答什么。伊莎贝拉和詹姆斯两个人走了，约翰·索普还在视线里，凯瑟琳放弃了隐藏自己。不过，为了看上去像是既没发现他也没在等他，凯瑟琳让自己的目光紧紧地盯住扇子；她责怪自己愚蠢的想法，竟然以为在这一群人里还能不失时机地遇到蒂尔尼兄妹，正当这个念头掠过她脑海之际，她突然发觉有人在唤她的名字，又一次恳请她共舞，而这个人正是蒂尔尼先生本人。在应允他的请求时，凯瑟琳眼神中闪烁的光芒，她动作的毫不迟疑，她随着他走向舞池时心如鹿撞的喜悦，都是不难想象的。她躲过去了，她相信，侥幸躲开了约翰·索普，而且被邀约了，蒂尔尼先生这么快就来到她身边，邀请她跳舞，好像他是特意来找她的！——在凯瑟琳看来，人生能带来的幸福莫过于此。

他们好不容易在舞蹈行列中给自己占据了一个安静的位置，不料想，约翰·索普站在凯瑟琳身后，要和她说话。"你好啊，莫兰小姐！"他说，"你这是什么意思？——我以为你要和我一起跳舞呢。"

"我不明白你怎么会这样想，你根本就没邀请过我。""啊呀！你可真够狠的！——刚一进门我就约你了，而且正要再请你一遍呢，可是我转头一看,你不见了!——这是个可恶的蹩脚把戏!我就是为了跟你跳舞才来的,我坚信从上周一就已经和你约定了。对了,我记得,我约你的时候你正在大堂里等着取披风。现在我已经跟在场的所有朋友都说了,我要和这舞厅里最漂亮的女孩子跳舞;要是他们看到你和另一个人站在一起,他们会对我好一顿挖苦的。"

"哦,不会的;他们不会想到你说的是我,照你那样形容的话。"

"老天在上,如果他们不这么想,我就把这些笨蛋踢到门外去。和你在一起的这个小伙子是谁?"凯瑟琳满足了他的好奇心,"蒂尔尼,"他重复着,"呃——我不认识他。他模样很不错;很匀称。——他想不想要匹马?——我有个朋友叫萨姆·弗莱彻,他有匹马要卖,适合所有的人。拉车上路很有灵气的一头牲口——只卖四十几尼。我有心出五十自己买下来,因为我的人生格言就是,见到好马就出手;可是它对我不合用,不能在田野里跑。为了一匹真正适合打猎的好马,出多少钱我都愿意。我现在有三匹了,都是我骑过的最好的马。给八百几尼我也不卖这几匹马。弗莱彻和我打算在雷塞斯特郡买栋房子,为下个打猎季预备着。住在小客栈里,实在太他妈的——不舒服了。"

这是他把凯瑟琳听得快累垮了的最后一句话,因为就在这时,面对长长的一排女士无法抗拒的推挤,他被隔开了。凯瑟琳的舞伴靠近过来,说道:"如果那位先生和你再多待半分钟的话,我就要失去耐心了。他凭什么把我舞伴的精力从我身上牵扯开。我们已经结下了双方都同意的契约,把今晚的时间留给彼此,这段时间里我们达成一致一切都只属于对方。没有谁能把自己的心系在一个人身上而不伤害到另一个人的利益。我把土风舞看成是婚姻的象征。彼此忠贞和互相取悦是夫妻双方最重要的责任;那些自己选择不跳舞或不结婚的男人,就该离他们邻居的舞伴或妻子远一点。"

"可跳舞和婚姻完全是两码事!——"

"——意思是你认为它们不该被放在一起比较。"

"肯定不能。结了婚的人们永远不能分离,他们必须一起去守护家庭。而跳舞的人,只是在一个长长的房间里,面对面站上半个小时而已。"

"这就是你给婚姻和跳舞下的定义。从这么浅的层面来看,当然不错,两者的相似之处并不显ளу;但我觉得我可以用这样一种观点来看待它们:你应该承认,在这两者之中,男人有选择的优势,女人只有拒绝的能力;就两者而言,都是男人和女人之间的承诺,为双方的利益而形成;一旦践行,他们就专属于对方,直至承诺消解的时刻;他们每一方都有责任去努力,不给对方理由去希望自己将心思放在别处,他们最应该关心的是管住自己的想象,不去琢磨邻居身上的好处,或是幻想如果和另一个人在一起会过得更好。这些你都同意吧?"

"是的,完全同意,就像你说的,这些听起来非常正确;可这两件事还是很不相同的。我没办法用同样的眼光看待它们,也不认为它们有同样的责任。"

"从某一个角度来说,当然是有区别的。在婚姻中,男人理当提供女人所需,而女人为男人预备家的舒适;男人应该供养,女人应该欢笑。可是跳舞的时候,男女双方的职责就完全对换了:愉悦和顺从是男人的事,而女人则要准备扇子和薰衣草液。这些,我想就是你所发现的不同责任,让你觉得两者是不可比的。"

"不,不对,我从没这样想过。"

"那我就不太明白了。不过,有一个问题我必须要说说。你的这种倾向还是相当令人担心的。你完全不同意这两种责任有任何相似之处;我也许不该由此而认为,你所理解的人们在舞会上的责任,不像你的舞伴所希望的这般严谨?难道我没有理由担心,假如刚才和你说话的那位先生又回来了,或者任何其他人来和你搭讪,只要你愿意,就没有什么能妨碍你跟他攀谈?"

"索普先生是我哥哥非常要好的朋友,如果他来跟我说话,我肯定会再回应他的;不过除他以外,这里再没有第三个年轻男人是我认识的了。"

"难道这就是我唯一的保障吗?天哪,天哪!"

"是的,我相信不会有更好的保障了。假如我谁都不认识,就不可能和他们说话;再说,我根本不想跟任何人说话。"

"现在你总算给了我一些可靠的安全感了;我会鼓起勇气继续下去。你觉得巴斯还像我上次有幸邀你共舞时一样令人愉快吗?"

"是啊,很愉快——其实,是更愉快了。"

"更愉快!——要小心,否则你会忘记应该在适当的时候对它感到厌倦。你应该在第六个星期结束时就厌烦起来的。"

"我可不觉得我会厌烦,在这里待上六个月我也不会烦的。"

"和伦敦比起来,巴斯太单调了,每年来这里的所有人都这么说。'如果只住六个星期,我赞同巴斯是个足够好的地方;再待下去的话,它就是世界上最令人厌倦的地方了。'你会听到各色人等都这么说,他们年年冬天都照例来这里,从六个星期延长到十或十二个星期,最后因为再也住不起了才走。"

"这个嘛,别人要这么说是他们自己的事,那些去过伦敦的人可能觉得巴斯算不上什么。可是我呢,我住在乡下一个僻静的小村庄里,巴斯再单调,也不可能比我的家乡更一成不变了;这里有这么多的消遣,一整天有各种各样的事情可以看、可以做,这在我的家乡是不可能的。"

"你不喜欢乡下。"

"喜欢,我喜欢的。我一直就住在乡下,也一直很开心。但是乡下的生活当然要比巴斯的生活单调乏味得多。在乡下,每天的生活都和另一天没什么两样。"

"但是你在乡下过的日子要正常得多。"

"是吗?"

"不是吗?"

"我不认为有很大区别。"

"在这里你每天都只是在追求娱乐消遣。"

"我在家里也是一样——只是没有这么多可玩儿的。在这里我会四处逛逛,在家里也会——可是这里的每条街上都能见到各色各样的人,在家里我就只能去艾伦太太家串门了。"

蒂尔尼先生觉得十分可笑。"只能去艾伦太太家串门!"他重复了一遍,"好一幅智趣贫乏的景象!不过,当你下次沉入这个深渊时,你就有更多可以聊的了。你就可以谈谈巴斯,谈谈你在这儿经历的一切。"

"哦!是的。我不会愿意和艾伦太太或其他人再谈什么别的话题了。我相信我真的会一直谈论巴斯,等我回到家里以后——我的确太喜欢这里了。假如爸爸、妈妈和家里所有的人都在这儿,那我就太开心了!詹姆斯来了(我的长兄)我就特别高兴——尤其是我发现我们刚刚熟悉起来的一家人,早已经是他亲密的朋友了。哦!有谁居然会厌烦巴斯呢?"

"那些像你一样能产生各种各样新鲜感受的人都不会厌烦这里。不过对于大多数在巴斯常来常往的人,爸爸们、妈妈们、哥哥们、还有亲密的朋友们,全都是过眼云烟——舞会、戏剧带来的真实的乐趣,还有每天见到的景象,也都随之而去。"

他们的谈话到这里中断了,舞蹈的变换越发紧迫,容不得他们分心了。

就在他们接近舞蹈队列尾端时,凯瑟琳发觉围观者当中站着的一位先生正在仔细地打量自己,那人就站在她的舞伴身后。他相貌堂堂,有种威严的气度,虽已过了壮年期,但仍然很有活力;凯瑟琳看见他即刻对蒂尔尼先生亲密地耳语,同时眼睛仍在看着她的方向。他的关注让凯瑟琳感到困惑,她脸都红了,担心他注意到自己的表现有什么不妥,于是把脸扭向一旁。而就在她这样做的时候,那位先生离开了,她的舞伴走到她近旁说道:"我知道你在猜刚才我被问了些什么。那位先生知道你的名字,你也有权知道他的。他是蒂尔尼将军,我的父亲。"

凯瑟琳的回答只是一声"哦!"——但这声"哦!"包含了要表达的一切:对他话语的关注,还有对其真实性的绝对信任。带着真诚的关心和深深的景仰,她的目光现在追随着将军,看着他穿过人群,"真是相貌俊美的一家人呢!"她在心里暗暗对自己说。

晚上的聚会结束之前,凯瑟琳和蒂尔尼小姐闲谈时,心里又升起一种新的幸福感。自从来到巴斯,她还从来没有到郊野去走一走。蒂尔尼小姐对所有这些平时常去的地方都很熟悉,听她讲起这些地方的口气,让凯瑟琳急不可耐地也想要感受一下;当她坦承自己担心找不到人陪她同去时,蒂尔尼兄妹便提出要找个合适的日子和她一起去。"我喜欢这个主意,"凯瑟琳喊道,"胜过世上的一切;让我们别推延了吧——我们明天就去。"大家马上同意了,只有蒂尔尼小姐有个附加条件,那就是不下雨才行,而凯瑟琳肯定地认为不会有雨。十二点钟,他们会到普蒂尼街来接她——"记住——十二点。"这是她和新朋友的告别之词。至于她的另一个交往更久、感情更深的朋友伊莎贝拉,两周以来凯瑟琳一直感受着她的忠诚和长处,而这一晚上却没见到她的人影。不过,尽管很想让伊莎贝拉知道自己的快乐,凯瑟琳还是欣然服从了艾伦先生的愿望,他们早早地回家了。往家走的一路上,她的身体在轿椅上舞动着,心绪也在翩翩起舞。

第十一章

　　第二天迎来的是阴暗的天色,太阳只短短地露了几下脸,这让凯瑟琳预感到,一切都有利于她愿望成真。如果这个季节一清早就阳光灿烂,她认为通常都会转为雨天,而多云的天气则预示着这一天会越来越晴好。她想从艾伦先生那里得到对她这种期盼的支持,可是艾伦先生没有亲自出门也没有带晴雨表,这种情况下他拒绝做出天气转晴的保证。凯瑟琳又去问艾伦太太,她的观点倒是更积极些。原话是:只要云散了,太阳出来了,她一点儿都不怀疑会是个好天气。
　　可是,大约十一点的时候,打在窗户上的几滴小雨点引来凯瑟琳警觉的目光,"哦!天哪,我看肯定是要下雨了。"她无比沮丧地脱口说道。
　　"我就是觉得会下雨嘛。"艾伦太太说。
　　"我今天不能去郊游了。"凯瑟琳叹道,"不过也许不会真的下起来,也可能十二点以前雨就停了。"
　　"也许会吧。就算是这样,亲爱的,路上也会很泥泞的。"
　　"哦!那不要紧;我向来不怕泥的。"
　　"是啊,"她的朋友很平淡地回答,"我知道你从来不介意泥巴的。"
　　稍过了一会儿后,"雨下得越来越急了!"凯瑟琳说,她站在那儿望着窗子。
　　"还真是呢。一直这样下的话,街上会很湿的。"
　　"已经有四把伞撑起来了。我真讨厌看见雨伞!"

"带雨伞确实让人讨厌。我倒宁愿随时带把椅子。"

"今天早晨天色多好！我完全相信会是个晴天！"

"确实谁都会那么想的。要是白天一直下雨，泵房里就没几个人了。我希望艾伦先生去的时候穿上他的长大衣，不过我敢肯定他不会穿，天底下的事他什么都肯做，就是不愿意穿长大衣出门；我不懂他怎么会不喜欢，穿起来应该很舒服的呀。"

雨继续下着——很急，虽然并不大。凯瑟琳每过五分钟就去看一下时钟，每次回来的时候都很紧张，担心到下一个五分钟雨还不停，那她就不再抱任何希望了。钟敲响了十二点，雨还在下。——"你出不了门了，亲爱的。"

"我还没有完全绝望。不到十二点一刻我不会放弃。天要放晴的话就该是这个时候，我真觉得天看上去亮一些了。好吧，已经十二点二十了，现在我要彻底放弃了。哦！要是我们这里的天气像《奥多芙的神秘》里那样就好了，或者至少像托斯卡纳和法国南部那样！——可怜的圣奥本死去的那个晚上——天气多好！"

十二点半，凯瑟琳对天气的焦虑关注已经过去了，也没办法再断言它有任何好转的迹象，这时天色却自动放晴了。一束阳光让她感到十分惊喜，她四下环顾，云层在散去，她立刻回到窗子旁去守望，为这个好迹象鼓劲儿。又过了十分钟，已经能确定随即到来的是一个晴朗的下午，这证实了艾伦太太的说法，她"一直觉得天会晴的"。不过凯瑟琳是否还能期待朋友们的到来，蒂尔尼小姐在下过这么大的雨之后是否还愿意出门，都还不一定。

艾伦太太嫌路上太泥泞，不陪她的丈夫去泵房了。于是他自己出发了，凯瑟琳只来得及看了一眼他走在街上的背影，就被驶来的两辆熟悉的敞篷马车分了神，车上还是坐着几天前曾让她感到意外的那三个人。

"伊莎贝拉，我哥哥，还有索普先生，是他们！他们可能是来找我的——但我不会去的——真的不能去，你知道蒂尔尼小姐也许会来。"艾伦太太也表示同意。约翰·索普很快就进门了,比他的人先到的是他的嗓门,因为他在楼梯上已经开始高声催促莫兰小姐。"动作快点儿!动作快点儿!"他一把推开门,"现在就戴好你的帽子——不能再浪费时间了——我们要去布里斯托。您好吗,艾伦太太?"

"布里斯托!那不是在很远的地方吗?——不过,反正我今天也不能跟你们去,因为我已经有约了;我在等几个随时可能会来的朋友。"她的话当然因为没道理而被激烈地喝止了;索普拉上艾伦太太给他帮忙,这时另外两个人也走进来,也跟着帮腔:"我最可爱的凯瑟琳,这不是很开心的事吗?我们要来一次最棒的驾车远游。你得谢谢我和你哥哥想出这个点子:早餐的时候我们突然有了灵感,我绝对相信就在同一个瞬间。如果不是因为这场讨厌的雨,我们应该两个小时前就出发的。不过这不重要,晚上趁着月光,我们会玩儿得很开心。哦!想到那一丝田野里的空气和宁静,我简直高兴得发狂——这比到低地会所去强多了。我们驾车直接到克利夫顿去吃饭;然后,一吃完饭,如果时间还够,就接着去金斯威斯顿。"

"我怀疑我们恐怕不能去这么多地方。"詹姆斯说。

"你这倒霉的家伙!"索普喊道,"比这再多十倍我们也行。金斯威斯顿!没错,还有布莱兹城堡,我们能知道的所有地方都可以;可你妹妹却在这儿说她不能去。"

"布莱兹城堡!"凯瑟琳叫道,"那是什么地方?"

"英格兰最美的地方——任何时候都值得跑上五十英里去看一看。"

"什么,真的是座城堡,一座古城堡?"

"整个王国最古老的。"

"但它和书里写的那种城堡一样吗?"

"正是——一模一样。"

"当真——那里有高塔和长廊吗?"

"有的是。"

"那我真想去看一看;可是不行——我不能去。"

"你不去!我最亲爱的人儿,这是什么意思?"

"我不能去,因为,"凯瑟琳说话时低垂着目光,不敢看伊莎贝拉的笑脸,"我在等蒂尔尼小姐和她哥哥来找我一起去郊外散步。他们说好十二点到的,可是下雨了;不过现在天已经晴了,我看他们很快就会来了。"

"他们可不会来,"索普喊着说,"因为,我们走过布劳德街的时候,我看见他们了——他是不是驾着一辆四轮马车,两匹浅栗色的马拉的?"

"我真的不知道。"

"没错,我知道准没错,我看见他了。你说的就是昨晚跟你跳舞的那个人,对吧?"

"是的。"

"哦,我当时看见他驶向蓝斯顿路了,车上坐着一个模样俊俏的女孩。"

"真的吗?"

"用灵魂起誓;我立刻就认出他来了,他好像也有几头很好的牲口。"

"这太奇怪了! 不过我想他们是觉得今天去郊外散步太泥泞了。"

"他们就应该这么想,我这辈子从来没见过这么多泥巴。散步!你要是能散步也就能飞了! 整整一冬天都没这么泥泞过;到处都能没过脚脖子。"

伊莎贝拉也为此做证:"我最亲爱的凯瑟琳,你根本想不出来有多么脏;走吧,你必须去,现在你不能再拒绝了。"

"我想去看看城堡。可我们能转遍整个城堡吗? 我们能走上每一道台阶,进到每一套房间吗?"

"能,当然能,每一个边边角角都不放过。"

"可是——假如他们只是出去一个小时,等路上干一些,就很快来找我了呢?"

"别让你自己多心了,不会出这种岔子的。我听到蒂尔尼和一个刚好骑马路过的人喊话说,他们要一直去往维克山。"

"那我就和你们去。可以吗,艾伦太太?"

"你愿意就好,我亲爱的。"

"艾伦太太,你必须劝她去。"几个人一起喊着。艾伦太太并没漠视不管——"那么,我亲爱的,"她说,"你就去吧。"一两分钟后他们就出发了。

当她坐进马车的时候,凯瑟琳的心情是很波动的;一方面为失去一种巨大的乐趣而遗憾,一方面又盼望着很快能享受另一种乐趣,两种心情的程度几乎一样,又完全不相同。她想不到,对她那么好的蒂尔尼兄妹,居然会这样随便放弃他们的约定,也没送来任何口信给她一个解释。现在离他们约好出发去郊外漫步的时间只过了一个小时;而且,在这一个小时里,不管在她听到的说法中泥泞是如何地铺天盖地,但根据此时她自己的观察,她不能不认为蒂尔尼兄妹上路的时候也许并没有太多不方便。意识到自己遭到他们冷落是很痛苦的事。而另外一方面,像《奥多芙的神秘》中写的那样去探索一座宏伟的建筑,那座代表了她的幻想的布莱兹城堡,这种快乐带来的平衡,应该可以抚平她的一切不快了。

马车小跑着经过了普蒂尼街,又穿过劳拉广场,他们彼此都没有太多交谈。索普和他的马说着话,凯瑟琳则沉浸在交替出现的思绪中,一会儿是破灭的约定,一会儿是破败的拱门,时而是四轮马车,时而是虚设的幔帐,有蒂尔尼兄妹,还有通往地道的门。不过,当他们进入阿及尔大街时,凯瑟琳被她同伴的这句话唤醒了:"那个姑娘是谁?她走过去的时候使劲儿盯着你看。"

76

"谁？——在哪儿？"

"右侧人行道上——现在肯定快不见人影了。"凯瑟琳回身看去，只见蒂尔尼小姐倚靠着她哥哥的手臂，正缓缓沿街走着。她看见他们两人都在回头望着她。"停车，停车，索普先生。"她急切地喊着，"那是蒂尔尼小姐；真的。——你怎么能对我说他们走了呢？——停车，停下来，我现在就要下车去找他们。"但她说这些有什么用呢？——索普只是鞭打他的马跑得更快；蒂尔尼兄妹很快就不再张望她了，一转眼他们就消失在劳拉广场的转角处，再一转眼的工夫，她自己也已经疾驰着进入集市区。不过，在驶过另外一条街的整个过程中，她还在恳求他停下来。"求求你，求你停下来，索普先生。——我不能再接着走了。——我不想再走了。我必须回去找蒂尔尼小姐。"可是索普只是笑着，甩着他的鞭子，鼓动着他的马，发出怪里怪气的喊声，继续策马前行；凯瑟琳又气又恼，也没办法下车，不得不放弃抵抗，听天由命了。然而，她的责怪并没有停止。"你怎么能这样骗我呢，索普先生？——你居然会说，你看见他们驶向蓝斯顿路了？——无论如何我也不愿意让事情变成这样。——他们肯定会觉得太奇怪了，会觉得我太没有礼貌了！而且经过他们身边连一句话都没有！你不知道我有多恼火。——到了克利夫顿我也高兴不起来了，其他任何地方也一样。我宁愿，一万次地宁愿现在就下车，走回去找他们。你怎么能说看见他们驾着一辆四轮马车出去了呢？"索普坚定地为自己辩解，宣称他这辈子也没见过长得这么像的两个人，很难不误以为那个人就是蒂尔尼本人。

即使这件事已经过去，他们的旅程也不大可能很愉快了。凯瑟琳再也不可能像上一次他们出来兜风时那样恭谨柔顺。她勉强听着他的话，回答得也很简短。布莱兹城堡成了她仅存的安慰，想起它，她时不时还会泛起一丝愉快的神情；尽管，比起爽约一次漫步，特别是遭到蒂尔尼兄妹错怪，凯瑟琳宁可心甘情愿地放弃城堡里的一切所能带来的快乐——那种快乐是穿过长长的一系列高高大大的房间,里面陈列着遗留下来的华丽家具,到现在它们已被废弃多年;那种快乐是在曲折狭窄的拱廊中穿行,却被一道低矮生锈的门挡住去路;甚至还可以是,他们的提灯,唯一的提灯,被一阵突如其来的风吹灭,只留下无尽的黑暗。在这段时间里,他们的旅途平安无事地继续着,已经能看见凯因山姆城了,这时詹姆斯在他们身后发出了一声召唤,他的朋友停下车,不知他有什么事。等后面两个人的车靠近到可以说明话的位置,莫兰说:"我们还是回去吧,索普;今天再往下走就太晚了,你妹妹和我想得一样。我们从普蒂尼街出发已经整整一个小时了,只走了七英里多一点;依我看,我们还得走至少八英里才能到。这肯定是不行的。我们出发得实在太晚了。还是掉头回去,推迟到另一天再来吧。"

"对我来说都一样。"索普气呼呼地回答;他立刻掉转马头,走上驶回巴斯的路。

"如果不是你哥哥赶的那头该死的牲口,"过了不一会儿他说道,"我们完全可以做到的。如果由着我的马的性子,不用一小时就能小跑到克利夫顿,为了拉住它等待那匹该死的跑不动的劣种马,我的胳膊都快要断了。莫兰没有自己的马和马车真是太傻了。"

"不,他不傻,"凯瑟琳激动地说,"我知道他是因为买不起。"

"为什么他买不起?"

"因为他没有足够的钱。"

"那是谁的错呢?"

"在我看来,没有人错。"索普于是用他经常借助的手段,高声而含混地说了些什么,关于吝啬是多么他妈的可恶;他说如果一个人有大把的钱还买不起东西,他就不知道谁能买得起了。凯瑟琳根本就没有试图去听懂他的话。原本可以弥补她前一次失望的事情现在也成了失望,她越来越没心思让自己高兴起来,也不想看见她的同伴高兴;回普蒂尼街的一路上她只说了不到二十个字。

"停车,停车,索普先生。"

一进屋,门房就告诉她,她走了没几分钟就有一位先生和一位女士登门求见;门房告诉他们凯瑟琳和索普先生一起出门了,那位女士问凯瑟琳是否有口信留给她;他回说没有,并请那位女士留张名片,可她说她没有带着,然后就走了。反复掂量着这些让人揪心的消息,凯瑟琳缓缓地沿楼梯而上。在最顶层她遇见了艾伦先生,听说了他们这么快就返回的原因,艾伦先生说:"我真高兴你哥哥这么有理智。你回来了我很高兴。这是个奇怪的、疯狂的计划。"

晚上他们一起在索普家度过。凯瑟琳心里烦,没情绪;可是伊莎贝拉好像学会了一种纸牌游戏,让莫兰做她私密的搭档,分享着他的运气,这跟在克利夫顿的一间客栈里享受宁静和郊野的空气没什么两样。她对没去低地会所也很得意,这件事让她说了不止一次。"我真同情到那里去的那些可怜的家伙!没和他们在一起我太高兴了!不知道今天晚上会不会有一场大规模的舞会!这会儿他们还没开始跳呢。说什么我也不会去那里的。偶尔有一个晚上自己清净一下多好啊!我敢说今晚的舞会好不到哪儿去。我知道米切尔家不会去的。我真同情在那儿的所有的人。不过我可以肯定,莫兰先生,你是盼着去的,对不对?我知道你肯定想去。好吧,求你不要让这里的任何人成为你的约束吧。我相信你不在我们也会玩儿得很好;只有你们男人才总觉得自己有多么重要。"

凯瑟琳几乎可以谴责伊莎贝拉了,她想得到一些对自己和自己心中悲苦的软言宽慰,而伊莎贝拉似乎完全没把这些放在心上,她对凯瑟琳的宽慰竟是这样苍白无力。"别这么沉着个脸,我亲爱的人儿,"她轻声说,"你会让我很心疼的。这确实太让人受刺激了;但这一切全怪蒂尔尼兄妹。他们为什么不能更准时些呢?路上泥泞,确实不假,但这有什么要紧呢?我和约翰肯定都不会介意的。只要是为了朋友,让我走什么地方我都不在乎;这就是我的性格,约翰也同样如此。他的感觉准得出奇。老天呀!你的手气太好了!三张老K,我起誓!我从来没这么高兴过!我情愿五十次都是你抓到了这些牌,而不是我。"

现在我得让我的女主角去那无眠的卧榻上休息了,这才是一个真正的女主角的命运:枕上布满荆棘,泪水湿透了。如果在接下去的三个月里能有一夜安眠,她就应该觉得自己是幸运的了。

第十二章

"艾伦太太,"第二天早上凯瑟琳说,"今天我去拜访一下蒂尔尼小姐应该没什么不好吧?不把一切解释清楚我没办法安心。"

"当然要去,我亲爱的;只是要穿件白色长裙——蒂尔尼小姐总是穿白色的。"

凯瑟琳愉快地听从了,并且好好地准备了一下,她比以往任何时候都更急着要去泵房,要为自己打听到蒂尔尼将军下榻的地方,虽然她知道他们住在弥尔森街,却不能肯定是哪座房子,而艾伦太太飘忽不定的信服力只会让问题变得更含糊。有人指点了她到弥尔森街该怎么走,她牢牢地记住门牌,脚步急促,心跳加速地匆匆上路前去拜访,去解释她的行为,并且求得原谅;她快速地穿过教堂庭院,坚决地转移开视线,免得不得不和亲爱的伊莎贝拉以及她可爱的家人见面,她有理由相信,他们就在附近的一家店铺里。她毫无障碍地找到了地方,看了看门牌,敲了敲门,求见蒂尔尼小姐。仆人相信蒂尔尼小姐是在家的,可也不太肯定。又问她愿意报上姓名来吗?凯瑟琳递上她的名片。几分钟后仆人回来了,看他的神色就让人觉得他的话不可信,他说他弄错了,蒂尔尼小姐已经出门了。凯瑟琳难堪地羞红了脸,离开了他们的住所。她几乎可以确信蒂尔尼小姐是在家的,只是实在恼了,不愿让她进去;沿街离开的时候,她忍不住望了一眼客厅的窗户,希望能看见蒂尔尼小姐,但窗口并没有人。然而,走到街的尽头时,她又回头看了一眼,结果呢,蒂尔尼小姐不在窗内,却见从门里走出了她本人。一位绅士跟随着她,凯瑟琳知道那是她的父亲,他们朝着艾德嘉大厦走去了。凯瑟琳感到深深的羞辱,她继续往回走着。对方这种恼羞成怒的无理几乎使得她也恼怒起来,但她反省自己这怨恨的情绪,想起了自己的失礼。她不知道她那种冒犯在社会礼仪法则中该如何定罪,在正当情况下,它所导致的不可原谅到了什么样的地步,也不知道应该被报以多么严酷的粗暴对待才能让她心服口服。

凯瑟琳垂头丧气,颜面无光,她甚至闪过一些念头,晚上不和大家一起去剧院了;不过必须承认,这种想法没有持续很久:因为她很快就想起来,首先,她没有任何待在家里的借口,其次,那是她非常想看的一出戏。于是大家一起去了剧院。蒂尔尼兄妹并没有出现,来折磨她或取悦她;她担心,在这个家庭众多的艺术造诣当中,对戏剧的钟爱却算不上数;不过也许是因为他们看惯了伦敦的舞台上更优秀的演出,她听过伊莎贝拉颇具权威的描述,那里的演出绝不会得到"相当可怕"这一类的评语。凯瑟琳对快乐的期待并没有被辜负;这出喜剧让她完全放下了心事,她在观看前四幕演出中的样子,让人瞧不出她有什么坏心情。可是,就在第五幕开场的时候,她突然看见亨利·蒂尔尼先生和他的父亲,他们和对面包厢的其他人坐在一起,这使凯瑟琳的焦虑和沮丧又被重新唤起。舞台已经不能再激起真正的快乐——不能再抓住她全部的注意力。平均每看一眼舞台,她的目光都会转向对面的包厢一次;在整整两幕戏的时间里,她就那样看着亨利·蒂尔尼,却一次也没能和他的目光相遇。这回不可能再怀疑他对戏剧没有兴趣了;完整的两幕戏里,他的注意力丝毫没离开过舞台。不过,到了后来,他还是向她望过来,然后躬了一下身——可是那躬身的动作啊!没有笑容,也没有持续礼貌的示意;他的视线很快就回到了原先的方向。凯瑟琳伤感不已;她几乎要跑到他坐的那一侧包厢去,强迫他听自己的解释。凯瑟琳被正常的情绪而不是女主角式的情绪所攫取;她并没有顾虑自己的尊严而为轻易的责难所伤——并没有傲气地解决问题,并没有因为清楚自己的无辜而对他表达愤怒,尽管他居然对这一点生疑,她没有让他费尽心思去找到一个解释,也没有只是靠回避他的目光,或是和别人调笑来让他痛悔前非,凯瑟琳把所有可耻的过错,或者至少是那些表面上的过错,都归咎于自己,她仅仅是急于得到一个机会来解释起因。

戏演完了——帷幕落下来——亨利·蒂尔尼已经不在他一直坐着的位子上了,可他的父亲还在那里,也许他现在正绕到她们这个包厢来。她猜对了;几分钟之后他就出现了,穿过几排此时已不太拥挤的座位,对艾伦太太和凯瑟琳说话的态度平静而礼貌。但凯瑟琳却没有用同样的平静来回应他:"哦!蒂尔尼先生,我想和你说话想得都快发狂了,我要向你道歉。你肯定觉得我太无礼了;可那真的不是我一个人的错,对不对,艾伦太太?难道不是他们告诉我说蒂尔尼先生和妹妹一起驾着四轮马车外出了?那我还能怎么做呢?但是我一万倍地更愿意和你们在一起,我是不是这样说的,艾伦太太?"

"亲爱的,你绊住我的裙子了。"这是艾伦太太的回答。

不过,作为唯一可取的担保,艾伦太太的话并没有被当作耳旁风,它让蒂尔尼先生露出更亲切也更自然的笑容,他回答的口气里只保留了些微刻意的矜持——"无论如何我们都非常感激你,当我们在阿及尔街和你错肩而过时,你祝我们散步愉快,你太好心了,还特意回过头来看我们。"

"可我根本就没有祝你们散步愉快,我从没想到过这个;但我当时特别郑重地恳求索普先生停车,我刚一看到你们就对他喊起来了;艾伦太太,你说,我是不是——哦!你当时不在场。反正我真的是那样做的;只要索普先生当时肯停下来,我一定会跳下车跑去追赶你们的。"

世界上会有一个人对这样的表白不动心吗?至少亨利·蒂尔尼不是这样的人。他的笑容更亲切了,他告诉凯瑟琳他妹妹的关心、遗憾和对凯瑟琳名誉的信赖,一切该说的他都说了。——"哦!别告诉我蒂尔尼小姐没生气,"凯瑟琳大声说,"因为我知道她生气了;今天早上我去拜访的时候她不想见我,我刚刚离开就看到她从房子里走出来。我很委屈,但并没有感觉被冒犯。你可能不知道我去过。"

"我那时没在家。但我听艾丽诺说起了,后来她一直盼着能见到你,解释一下这次失礼的原因;不过或许我来解释也一样。其实只不过因为我父亲——他们当时正准备出门。我父亲要赶时间,他不愿意耽误了事情,就替我妹妹拒绝了你。全部经过就是这样,我向你保证。艾丽诺为此非常气恼,她有心尽快地向你道歉。"

这个说法让凯瑟琳的心情放松了许多,但还是有些耿耿于怀,于是突然冲口说出下面的问题,这个问题本身率真至极,却让蒂尔尼相当为难——"可是,蒂尔尼先生,你为什么没有你妹妹那样大度呢?如果她对我善良的秉性有这样的信心,能够想到这不过是个误会,为什么你却这样情愿恼恨我呢?"

"我!——我恼恨你!"

"是啊,从你的样子我能看出,刚走进包厢来的时候,你在生气。"

"我生气!我没有道理生气。"

"可是只要看见你的脸色,所有的人都会觉得你有生气的道理。"作为回答,他请凯瑟琳给他腾出个座位,跟她聊起了今晚这出戏。

他在她们身边逗留了一阵子,只能说凯瑟琳是太开心了,当他离开的时候,她还觉得意犹未尽。不过,在他们分手前,两个人说好一定要尽快履行郊野漫步的计划;暂且不提他走出包厢后凯瑟琳的失落,总而言之,凯瑟琳此刻成了世界上最幸福的人之一。

就在他们交谈的时候,凯瑟琳有些奇怪地注意到,约翰·索普这样一个从来不会在屋里同一个位置待上十分钟的人,竟然在专注地和蒂尔尼将军谈话；比这更奇怪的发现是，她能够觉察到他们所关注和议论的正是自己。他们能说她什么呢？她担心蒂尔尼将军不喜欢她的样子：她觉得将军阻止自己进门见他女儿就是一种暗示，而并不是因为会耽搁几分钟他自己出门的时间。"索普先生怎么会认识你父亲呢？"她焦虑地问道，一边指着他们给她的同伴看。亨利对此一无所知；不过他的父亲，正如所有的军人一样，结交的层面是很广的。

演出结束的时候，索普过来护送她们往外走。凯瑟琳成了他大献殷勤的对象；她们在大厅等候轿椅时，盘旋在凯瑟琳心头、几乎已经到了嘴边的问题被索普的话堵了回去，他用一副自以为是的态度问凯瑟琳，有没有看到他和蒂尔尼将军在交谈："他是个很不错的老家伙，我用灵魂起誓！——壮实，活跃——看上去和他儿子一样年轻。我对他充满敬意，相信我：他是天底下最有绅士风度的一个好人。"

"可是你怎么会认识他？"

"认识他！——在伦敦很少有几个人是我不认识的。我老早以前就在贝德福特咖啡馆见过他；今天他走进台球室的一瞬间我就认出了这张脸。顺便说一句，他可是我们最好的台球手之一；我们只浅浅交了下手，起初我几乎还有点儿怕他：五比四，局势对我不利；幸亏最后我打出了估计是世界上最漂亮的一杆，准确地击中了他的球——不在台球桌边上我没法让你听明白——总之我还是赢了他。他是个非常好的人；富得像个犹太人。我想跟他一起用餐；我敢说他会招待丰盛的饭菜。不过你知道我们一直在说些什么吗？——你。没错，天知道！——将军觉得你是巴斯最出色的女孩。"

"哦！胡说！你怎么可以这样讲？"

"你知道我是怎么说的吗？"他压低声音，"没错，将军，我说，我和你想的一样。"

继续说着同样漂亮的恭维话。

比起蒂尔尼将军的夸赞,凯瑟琳对索普的仰慕之词并没什么感激之心,艾伦先生把她叫走的时候,她一点都没有感到不舍。而索普呢,还要把她送上轿椅,然后,直到她已经坐进去了,还继续说着同样漂亮的恭维话,尽管她一直请求他别再说了。

蒂尔尼将军并没有不喜欢她,反而还夸赞她,这太让人欣喜了,她快活地想着,这一家人当中再没有哪一个是让她害怕见面的了。——这个晚上收获很多,对她而言,比所期待的要丰富很多。

第十三章

星期一,星期二,星期三,星期四,星期五,星期六,这些日子在读者眼前一天天地过去;每天所发生的事,那些希望和担忧,那些难堪和喜悦,都已被分别罗列出来,现在只余下星期天遭受的折磨还没有描述,然后这一周就算过去了。去克利夫顿的计划被更改了,但并没有被放弃,这天下午在新月街,它再次被提了出来。伊莎贝拉和詹姆斯私下商议了一番,前者格外有心要去一次,后者尽管没少担心,还是决定要让她高兴,他们达成一致,只要天气好,第二天一早就出门远行;他们会早早出发,这样就不会回来太晚。事情就这样定下来,索普对这个主意肯定是赞同的,凯瑟琳只需要被告知一下就好。凯瑟琳离开了他们几分钟,去和蒂尔尼小姐说话。就在这段时间里计划已经制订完毕,她刚一回来,就被要求表示同意;但是她没有像伊莎贝拉料想的那样和悦温顺,而是神色庄重地表示非常抱歉,她不能去。那个上次就该阻止她和他们出门的约定,使她这次不可能陪他们去了。就在刚才她和蒂尔尼小姐说好了,明天她们就如约去郊外散步:已经说定了,不论怎样,她都不会食言的。可是她必须也应该反悔,索普兄妹立刻同时急声喊起来:他们明天必须去克利夫顿,没有她一起他们也不去,只不过是把一次散步推后一天嘛,没什么大不了的,他们不想听到拒绝之词。凯瑟琳很苦恼,但并没有顺从。"别再强迫我了,伊莎贝拉。我和蒂尔尼小姐约好了。我不能去。"这话毫无用处。同样的争论再次向她袭来:她必须去,她应该去,他们不会接受推辞。"这是多么简单的事,只要告诉蒂尔尼小姐有人刚刚提醒了你有约在先,你只好恳求她把郊外散步推后到星期二了。"

"不行,没这么简单。我不能这样做。根本就没有什么先前的约定。"可是伊莎贝拉只是变得越来越迫切,用最亲热的态度请求凯瑟琳,唤着她最亲昵的名字。她相信她最亲爱的、最可爱的凯瑟琳不会当真拒绝一个对自己如此挚爱的朋友这点微不足道的请求。她知道她热爱的凯瑟琳是多么富有同情心,脾气是多么温和,很容易被她所爱的人说动的。但一切都是徒劳;凯瑟琳觉得自己是对的,尽管也为这样温存、这样讨好的央求而心痛,还是不允许它影响自己。伊莎贝拉于是又试了另外一种办法。她责备凯瑟琳,虽然才和蒂尔尼小姐认识了那么短的时间,凯瑟琳对她的感情已胜过了最好的、相处最久的朋友,而且变得冷漠无情,简单地说,就是对她无情无义。"我没法不嫉妒,凯瑟琳,我发现自己还不如一个陌生人重要,我,一个毫无保留地爱你的人! 我的爱一旦存在,就没有什么力量能改变它。我相信我的感情比任何人都更强烈,它们必定要强烈到使我自己不得安宁;看着我和你的友情被陌生人取代,真让我伤透了心,我承认。蒂尔尼家的人好像把其他的一切都吞没了。"

凯瑟琳觉得这顿责难既莫名其妙又不厚道。难道应该就这样把一个朋友的情感世界暴露给别人吗?伊莎贝拉在她眼里显得既小气又自私,只想让自己满意,别的一切都不放在心上。这些令人痛心的想法在她脑海中闪过,然而她什么也没说出口。这时候,伊莎贝拉已经在用手绢擦拭眼睛;而莫兰看到这情形很伤心,忍不住说道:"喂,凯瑟琳,我觉得你不能再固执下去了。又不算什么多大牺牲;而且是答应这样一位朋友的请求——如果你还要拒绝的话,我会认为你很残忍。"

这是她哥哥第一次公然站在她的对立面,凯瑟琳急于避免他的不快,便提出了一个妥协的办法。只要他们肯把计划推迟到星期二——这应该很容易做到,因为只需要他们自己决定就行了,然后她就能和他们同去,所有的人就应该都满意了。可是立即得到的回答是:"不行,不行,不行!那是不可能的,因为索普不知道他星期二会不会去伦敦。"凯瑟琳觉得很遗憾,可是再也没什么能做的了;这引来一阵短暂的沉默,最终被伊莎贝拉打破,她声音里带着冷冷的厌恶说:"好极了,这次出游就此作罢。假如凯瑟琳不去,我就不能去。不能只有我一个女人。无论为了什么缘故,我不愿意做出这么不成体统的事。"

"凯瑟琳,你必须去。"詹姆斯说。

"可是为什么索普先生不能带他的另一个妹妹去呢?我敢说那两个妹妹都会愿意去的。"

"谢啦,"索普喊道,"我到巴斯来可不是为了带着妹妹乱跑,让人家当傻瓜看。不,如果你不去,我才他妈的不会去呢。我完全是为了给你驾车才会去的。"

"这样的恭维一点儿都不能让我高兴。"但索普没听到凯瑟琳的话,他已经猛地转身离开了。

剩下三个人还继续待在一起,对可怜的凯瑟琳来说这是最不舒服的一次散步;有时候一句话都没有,有时候她又会遭受新一轮的央求或责备,她的胳膊仍然和伊莎贝拉的挽在一起,尽管两颗心在对峙。某一刻她会心软,另一刻又会恼怒;一直很难过,却一直很坚定。

"我没想到你会这么固执,凯瑟琳,"詹姆斯说,"以前你可没有这么难说服;你曾经是我最心软、脾气最好的一个妹妹。"

"我希望我现在也并没有变得不好,"凯瑟琳充满感情地回答,"可我真的不能去,如果我错了,我只是在做我认为正确的事。"

"我怀疑,"伊莎贝拉说,声音很低,"根本就没什么可纠结的。"

凯瑟琳心里波澜起伏;她把手臂抽离出来,伊莎贝拉也没有反对。就这样过去了漫长的十分钟,直到索普又回到他们身边,他向他们走来,神情愉快多了,说道:"好了,我把事情解决了,这下明天我们可以心安理得地一起去了。我去找过蒂尔尼小姐,替你推辞了。"

"这不可能!"凯瑟琳叫道。

"是真的,我用灵魂起誓。刚刚离开她。我告诉她是你让我去说的,说你方才想起了一个早先的约定,明天要和我们去克利夫顿,没办法和她一起散步了,等星期二再说吧。她说那也好,星期二对她一样方便;这么一来我们所有的难题都解决了。——我的主意不错吧——嗯?"

伊莎贝拉又一次笑容满面,心情舒畅了,詹姆斯也又高兴起来。

"的确是个最妙的点子!现在,我可爱的凯瑟琳,我们所有的为难之处都过去了;你光明正大地摆脱了负担,我们要来一次最开心的旅行。"

"这样不行,"凯瑟琳说,"我不能就这样认了。我必须马上去追上蒂尔尼小姐,告诉她实情。"

结果,伊莎贝拉抓着她的一只胳膊,索普拉着另一只,三个人的阻拦之声劈头盖脸而来。连詹姆斯也大为生气。本来一切都解决了,蒂尔尼小姐自己都说星期二对她一样合适,凯瑟琳还要继续抗拒下去就太可笑、太荒唐了。

"我不管。索普先生没道理编造这样的口信。假如我确实觉得应该推迟,我自己会去和蒂尔尼小姐说的。他这样做只是显得更无礼;我怎么知道索普先生会——也许他又犯错了,上个星期五他已经用自己的错误把我卷进一次无礼的行为。让我走,索普先生;伊莎贝拉,别拦着我。"

索普告诉她去找蒂尔尼兄妹是白费力气;他追上他们的时候,他们正转过街角走上布洛克街,现在应该已经到家了。

"那我就跟着他们去,"凯瑟琳说,"不管他们在哪儿我都要去找他们。说什么都不重要了。我不会被说服去做我觉得不对的事,同样也绝不会被人哄骗着去做。"她说完这些话就挣脱开来,飞奔而去。索普本要冲过去追她,但是莫兰拉住了他。"让她去,让她去,随她去吧。"

"她简直倔得像——"

索普没把这个比喻说完,因为那肯定不会是什么好听的话。

凯瑟琳心情无比烦乱地走着,尽可能快地穿过路上的人群,她害怕有人追来,但是拿定主意要坚持到底。她一边走一边回想着刚才发生的事。让他们失望和不快使她感到难过,尤其是让她哥哥不高兴;但她不会为自己的反抗而后悔。抛开她自己的偏好不说,要她第二次失信于蒂尔尼小姐,主动收回五分钟前刚刚许下的承诺,而且还是有人假冒她的名义,这样做肯定是不对的。她抵抗他们不单是出于自私的原则,她也没有仅仅顾及让自己满意;如果是为了自己,可能会由于短途旅行本身,由于去游览布莱兹城堡而在某种程度上得到满足。不是的,她所顺从的是别人的安排,是自己在他们心目中的形象。她决意要做正确的事,可是这还不足以让她恢复平静:在和蒂尔尼小姐说清楚前她没办法安心。走过整整一条新月街之后,她加快了步伐,最后一段路几乎是跑过去的,一直跑到了弥尔森街。她的动作实在太快了,尽管蒂尔尼兄妹在离开的时间上占了先,但她看见他们的时候,他们还只不过刚刚走进旅馆;仆人还留在打开的门旁边,她只是礼节性地说了句她现在有话必须和蒂尔尼小姐说,就匆匆掠过仆人继续往楼上走。然后,推开她眼前的第一道门,碰巧就走对了,她立刻发现自己进了一间客厅,蒂尔尼将军和他的儿子、女儿都在。她马上就开始解释,只不过话是断断续续的——因为紧张刺激和上气不接下气——简直就和没解释一样。"我是急急忙忙跑来的——这一切都是误会——我从来没答应过要去——从一开始我就告诉他们我不能去。——我着急跑来就是为了解释这个——我不在乎你们怎么想我。——我等不及让仆人带我上来。"

这段话尽管没能很好地解释清楚,但事情很快就不再令她困扰了。凯瑟琳了解到约翰·索普确实传过这个口信;蒂尔尼小姐毫不犹豫地承认她听了以后非常吃惊。至于她哥哥心里的怨恨是否依然比她强烈,凯瑟琳无从得知,她在兄妹俩面前同样出于本能地为自己澄清。不知她到来之前他们的感受如何,她急切的表白很快就使每张脸和每句话都如同她盼望中的一样和善了。

事情就这样皆大欢喜地解决了,蒂尔尼小姐把她引见给自己的父亲,蒂尔尼将军接待她的礼节是如此周到,如此热切,她不禁回想起索普传递的信息,这让她愉快地想到,索普偶尔还是靠得住的。将军的礼貌转而成为一种焦虑的关切,他没有意识到凯瑟琳是用不寻常的飞快速度走进来的,他很生仆人的气,以为仆人的失职使凯瑟琳只能自己动手推开屋门。"威廉这样做是什么意思?他必须解释清楚这究竟是怎么回事。"如果不是凯瑟琳诚心诚意地坚持说威廉是无辜的,他似乎就要因为凯瑟琳动作太快而永远在主人那里失宠了——假如不丢差事的话。

和他们一起坐了一刻钟以后,凯瑟琳起身告辞,这时候蒂尔尼将军问她是否愿意赏光和他女儿一起用餐,餐后再留下来陪陪她,这让凯瑟琳格外惊喜。蒂尔尼小姐也附和地说出她自己的愿望。凯瑟琳非常感激:可是她做不了自己的主。艾伦先生和太太随时都在等她回去。将军表示他不会再多说什么了,艾伦先生和太太的权力是不可取代的;但他相信在另外的某个日子,能够早一点打好招呼的话,他们应该不会拒绝让凯瑟琳来陪一陪她的朋友。"哦,不会的,他们肯定一点儿都不会反对;我也会非常高兴来的。"将军亲自陪她走到临街的大门,下楼的一路上说着各种殷勤的话语,赞叹她的步伐富有弹性,正好吻合了她的舞姿,临别时,还向她致以她见过的最优雅的鞠躬礼。

凯瑟琳快活地朝普蒂尼街走去,对刚刚经历过的一切感到高兴;她的步伐,正如她自己总结的,确实极富弹性,尽管她以前从来没意识到这一点。她回到住处也没再看到什么让她心烦的人;现在她已经获得了彻底的胜利,坚持了她的主张,保住了去散步的计划,她开始(当她动荡的心神平静下来后)怀疑自己的做法是否完全正确。做出牺牲总是高尚的;如果她对他们的恳求让步了,也许通过她的方式做出让步,就省得惹上这种烦心事:让一个朋友不开心,让自己的哥哥生气,让他们都非常向往的计划泡汤了。为了让自己安心,同时也为了请一个立场不偏不倚的人来查证自己的所作所为究竟如何,她找了个机会,向艾伦先生提起她哥哥和索普兄妹第二天将行未行的计划。艾伦先生立刻就明白了。"那么,"他说,"你也想去吗?"

"不想;他们和我说这件事之前,我已经和蒂尔尼小姐约好了去郊外散步。所以你知道,我不能和他们去,对吗?"

"不去,当然不去;我很高兴你不想去。这些都是不该做的事情。年轻的男男女女驾着敞篷马车在乡村游荡!偶尔去一次还很不错,但还要一起去客栈和公共场所!这样是不对的;我奇怪索普太太怎么会同意的。我很高兴你并没有想去;我敢肯定莫兰太太也不会愿意你去的。艾伦太太,你和我想的不一样吗?你不觉得应该反对这样的主意吗?"

"是的,确实非常应该。敞篷马车是让人讨厌的东西。坐在那上面,一件新裙子穿不到五分钟就毁了。上车下车都会被溅上泥点;风把你的头发和帽子吹得乱七八糟。我自己是很讨厌坐敞篷马车的。"

"我知道你不喜欢;但我问的不是这个。假如年轻女士经常被年轻男人带着坐在敞篷马车上游荡,而他们之间甚至什么关系也没有,你不觉得这看起来很怪异吗?"

"是的,我亲爱的,的确看起来很怪异。我可看不下去。"

"亲爱的夫人,"凯瑟琳喊起来,"那你先前为什么不这样告诉我呢?如果我早知道这是不合体统的,我肯定根本就不会和索普先生一起出去;可我一直希望,如果你认为我做得不对能够告诉我。"

"我确实应该,亲爱的,你可能指望着我呢;临出来的时候我对莫兰太太说过,我会一直尽可能为你着想。可是一个人总不能过分挑剔。年轻人就是年轻人,就像你的好妈妈自己说的那样。你记得当我们刚来的时候,我要你别去买那件有花枝图案的布料,可你还是要买。年轻人不喜欢总是被约束着。"

"但这种事真的会有后果的;我认为你不会发现我很难被说服。"

"至少到目前为止,还没出过什么问题。"艾伦先生说,"我只能建议你,亲爱的,不要再跟索普先生出去了。"

"这也正是我想要说的。"他的妻子补充道。

凯瑟琳为自己感到解脱,为伊莎贝拉感到不安,她想了一下,便问艾伦先生,如果她给索普小姐写封信,会不会显得既不恰当又不友善,她想对伊莎贝拉解释一下,因为伊莎贝拉肯定和自己一样,对此中的不妥之处毫无察觉;她觉得虽然发生了今天的事,伊莎贝拉第二天可能还是会去克利夫顿的。可是艾伦先生不鼓励她做任何这样的事情。"你最好别去管她,亲爱的;她年纪不小了,知道自己想要什么,就算不知道,还有她妈妈在指点她呢。毫无疑问,索普太太是过分溺爱孩子了;但不管怎么样,你最好别插手。她和你哥哥选择要去,你这样做只会招来怨恨。"

凯瑟琳听从了,她为伊莎贝拉可能会做错事感到难过,却也因为艾伦先生肯定了自己的行动而感到极大宽慰,她真心高兴有艾伦先生的提醒保护,避免了她犯下这个错误的危险。现在,她逃脱克利夫顿之行才真正成为一次逃脱;否则蒂尔尼兄妹会怎么看她呢,假如她对他们失约是为了去做一件本身就不正确的事,假如她为破坏了一件正当的事而歉疚,只是让自己为另一件事而负罪?

第十四章

第二天一早天色晴朗,凯瑟琳几乎是在等待着那一队人马的再度来袭。有艾伦先生支持,她倒不怕会有什么后果;但是她很愿意能免去一场角逐,否则即使胜利了也会痛心,所以当他们几个无影无踪、无声无息,倒让凯瑟琳由衷地感到高兴。蒂尔尼兄妹在约定的时间来找她了;没有出现新的难题,没有突然想起什么事情,没有出乎意料的召唤,也没有鲁莽的侵扰来搅乱他们的行程,虽然这一切都是由男主角亲手安排的,但我的女主角居然能够如约前往,这简直是很不同寻常。他们决定绕着比钦峭壁去漫步,那座宏伟的山峰有着美丽青葱的林木和垂挂着的矮树丛,构成如此夺目的一道风景,几乎在巴斯的每一片开阔地都能看到它。

"每当我看着它,"他们走在河岸上时,凯瑟琳说,"总会不由得想起法国南部。"

"你到过国外?"亨利说,有点惊讶。

"哦!没有,我只是说我曾经读到过。它常常使我想起艾密丽和她父亲游历过的那个国度,《奥多芙的神秘》里写的。不过我想,你从来不读小说吧?"

"为什么?"

"因为对你来说,这种书写得不够聪明——男人们会读更好的书。"

"一个人,不管男人还是女人,如果不能从一部好小说里得到乐趣,肯定是愚不可及的。拉德克利夫太太的所有作品我都读过,其中大部分我都非常喜欢。《奥多芙的神秘》,刚一开始读,我就再也放不下了。——我记得两天就把它读完了——整个过程中一直毛骨悚然。"

"是啊,"蒂尔尼小姐插话道,"我还记得你答应朗读给我听,结果我只是被叫走五分钟去回了个便条,你却没等我,而是带着书去了通往隐士修道院的那条路,我不得不等在那里,一直到你把它看完。"

"谢谢你,艾丽诺。——真是最有力的证词。你看,莫兰小姐,你的怀疑是不公正的。我就是个例子,因为急着要读下去,连等我妹妹五分钟都不肯,没有遵守承诺朗读给她听,让她的心悬在最有趣的一个段落上,而我却带着书逃跑了,那本书,你要知道,是她的,就是她自己的。回忆起这件事我很自豪,想来这也会让你建立起对我的好印象。"

"听到这件事我真的很开心,这下我再也不用为自己喜欢《奥多芙的神秘》而不好意思了。但我以前真是那么想的,年轻男人对小说出奇地鄙视。"

"确实出奇;如果真是那样才称得上是出奇呢——因为他们读的小说几乎和女人读的一样多。我自己就读过好几百本。别想当然地认为你对《茱莉娅斯和露易萨斯》知道得比我多。如果我们继续细说下去,开始没完没了地问对方'你读过这个吗?''你读过那个吗?',那我会立刻把你甩得很远——怎么说呢?——我需要一个恰当的比喻。——就像你读的小说中的朋友艾密丽丢下可怜的瓦兰库特,跟她姑妈去了意大利那么远。想一想我比你早多少年就开始读书了。我进牛津读书的时候,你还只是个在家里练习刺绣的乖乖的小姑娘呢!"

"我恐怕不能算很乖。可是说真的,你不觉得《奥多芙的神秘》是世界上最好的书吗?"

"最好的——我想你的意思是最精美的。那就得看书皮是怎样的了。"

"亨利,"蒂尔尼小姐说,"你太没礼貌了。莫兰小姐,他把你当成自己的妹妹一样对待了。他永远都在挑我的错,就因为我用词不当,现在他跟你也这样随随便便了。你刚才用的'好'这个字,他认为不合适;你最好赶快把它改过来,要不然接下去的一路上他都会用语言学者约翰逊和布莱尔的名字压制我们。"

"我明白了,"凯瑟琳叫道,"我并没想过会说错什么;可那确实是一本好书呀,为什么我不能这样说它呢?"

"对极了,"亨利说,"这是非常好的天气,我们在进行一次非常好的漫步,你们两位是非常好的年轻姑娘。哦!这真是个非常好的字眼!——用在哪里都可以。起初它可能只是用来表示整洁、恰当、精致或者文雅——可以说人们的穿着好、观点好,或是眼光好。可是现在对任何一种事物的赞扬之词都被这一个字眼所涵盖了。"

"而实际上,"他的妹妹喊着说,"它应该只被用在你身上,而不需要任何其他赞扬之词了。与其说你是个智慧的人,不如说你是个好人。来吧,莫兰小姐,就让他自己用最恰当不过的修辞去仔细琢磨我们犯的错吧,我们就用我们最喜欢的不论什么方式来赞美《奥多芙的神秘》。那本书太有意思了。你喜欢这一类的读物?"

"说实话,我不太喜欢其他任何一类。"

"真的!"

"就是说,我可以读诗歌和戏剧,还有诸如此类的各种作品,也并不讨厌读游记。但是历史,严肃的正史,我可读不进去。你呢?"

"我可以,我喜欢历史。"

"我希望我也能喜欢。我读一点历史只是为了应付一下。可是里面所说的一切都让我觉得既心烦又厌倦。每一页写的都是教皇和国王之间的争吵,战争或是瘟疫;历史书里所有的男人都一无是处,基本上也没有任何女人——真是非常无聊:我常常觉得奇怪它怎么会这么沉闷,因为其中很大一部分肯定都是杜撰出来的。那些借英雄之口说出的言辞,还有他们的思想和谋略——这一切大部分肯定是杜撰的,可在其他书里杜撰的部分正是我所喜欢的。"

"你以为,"蒂尔尼小姐说,"历史学家在展开幻想的翅膀时并不快乐。他们展现了想象力却引不起人们的兴趣。我喜欢历史——而且非常满足于同时了解谬误和真相。关于那些最重要的史实,他们有前代历史学家和史书作为资料来源,这些资料的可靠程度,我的结论是,跟任何通过自己的观察所得来的信息一样;至于你所说的少许的渲染,它们确实是渲染,就是这样我也喜欢。只要一段话写得很好,让我很乐意去读,不管是哪个人物说的——如果是休姆先生或者罗伯逊先生的著作,很可能比卡拉克塔克斯、阿格里科拉或是阿尔弗雷德大帝他们本人的原话还要精彩得多。"

"你喜欢历史!——艾伦先生和我父亲也喜欢,我有两个哥哥也都不讨厌历史。在我这么小的亲友圈子里就有这么多例子,真是不一般!照这样说,我再也不用同情写史书的人了。假如有人喜欢他们写的书,那就太好了。费这么多功夫去写满一卷卷大部头的书,而这种书,我曾经以为从来不会有人愿意看,我以为他们艰苦的劳作仅仅是为了让小男孩儿和小女孩儿们受折磨,我常常感叹这是一种苦难的命运。尽管知道这件事很正常也很有必要,我还是常常纳闷,一个人竟然有专门坐下来写这种书的勇气。"

"小男孩儿和小女孩儿们会受折磨,"亨利说,"这是在文明状态下任何一个了解人性的人都不会否认的;不过站在我们最尊敬的历史学家们的立场上,我必须要说,假如认为他们没有更高的目标,那就很可能是对他们的一种冒犯——借助他们的写作方法和风格,他们完全有资格去磨砺那些思考能力最完善、正值生命成熟期的读者。我用了'磨砺'这个动词,而不是'教导',在我看来这正是你自己的用法,现在就权当它们是同义词吧。"

"你觉得我把教导说成受折磨很愚蠢,可如果你曾经像我这样,听惯了可怜的小孩子们第一次学着认字母,然后学着拼写,如果你见到他们学了整整一个白天能笨到什么地步,我母亲到最后又累成什么样,如果你像我一样几乎在家里生活的每一天都对这些司空见惯,你就会同意磨砺和教导在某些时候是可以作为同义词来用的。"

"很有可能。不过历史学家并不应该为学习识字的艰苦而负责任;即使是你自己,似乎总的来说不太喜欢很严格、高强度的磨炼,恐怕也应该能认识到,一个人一生中被磨砺上两到三年是非常值得的,因为他今后就有了读书能力。想想看——如果没人教我们阅读,拉德克利夫太太的书就白写了——也许根本就不会写了。"

凯瑟琳同意他的话——她对那位女士卓越的才华热情歌颂了一番,结束了这个话题。蒂尔尼兄妹很快就聊起了一个让她插不上嘴的新话题。他们用那种懂得绘画的眼光来欣赏郊野风光,判断着把它绘成图画的可能性,那份热切是出自真正的鉴赏力。这使凯瑟琳感到非常失落。她完全不懂绘画——不懂鉴赏。她认真听着他们的话却收获不大,因为他们所用的词汇让她听不太懂。而她能听懂的那一小部分,却又仿佛和她以前对于绘画所拥有的那一点点认知相矛盾。好的风景似乎不再是从高山之巅所看到的画面,一片明净的蓝天也不再是美好天气的印证。她由衷地为自己的无知感到羞愧。一种不合时宜的羞愧。人们在想要攀附的地方,就应该显得无知。带着准备充分的想法而来,就意味着无法满足他人的虚荣心,通达世故的人都会希望避免这种情况。尤其是一位女性,假如她不幸是个知识渊博的人,她就应该尽可能把这一点隐藏起来。

一位姊妹小说家已经用一流的文笔写明,一个漂亮女孩儿身上天然的愚痴是有益处的。——对于她在这个问题上的态度,我只想补充一点,为男子说句公道话,虽然在大多数更轻率的一部分男性看来,女性的愚钝能够极大地增强她们的人格魅力,但是还有一部分男性,非常理性并且有充分的准备去追求女性身上除了无知以外的一切。然而凯瑟琳并不清楚她自己的优势——她并不知道,一个容貌美丽的女孩子,有着一颗多情的心和一副非常单纯的头脑,不可能抓不住一个聪明的年轻男子的心,除非境况格外对她不利。就以眼下的情形来说,她承认并且哀叹自己对知识的渴求,表明只要能学会画画,付出什么代价都愿意;于是一堂关于风景画的讲座立刻随之而来,亨利的指点是如此清晰,凯瑟琳很快就开始发现他所赞叹的一切美景,而她又是如此认真,让亨利对她相当高的审美天赋极为满意。他讲到了前景、间距、前景和背景之间的部分——侧景和透视——光线和阴影。凯瑟琳真是个有前途的学生,当他们登上比钦峭壁之顶,她自觉地把整个巴斯城摒弃在外,因为它不值得作为风景的一部分。亨利为她的长进而欣喜,同时担心一次灌输太多的知识会让她腻烦,他对这个话题做了收尾,轻松地把话题从一幅将枯萎橡树拼接在岩石碎片上的画面,转为主要谈橡树,再谈到树林,谈到对它们的圈占,还有荒地、王室土地和政府,他很快就发现自己已经开始谈政治了,而一说到政治,离安静下来就不远了。在他关于国家状况的简短演说之后,几个人的沉默被凯瑟琳打破,她用特别郑重的语气,脱口而出下面这句话,"我听说有什么东西很快就要从伦敦传出来了,肯定会让人非常震惊。"

这主要是对蒂尔尼小姐说的,她吃了一惊,连忙回道:"真的吗!——是哪一类的呢?"

"这个我也不知道,也不清楚出自什么人之手。我只听说比以往我们知道的都恐怖得多。"

"老天爷!——你从哪儿能听到这样的消息?"

"我有一位不一般的朋友昨天从一封来自伦敦的信里得知的。应该是不同寻常的可怕。我想会有谋杀和诸如此类的各种事情。"

"你说得这样冷静太让人吃惊了!可我还是希望你的朋友听到的消息是夸大其词的。——而且,如果这样的谋划被预先知道了,政府毫无疑问会采取恰当的措施阻止它的发生。"

"政府,"亨利说,努力忍住笑,"政府既不愿意也不敢插手这样的事情。肯定会有谋杀;政府才不在乎有多少呢。"

两位女士面面相觑。亨利笑了,补充道:"好了,要不要我来帮你们弄明白彼此的意思,还是由你们自己费力去猜出答案?不——我还是高尚一些吧。我要证明自己是这样一个男人,我灵魂的仁慈丝毫不亚于头脑的清晰。我可不耐烦像我的某些同性那样,不屑于偶尔把自己拉低到你们的理解层面。也许女性的智能既不强大也不健全——既没有力量也不够灵敏。也许她们需要观察力、洞察力、判断力、灵感之火、创造力和幽默感。"

"莫兰小姐,别理会他说的话。——你还是做做好事满足我,说说这场可怕的暴乱吧。"

"暴乱!什么暴乱?"

"我亲爱的艾丽诺,暴乱只存在于你自己脑子里。这里的困扰说来有点丢人。莫兰小姐所说的恐怖事件,不过是近期要出版的一本新书,三卷十二开的书,每卷两百七十六页,第一卷有一张卷首插图,画的是两座墓碑和一盏灯——你明白了吗?至于你,莫兰小姐——我妹妹脑子慢,完全听错了你再清楚不过的表达。你说的是伦敦即将出版的惊悚小说——而我妹妹没能立刻理解,没能像任何明白人都会理解的那样,知道你那些话只可能和流通的藏书相关,她自己马上想象出来的却是三千人聚集在圣乔治场上的一次暴乱:银行被洗劫了,伦敦塔也受到威胁,伦敦街头血流成河,第十二轻龙骑兵团的一支分队从北安普敦受命前来镇压暴民,那勇敢的弗里德利克·蒂尔尼上尉,正冲在他的队伍前面进攻,却被楼上窗口扔下的一块砖头击落马背。原谅她的愚钝吧。妹妹的恐慌又给女性增添了一个弱点;但总体来说她可绝对不是一个傻瓜。"

凯瑟琳面露忧色。"现在好了,亨利,"蒂尔尼小姐说,"你已经让我们彼此明白了,你也应该让莫兰小姐理解你的意思——除非你想让她认为你对待妹妹态度粗暴,难以容忍,你对女性整体的看法极端冷酷无情。莫兰小姐可不习惯你的刁钻古怪。"

"我非常乐意让她好好地习惯一下。"

"很显然——但这不能解释眼下的情况。"

"我应该怎么做呢?"

"你知道应该怎么做。在她面前大大方方地澄清你的性格。告诉她你对女性的理解力是非常仰慕的。"

"莫兰小姐,我对全世界一切女性的理解力都是非常仰慕的,特别是那些——不论她们是谁——我恰好陪伴在她们身边的女性。"

"这可不够。再严肃些。"

"莫兰小姐,没有人对女性的理解力的仰慕更胜于我了。在我看来,上天赋予女性太多,以至于她们从来不觉得需要用到一半以上的能力。"

"看来我们听不到他说出什么更认真的话了,莫兰小姐。他的状态不太清醒。不过,如果你以为他真的会对任何女性说一句不公正的话,或者对我有哪怕一句恶语相向,我向你保证他肯定是被彻底误会了。"

亨利·蒂尔尼永远是正确的,要凯瑟琳相信这一点毫不费力。他说话的方式可能有时出人意料,但他所说的意思一定总是恰当的。——那些让凯瑟琳听不懂的部分,她几乎也像能听懂了一样欣然赞美。漫步的全程都很愉快,结束得也很愉快,尽管有些过早。两位朋友陪她走回住所,在告别前,蒂尔尼小姐用敬重的口吻说了自己的愿望,既是对艾伦太太也是对凯瑟琳,请求凯瑟琳后天赏光和她共进晚餐。这在艾伦太太看来完全不成问题——而凯瑟琳唯一的问题是要掩饰住她过度的欢喜。

这一上午过得太迷人了,好像消除了她所有的友谊和天然的亲情,因为在他们漫步的过程中,她完全没有想起过伊莎贝拉和詹姆斯。蒂尔尼兄妹走后,她又变得心软了,可是心软了一会儿也没起什么作用,艾伦太太说不出什么消息可以解除她心中的不安,她没听到那几个人的音讯。不过,就在白天快要结束的时候,凯瑟琳需要去买

被楼上窗口扔下的一块砖头击落马背。

上几码非用不可的缎带,必须买到,刻不容缓,所以她出门上了街,在邦德街,她从索普家二女儿安妮小姐的身旁走过,安妮小姐正向艾德嘉大厦的方向闲逛着,世界上最可爱的两个女孩一左一右走在她身边,她们是她这一天里亲密的伙伴。从她口中,凯瑟琳很快得知去克利夫顿的计划还是成行了。"他们今天早晨八点就出发了,"安妮小姐说,"我可是一点儿都不羡慕他们出去兜风。我想你和我都会很高兴躲开了这种尴尬。——这肯定是世界上最没意思的事,因为每年的这个季节在克利夫顿连个人影都看不到。伊莎贝拉坐你哥哥的车,约翰带着我妹妹玛利亚去的。"

凯瑟琳说她听到这个安排真是觉得开心。

"哦!是的,"另一位接着说,"玛利亚去了。她闹着要去。她以为这件事会特别有意思。对她的口味我可看不上;反正我自己从一开始就下决心不去,就算他们非让我去也不去。"

凯瑟琳对此有点怀疑,忍不住回答道:"我倒是希望你也能去。真遗憾你们不能一起去。"

"谢谢你,但我的确觉得无所谓。真的,怎么说我也不会去的。你赶上我们的时候,我正在对艾米丽和索菲娅这样说呢。"

凯瑟琳还是不太相信;但她很高兴还有艾米丽和索菲娅的友情来抚慰安妮,她告别了安妮,心里不再有任何忐忑。她回到住处,很满意那个出行计划没有因为自己拒绝参与而无法成行,同时满心希望詹姆斯和伊莎贝拉能玩儿得非常开心,那样他们也就不会再为她的回绝而生气了。

第十五章

第二天一早,凯瑟琳收到伊莎贝拉的一张便条,字里行间流露着平静和温柔,恳求立即和她的朋友见面,要谈一件至关重要的事。凯瑟琳就急匆匆地向艾德嘉大厦赶去,充满了快活的信心和好奇心——起居室里只有两位最年幼的索普小姐,当安妮离开去叫姐姐的时候,凯瑟琳趁机问了问玛利亚昨天他们出游的细节。再也没有比谈起这件事更让玛利亚高兴的了,凯瑟琳很快就知道,这是天底下最开心的一次游玩,没人能想象得出它是多么有趣,简直比任何人能想到的都更精彩。这些就是玛利亚在前五分钟里所说的,她从第二个五分钟开始才详述了这样一些细节——他们驾车直接去了约克旅馆,喝了汤,预订了提早一些的晚餐,然后走到泵房,在那里喝了矿泉水,花了些先令买了手袋和水晶制品;然后在附近的一家糕饼店吃了冰淇淋,接着再急急忙忙返回约克旅馆,赶在天黑之前,匆匆吃罢晚餐;随后就一路欢畅地驾车返回,只是月亮没有出来,还下了点儿雨,而且莫兰先生的马累得都快走不动了。

凯瑟琳听后从心眼儿里觉得满足。看来他们根本没想过要去布莱兹城堡;至于其他的一切,她没有一星半点儿的遗憾。——玛利亚讲到最后,对姐姐安妮流露出温柔的同情,按她的话说,安妮对自己被排除在外感到怒不可遏。

"她永远都不会原谅我,我知道;可是,你看,我能怎么办呢?约翰想带我去,他发誓不会带她去,因为她的脚腕太粗了。我敢说她这一个月都不会再有好脾气了;不过我打定主意不会生气的,我可不会为一点小事就乱发脾气。"

这时伊莎贝拉脚步匆匆走进来,她脸上那庄重而喜悦的神情把凯瑟琳完全吸引了过去。玛利亚被随意地打发走了,伊莎贝拉搂着凯瑟琳,开始说道:"是啊,我亲爱的凯瑟琳,真的是这样,你的洞察力没有欺骗你。哦!你那淘气的眼睛!它们能看穿一切。"

凯瑟琳报以一脸的茫然无知。

"好了,我亲爱的、可爱的朋友,"伊莎贝拉继续道,"冷静下来吧。正像你看到的,我的心情太激动了。我们坐下来安稳地说说话吧。那么,你见到我的字条时就已经猜到了?狡猾的家伙!哦!我亲爱的凯瑟琳,只有你,你懂得我的心,你能评判我此时的幸福。你哥哥是男人当中最有魅力的。我只希望自己更配得上他一些。可是你那卓越不凡的父亲和母亲会怎么说呢?哦!天哪!一想到他们我心里就好乱!"

凯瑟琳开始醒觉过来了:一个真相突然闯进她的脑海;于是,她为这新奇的感受自然而然地绯红了脸,大喊着:"我的天!我亲爱的伊莎贝拉,你的意思是?你真的——真的爱上詹姆斯了?"

然而她很快就明白了,这大胆的猜测只不过理解对了实情的一半。伊莎贝拉埋怨她盯着自己的每一个表情和动作不放,而就在他们昨天出游的途中,自己涌动的爱意迎来了令人喜悦的真情告白,两个人心心相印。她的芳心和命运已经和詹姆斯连接在一起。凯瑟琳以往听到任何事情都没有像这样充满了兴致、惊奇和欢乐。她的哥哥和她的朋友订婚了!乍一面对这种境况,它沉重的分量好像难以言表,这在她思想深处属于人生大事之一,在正常的生活轨迹中是不容反悔的。她表达不出自己强烈的感受;而这感受的真切使她的朋友感到满足。最先奔涌而出的是拥有彼此这样一位姐妹的幸福感,两位美丽的姑娘的心在欢喜的泪水和拥抱中结为一体。

从两家联姻的角度,凯瑟琳是真心地感到幸福,然而必须承认的是,伊莎贝拉对这件事的预想远比凯瑟琳细腻。——"我的凯瑟琳,你和我将会更加亲密无间,超过安妮和玛利亚——我感觉我和心爱的莫兰一家人会比和自己的家人还要亲热。"

她的友情如此深挚,这是凯瑟琳所不能及的。

"你太像你可爱的哥哥了,"伊莎贝拉接着说,"第一眼看见你时我就特别钟爱你。不过我总是这样,一见钟情。去年圣诞节你哥哥来到我家的第一天——刚看见他的那一瞬间——我的心就无可救药地被他带走了。我记得我穿着那件黄色的长裙,头发梳成辫子盘上去;记得当我走进客厅,约翰介绍他的时候,我觉得从没见过比他更英俊的人了。"

此刻凯瑟琳暗暗地承认了爱情的力量,因为,尽管她非常喜欢哥哥,而且偏爱他所有的天赋,可是从小到大,她从来没觉得哥哥长得英俊。

"我还记得,那天晚上安德鲁小姐和我们一起喝茶,穿着她紫褐色的薄绸子长裙,她的样子美若天仙,我以为你哥哥肯定会爱上她的,想到这个我一整晚都没合眼。哦!凯瑟琳,为了你哥哥我熬过多少个不眠之夜!——希望你连我一半的痛苦都不要经历才好!我知道我变得消瘦憔悴,但我不会讲述我的不安来使你烦恼,你已经看到很多了。我觉得我在不断地背叛自己——完全不设防地谈论我对神职人员的偏袒!不过我一直相信把秘密说给你听是安全的。"

凯瑟琳知道没有什么比这更安全的了,但自己的茫然有点愧对伊莎贝拉的期待,她既不敢再为这一点而辩驳,也不敢拒绝承认自己像伊莎贝拉认准的那样,富有狡黠的洞察力和关爱的同情心。她发现她哥哥正准备火速出发赶往富勒顿,把情况报知家人并请求父母应允,而这才是伊莎贝拉心绪不宁的真实根源。凯瑟琳尽力地去说服她,就像她说服自己一样,因为她的爸爸和妈妈从来不会阻碍儿子的愿望。——"这是不可能的,"她说,"父母会格外宽容,他们甚至更渴望孩子们幸福;我毫不怀疑他们会马上同意的。"

"你哥哥说的和你一模一样,"伊莎贝拉答道,"可我还是不敢指望;我的家产太少了,他们绝不会同意的。你哥哥,他想娶谁都可以的!"

这时凯瑟琳再一次看到了爱情的力量。

"说真的,伊莎贝拉,你太谦卑了。——财富的差距并没有什么要紧的。"

"哦!我可爱的凯瑟琳,我知道在你那颗宽容的心里这并不算什么;但我们不能指望大多数人都对财富不动心。至于我自己,我倒只希望我们的地位是相反的。如果我有百万财富可以支配,如果我能主宰这个世界,你哥哥是我唯一的选择。"

这份动人的情感,其见地和新颖性都同样值得称道,让凯瑟琳无比欣慰地回忆起她在小说中熟悉的每一位女主角;而且,她觉得她朋友的样子从来没有比此刻说出这个伟大观点时更可爱。——"我知道他们肯定会同意的,"她不断地重申,"我知道他们肯定会喜欢你的。"

"从我自己来说,"伊莎贝拉说,"我的愿望很有限,最少的收入对我来说基本上也足够了。当人们真的相亲相爱,贫穷本身也是财富。我憎恶显赫的排场:无论怎样我也不愿意定居在伦敦。某个偏远村庄的一间小木屋就能让我心醉。里奇蒙德附近就有一些迷人的小别墅。"

"里奇蒙德!"凯瑟琳叫道,"你们必须在富勒顿附近安家。你们必须住在我们附近。"

"如果不是这样我肯定会过得很悲惨。只要能住得离你近,我也就知足了。不过这些只是空谈啦!我不会允许自己去想这些事,等我们有了你父亲的回信再说吧。你哥哥说今晚把回信送到萨利斯伯雷,明天我们就能收到了。——明天?我知道我决没有那个勇气拆开信来看的,我知道我会活不下去的。"

在这个结论之后是一阵无言的遐想——等伊莎贝拉再说话时,就说到要决定她结婚礼服的质地了。

她们的商议被詹姆斯·莫兰这位心急如焚的年轻恋人打断了,他在动身去威尔特郡之前,过来送上道别前的叹息。凯瑟琳想要祝贺他,但不知该说什么,心里的千言万语都在眼神中了。而透过她的眼神,其中闪耀着一切言语词汇的丰富多彩的光芒,詹姆斯不用费力就能把它们融会于心。他盼望着得到家人的认可,有些等不及了,他的告别并不缠绵,而且,如果不是他的心上人因为反复迫切地恳求他离开而耽搁了他的话,他逗留的时间会更短。有两次他几乎都走到门口了,又被伊莎贝拉叫住,急切地催他走。"真的,莫兰,我必须把你赶走了。想想你还要驾车走那么远的路。我受不了看着你这样恋恋不舍。看在老天的分上,别再浪费时间了。好了,去吧,去吧——我要你快走。"

现在,两个朋友的心比以往贴得更近了,她们一整天都分不开;在姐妹情长的絮语中不觉时光飞逝。老于世故的索普太太和她的儿子一心只想得到莫兰先生的许可,好像伊莎贝拉的订婚是他们家族可以想象到的最幸运的事,两位姑娘容许他们加入商讨,他们那种意味深长的表情和神秘兮兮的腔调,满足了两个尚没有参与权的小妹妹被这件事激起的好奇心。在凯瑟琳单纯的心里,这种奇怪的半吞半吐似乎既不怀好意,也不够表里如一,如果不是他们太惯于自相矛盾,她简直忍不住要指出这种不厚道的做法。——不过安妮和玛利亚很快就用她们透着精明的"我知道怎么回事"让凯瑟琳安心了;那个晚上就在钩心斗角之中度过,展现了这一家人的智谋,一方是故弄玄虚的神神秘秘,另一方是雾里看花的探索发现,双方势均力敌。

第二天凯瑟琳又陪在她的朋友身边,努力地支撑着她的情绪,消磨掉邮件抵达之前那漫长的烦闷时光;费这一番心思是必要的,随着情理之中的期待越来越临近,伊莎贝拉变得越来越绝望,就在邮件到达之前,她已经真的把自己折腾到了忧心忡忡的地步。可是当信终于来了,又哪里有一丝绝望的影子呢?"我毫不费力就得到了我仁慈的父母的许可,而且他们答应,为了我的幸福,一切力所能及的事情他们都会做到。"这是信里前三行的内容,瞬间,一切都欢乐无忧。伊莎贝拉的容颜顿时洋溢着最亮丽的光彩,所有的顾虑和不安似乎都远离了,她的情绪激动得几乎要失控,她毫不犹豫地称自己为世上最幸福的人。

索普太太喜极而泣,拥抱着她的女儿、她的儿子、她的访客,她能够心怀满足地把半个巴斯城的人都拥抱上一遍。她的心柔情四溢。每句话都要加上"亲爱的约翰"和"亲爱的凯瑟琳"——"亲爱的安妮和亲爱的玛利亚"也一定要马上分享他们的幸福;而在伊莎贝拉的名字前面,每叫一声都要加上两遍"亲爱的",即便如此也及不上这个可爱的孩子现在所赢得的一切。约翰是个喜形于色的人。他不仅高度赞扬莫兰先生是世界上最好的人之一,而且在他的赞扬中还放弃掉了很多粗话。

那封播撒了如许幸福的来信并不长,除了大功告成的保证再没有更多内容了,所有的财产细节只有拖到詹姆斯再写信的时候才能知道。不过对于这些细节,伊莎贝拉完全能等得起。所需要的一切已经包含在莫兰先生的承诺里,他的信誉保证了一切都会很轻松;他们的收入通过什么方式而来,有没有地产或是存款转让给他们,对这类事情她无心问津,并不挂怀。她足以确保这是一次来得很快的光彩的姻缘,她的想象力已经疾速地飞向随之而来的幸福。她看见了几周之后的自己,看见富勒顿所有新结识的人对她的注视和仰慕,还有普蒂尼街上每位有身份的老熟人的艳羡,她看见一辆供她驱使的马车和她名片上的新名字,她还要令人目眩地展示手上的一套指环。

确定了信上的内容,约翰·索普准备出门了,他就是要等这封信送来之后才动身去伦敦。"好了,莫兰小姐,"他说,他发现她正独自待在起居室里,"我来向你道别。"凯瑟琳祝他旅途顺利。索普好像没听见她说的话,他走到窗前,坐立不安,嘴里哼着一支调子,仿佛完全沉浸在自我的思绪中。

"你去戴维兹不会晚了么?"凯瑟琳说。他没有回答,但沉默了一分钟后他突然开口说:"这段姻缘真是件大好事,我用灵魂起誓!詹姆斯和伊莎贝拉这场恋爱真是聪明。你对这事怎么看,莫兰小姐?我看这主意不赖。"

"我当然觉得这是件很好的事。"

"是吗?——那太好了,老天爷!反正我很高兴你不敌视婚姻生活。你听过那首老歌吗,'参加一场婚礼会带来另一场'?所以,你会来参加伊莎贝拉的婚礼的吧,我希望。"

"会的;我答应过你妹妹会陪在她身边,如果可能的话。"

"那你就会知道了。"他来回走动着,并勉强地傻笑了一声,"那么,那时候你就知道了,我们可以试试这首老歌能否成真。"

"是吗?——可我从来不唱歌。好吧,我祝你旅途顺利。今天我要和蒂尔尼小姐吃饭,现在必须回家去了。"

"哎,不用这样急得要命吧。——谁知道我们什么时候还能再见呢?要到两周以后我再回来的时候了,这漫长的两周对我来说太残忍了。"

"那你为什么要走这么久呢?"凯瑟琳说,意识到他在等着她的反应。

"你真的很善良——善良而且脾气好。我不会在匆忙之中忘记这一点。——不过你的好性情和种种优点,胜过世界上的所有人,我知道。你的长处多得让人震惊,而且还不光是性格好,你还有那么多、那么多的各种好处;你还有那么——我用灵魂起誓,我不知道还有谁像你一样。"

"哦!天哪,和我一样的人多的是,肯定的,只不过他们比我还要好很多。祝你日安。"

"可是,莫兰小姐,过不了太久我就会到富勒顿登门拜访的,如果你不反感的话。"

"请来吧。我的父亲和母亲会很高兴见到你的。"

"可是我希望——莫兰小姐,我希望你不会不想见到我。"

113

"哦！天哪,当然不会。我很少会不愿意见到什么人的。有客人来总是件高兴的事。"

"这和我想的一样。如果我只能得到一点点快乐的陪伴,我会说,就让我只和我喜欢的人做伴吧,在我喜欢的地方,跟我喜欢的人在一起,让其他的一切都见鬼去吧。听到你也这样说,我从心底里觉得高兴。其实我有个感觉,莫兰小姐,你和我在大多数事情上的想法几乎一样。"

"可能是的;但我从来没想过这么多。至于你说的大多数事情,说句实话,对很多事我也不知道自己是怎么想的。"

"老天爷,我也一样。我可不习惯为一些不相干的事让自己费脑筋。我对事情的想法简单极了。我会说,让我和我喜欢的姑娘在一起,住在一栋舒服的房子里,我干吗还要在乎别的呢?财富没什么了不起。我确保自己可以有很不错的收入;假如那姑娘身无分文,那也许更好。"

"你说得很对。这一点我和你想得一样。如果一方很富有,另一方就没必要有很多财富了。不论哪一方是富有的,总之就足够了。我厌恶把这件事变成财富与财富的匹配。我觉得为了钱结婚是人世间最糟糕不过的事情。——再会吧。——我们会很高兴在富勒顿见到你,看你方便。"然后她就走了。索普再怎么献殷勤也不可能耽搁她更久了。有这么重要的消息要传递,还得为重要的拜访做准备,任索普怎么挽留,她也不会再为他耽误时间了。凯瑟琳匆匆离去,留下他一心一意地体味着自己幸福的表白,还有她爽朗的鼓励。

刚刚听到哥哥的婚约时,凯瑟琳是激动不安的,她期待着在向艾伦先生和太太通报这桩喜事时会激起不小的波动。然而她是多么失望啊!这么郑重的事情,凯瑟琳说的时候做了大量的铺垫,没想到却在她哥哥刚到巴斯的那天就被艾伦先生和太太预见到了;他们对此事全部的态度只包含了对年轻人幸福的祝愿,他们认为,对小伙子来说,是青睐于伊莎贝拉的美貌,对姑娘来说,则实在是太走运了。凯瑟琳觉得他们的这种反应简直麻木得令人吃惊。不过,在她披露了前一天詹姆斯去往富勒顿这个重大秘密之后,艾伦太太倒是有些激动。听到这件事她就没办法保持心平气和了,而是反复地惋惜没有必要瞒着她,但凡她知道他的意图,但凡他走之前能和她见一面,她自然就能拜托他转达对他的父母的问候,还能向斯奇纳一家转达她热情的致意。

第十六章

凯瑟琳对去弥尔森街做客的快乐期望太高,失望也就在所难免;所以,尽管有蒂尔尼将军的厚礼相待,还有他女儿的热情欢迎,尽管亨利也在家,聚会中也没有旁人,可是当她回家时,不用花太长时间品察自己的感受就已经发现,她去赴约时一心希望快快乐乐,却并未如愿。她发觉经过这一天的交往,不仅没能增进她和蒂尔尼小姐的友情,她们反倒没有之前那样亲热了;原以为在轻松的家庭聚会上和亨利·蒂尔尼相处的机会要比往常多,可是他却从来不曾这样少言寡语,也从来没有这样闷闷不乐;而且,虽然他们的父亲对凯瑟琳礼敬有加——无论他表达的是感谢、邀请还是恭维——离开他身边还是会让她有一种解脱感。这一切背后的原因使她困惑不解。应该不是蒂尔尼将军的错。他这个人非常热情,脾气又好,总体来说是个很有魅力的人,是不容受到质疑的,因为他高大潇洒,而且是亨利的父亲。他的孩子们没精打采,凯瑟琳和他在一起不开心,恐怕也不能怪他。最终,凯瑟琳希望那兄妹俩的心情低落可能是偶然现象,至于她自己的问题,只能归结为她的愚钝。当伊莎贝拉听到这次拜访的细节时,她做出了不一样的解释;这就是傲慢,傲慢,让人难以忍受的高傲自大!她早就疑心这家人非常高傲,这回就确凿了。她一生中从没有听说过蒂尔尼小姐这般傲慢无礼的举止!居然不能以正常的礼节来履行家中女主人的职责!——如此目中无人地对待客人!——竟然都不和她说话!

"其实也没有那样糟糕啦,伊莎贝拉;没有谁目中无人——蒂尔尼小姐非常客气。"

"哦,别护着她!还有她那个哥哥,他好像一直很喜欢你似的!老天爷!你看,有些人的感情就是这么不可理喻。难道他整个过程中都没看你一眼?"

"也不能这样说;不过他看起来情绪不好。"

"真卑鄙!在这世界上我最反感的就是表里不一。我请求你永远不要再想他了,我亲爱的凯瑟琳;说真的他配不上你。"

"配不上!我认为他根本没把我放在心上。"

"这正是我说的意思;他从来没把你放在心上。——这么反复无常!哦!他和你我的哥哥们是多么不同啊!我完全相信约翰的心是最忠诚的。"

"可是说到蒂尔尼将军,我向你保证,不可能有任何人对我像他那样礼貌有加、关怀体贴;就好像款待我并让我开心是他唯一关心的事。"

"哦!我知道他不会伤害你;我不怀疑他的尊严。我相信他是个非常有绅士风度的人。约翰对他感觉很好,而约翰的判断——"

"那么,我倒要看看今晚他们怎么对待我;我们会在那些老地方见面。"

"我一定得去吗?"

"难道你不打算去?我以为都安排好了。"

"没有,但你既然这样说了,你的事我是不会拒绝的。不过别要求我兴致太高,因为我的心,你知道,牵挂着四十多英里以外。至于跳舞,求你别跟我提这个,我根本不会考虑的。我敢说,查尔斯·霍奇斯会把我烦得要死;但我会对他斩钉截铁拒绝。十有八九他会猜测原因,而这正是我要回避的,所以我就让他爱怎么猜就怎么猜去吧。"

伊莎贝拉对蒂尔尼一家人的看法并没有影响到她的朋友;凯瑟琳相信无论哥哥还是妹妹,他们并没有目中无人,她不相信他们的心是傲慢的。晚上的情形让她的信心得到了回报,一位对她友善依旧,另一位对她关怀如故:蒂尔尼小姐想尽办法接近她,亨利则邀请她一起跳舞。

前一天在弥尔森街做客的时候听说,蒂尔尼兄妹的长兄蒂尔尼上尉随时都可能到来,凯瑟琳不会听错一个时髦而英俊的年轻男子的名字,此人她以前从没见过,现在显然属于他们当中的一员。她用非常欣赏的目光看待他,甚至在想,可能有人会觉得他比弟弟长得还帅气,尽管在她眼中,他的神态比较自负,举止也没那么有吸引力。毫无疑问,他的品位和风度明显落了下乘,因为,就她所听到的,他不仅自己抗拒一切跳舞的想法,还公然嘲笑亨利居然能跳舞。从后面这种情况可以推测,不管我们的女主角对他看法如何,他对于凯瑟琳的倾慕不会是非常危险的那种;不至于造成兄弟反目,或是对凯瑟琳构成骚扰。他肯定不是小说里常见的三个穿马夫外套的歹徒中带头的那一个,不会把她塞进一辆四匹马拉的旅行马车,用惊人的速度飞驰而去。此时,凯瑟琳并没有被这类凶险的恶兆或任何麻烦所惊扰,除去还要等前面两对跳完了才轮到他们跳之外,她和往常一样享受着与亨利·蒂尔尼在一起的快乐,两眼发亮地听着他所说的一切,而且,由于他难以抗拒的魅力,更加使她自己的本色得到还原。

第一支舞曲结束的时候,蒂尔尼上尉又朝他们走来,这一次让凯瑟琳很不满的是,他把他的弟弟拉走了。他们走到一边耳语,尽管她敏感的神经并没有马上警觉起来,并就此认定蒂尔尼上尉准是听到了一些关于她的恶意歪曲之词,现在正急着要和他弟弟说,而且还希望能够永远地拆散他们,尽管她并没有断定情况就是如此,但还是没办法不让自己的舞伴从她的样子中看出她的惴惴不安。她的心足足悬了五分钟;就在她已经开始觉得熬过了漫长的一刻钟时,他们一起回来了,他们是这样解释的,亨利向她询问她的朋友索普小姐是否会拒绝跳舞,因为他的哥哥非常希望能被引荐给她。凯瑟琳毫不犹豫地回答,她十分确定索普小姐根本不想跳舞。这无情的回答被转告给蒂尔尼上尉,他立刻就走开了。

"你哥哥不会介意的,我知道,"她说,"因为我刚才听到他说,他讨厌跳舞;不过他能这样想还是很好心的。我估计他看见伊莎贝拉一直坐在那里,就猜想她也许希望有个舞伴;可惜他真的想错了,无论怎样她都不会跳舞的。"

亨利笑了,说道:"你想了解别人行为背后的动机倒真不用费多大力气。"

"为什么?你的意思是什么?"

"对你来说,这是不难的,怎样会使这样一个人受到影响,什么样的诱因最有可能对这个人起作用,如果从其感受、年龄、处境,以及可能的生活习惯来考虑——可是,怎样才能影响我这个人,又是什么诱因使我如此这般地行为做事呢?"

"我不懂你的意思。"

"那么我们的对话就很不对等,因为你的意思我完全能懂。"

"我吗?——是的;我没有那样善于辞令,不会说让人费解的话。"

"说得好!——真是对现代语言的绝妙讽刺。"

"可是请告诉我你到底是什么意思。"

"真要告诉你吗?——你真的想知道?——你可不知道这样做的后果:它会使你陷入一种非常残酷的窘境,而且肯定会引起我们两人之间的不和。"

"不,不会,这两种问题都不会有;我不怕知道。"

"那好吧,我只想说,就凭你认为我哥哥想和索普小姐跳舞是出于好心这一点,足以让我相信你本人比世上所有的人都更好心。"

凯瑟琳红着脸不肯承认,这位先生的预言看来是说准了。只是,他的话语中有某种力量,补偿了她困惑的苦恼;那种力量强烈地占据了她的身心,让她恍然失神,忘了说也忘了听,几乎忘了身在何处——直到被伊莎贝拉的声音唤醒,她抬眼看见伊莎贝拉和蒂尔尼上尉正准备和他们跳交叉牵手舞。

伊莎贝拉笑着耸了耸肩膀,作为此时对自己这不可思议的转变的唯一解释;但这远不足以让凯瑟琳理解,她非常直白地对自己的舞伴说出了心中的惊愕。

"我想不明白怎么会这样!伊莎贝拉非常坚决地说过她不想跳舞。"

"伊莎贝拉以前就从来没改变过主意吗?"

"哦!可是,因为——你哥哥也真是的!——在你把我的话转告给他之后,他怎么还能想到去问伊莎贝拉?"

"对我哥哥那人的事我不会觉得吃惊的。你要让我为你的朋友的举动感到吃惊,那我倒是会的;但说到我哥哥,他在这件事中的所作所为,我必须承认,和我相信他会做的一模一样。你朋友的美貌就是公然的诱惑;而她的坚定,你知道,只有你自己会这么理解。"

"你在取笑;可是,我向你保证,伊莎贝拉一向都很坚定的。"

"对任何一个人都可以这么说。一贯坚定必然就是经常顽固。在适当的情况下放松是对判断力的考验;而且,撇开我哥哥不提,我确实觉得索普小姐及时行乐的做法完全没有错。"

两位好朋友一直到舞会全部结束才得以聚在一起说些体己话;这时候,她们手挽着手在屋里散着步,伊莎贝拉就为自己这样解释道:"对你的惊讶我并不奇怪;而且我真的累得要死。他可真能唠叨!——也真会逗人,假如我的心思不在别处的话;可是我愿意放弃一切只是安静地坐着。"

"那你为什么没有这样做?"

"哦!我亲爱的!那样看起来会很奇怪的;你知道我有多么不喜欢太显眼。我已经尽可能地拒绝他了,可是他不接受我的回绝。你想不到他是怎么逼迫我的。我请求他放过我,去另找别的舞伴——可是不行,他不肯;除了渴望牵我的手,舞会上的任何其他人他连想都不愿想;他还不只是想跳舞,他是想和我在一起。哦!真是荒唐话!——我告诉他用这种方式是不可能打动我的;因为,在世上

120

三个穿马夫外套的歹徒。

所有的事情当中,漂亮话和恭维之词是我所厌恶的。——结果,结果我发现,要是我不起身跳舞就再也不得安宁了。再说,我担心如果我不答应他,那么把他介绍给我的休斯太太可能会见怪;还有你亲爱的哥哥,如果我一整晚都枯坐着,他一定会难过的。真高兴一切都过去了!听他讲那些荒唐话真让我精疲力竭;不过——他还真是潇洒的年轻小伙子,我发现所有的眼睛都在盯着我们瞧。"

"他的确很英俊。"

"英俊!——对,我想他应该算是吧。我敢说一般人都会喜欢他的;但他可不是我喜欢的美男子类型。我讨厌皮肤红润、深色眼睛的男人。不过,他还是很不错的。出奇地自高自大,没错。我用我的办法打击了他几次,你懂的。"

两个女孩子再次见面的时候,她们有一个更让人兴奋的话题要讨论。那时詹姆斯·莫兰的第二封信已经到了,信里详尽阐明了他父亲的一番美意。莫兰先生自己作为监护人和领圣俸者,只要儿子到了足够的年龄,就可以把一笔每年大约四百英镑的收入转到他的儿子名下;不需要从家庭收入里精减克扣,不需要在分配财产时吝啬地对待十个孩子中的某一个。不仅如此,还有一处年租赁价至少相当于四百镑的房产,也确认了将来由詹姆斯继承。

詹姆斯表示自己对这一切不胜感激;至于因为年龄缘故,他们必须要等上两到三年才能完婚,这一点不论多么让人不情愿,也并没有超出他的预期,对此他可以毫无怨言地承受。凯瑟琳对这件事的预期,同她对父亲收入的概念一样含糊,所以此刻她的判断完完全全是受哥哥引领的,她也同样觉得很满意,并且为所有事情都顺利解决而衷心地向伊莎贝拉表示祝贺。

"这的确非常诱人。"伊莎贝拉说,脸色凝重。"莫兰先生的确做得非常慷慨,"温柔的索普太太说,不安地看着她的女儿,"我真希望我也能做到这样。要知道你不可能向他要求更多了。如果将来他发觉还能给得更多,我相信他会的,因为我知道他一定是个善良的好心人。起初只有四百英镑这个数目的确少了些,不过你的心愿,亲爱的伊莎贝拉,总是很谦卑的,你从来没想过你总是要求得太少,我的宝贝。"

"我想要得更多并不是为自己考虑;但我不能忍受因为我而伤害了我心爱的莫兰,让他靠这样的收入成家立业,连普通的生活所需都难以维持。至于我自己,这倒没有什么;我从不为自己着想。"

"我知道你从来不想自己,我的宝贝;你总会得到回报的,所有的人都因此而爱你。从来没有哪个女孩子像你这样被所有认识的人所宠爱;我敢说一旦莫兰先生见到你,我亲爱的宝贝——不过我们还是别说这些了,这会让我们亲爱的凯瑟琳不开心的。你看,莫兰先生已经做到非常慷慨了。我一向听说他人品好极了;要知道,我的宝贝,我们不能不这样想,如果你也能有像样的财产,他会拿出更多的来,我相信他肯定是个出手大方的人。"

"没有人会比我更感念莫兰先生的好处,我很清楚。但每个人都有自己的弱点,你知道,每个人也都有权利按自己的意愿支配自己的钱财。"凯瑟琳被这些含沙射影的话刺痛了。"我非常肯定,"她说,"我父亲已经承诺会尽他一切所能。"

伊莎贝拉整理了一下情绪。"关于这一点,我亲爱的凯瑟琳,这是不容置疑的,而且你最了解我,就是比这更少的收入我也是知足的。我现在有一点情绪低落并不是因为想要更多的钱,我憎恨钱财;如果我们现在就能结合,哪怕每年只有五十英镑,我也不会有什么未了的心愿。唉!我的凯瑟琳,你已经觉察到了。这才是我的痛处。在你哥哥能成家立业之前还要度过长长的、长长的两年半没有尽头的日子。"

"是啊,是的,我宝贝的伊莎贝拉,"索普太太说道,"我们太了解你的心地了。你不会伪装自己。我们完全明白你现在的苦衷;所有的人都会因为你这种高尚纯真的感情而更爱你的。"

凯瑟琳心里不太舒服的感觉这才渐渐减轻下来。她尽力地去相

123

信婚期的延迟是让伊莎贝拉感到遗憾的唯一原因;当她们再次见面聊天时,她发现伊莎贝拉像往常一样快活可亲,凯瑟琳便努力忘却掉自己曾经有过的瞬间的胡思乱想。随着那封来信,詹姆斯本人也回来了,并且非常欣慰地得到了亲切的款待。

第十七章

　　艾伦一家在巴斯逗留的日子已经进入了第六个星期；他们时不时地讨论起这星期之后是去是留，凯瑟琳听得心怦怦直跳。这么快就要结束和蒂尔尼兄妹的相处，这种苦恼没有什么能够抵消。去留之事悬而未决，她全部的幸福仿佛都吉凶难卜，直到艾伦夫妇最终决定再续租两星期，一切才算稳妥下来。除了能偶尔见到亨利·蒂尔尼的快乐，这额外延长的两星期还会给她带来什么，凯瑟琳只做了很少的一点推测。确实有那么一次两次，由于詹姆斯的订婚让她明白了什么是可能的，她已经开始沉浸在一个秘密的"可能"中，但总体来说目前和亨利在一起的幸福遮蔽了她的视野：眼下的时光包含未来的三个星期，在这段时间里她的幸福是有把握的，而今后的人生还太遥远，激不起她的兴趣。在日程确定好了的这一天，她去拜访了蒂尔尼小姐，倾诉她快活的心情。这是一个注定要有磨难的日子。她刚刚讲出艾伦先生延期回去让她多么开心，蒂尔尼小姐就告诉她，蒂尔尼将军刚刚做了决定要离开巴斯，下星期末尾时就走。这可真是个打击！早晨悬着的心在此刻的失望中松懈静默下来。凯瑟琳的精神一落千丈，她用充满深忧的声音重复着蒂尔尼小姐最后一句话，"下星期末尾时就走！"

　　"是啊，很难再继续说服我父亲对矿泉水的功效给出一个我认为公道的评价了。他对几个朋友没能前来有些失望，本来他是在这里等着和他们会面的，况且现在他身体已经很好了，就急着要回家了。"

"这让我太难过了,"凯瑟琳心灰意冷地说,"要是我早知道这样——"

"也许,"蒂尔尼小姐神色窘迫地说,"你会不会愿意——那会让我很开心的,如果——"

凯瑟琳正开始盼望在这一番客气之后,蒂尔尼小姐会说出一个她们共同的心愿,却被蒂尔尼将军走进来打断了。他用一贯的礼节问候了凯瑟琳之后,转向他女儿说道:"怎么样,艾丽诺,我是不是应该恭喜你成功地向你的好朋友提出了请求?"

"我正要提出来,先生,就在你进门的时候。"

"好吧,那就一定要继续说下去。我知道你对这件事有多用心。莫兰小姐,"他接着说,没给他女儿留出说话的空儿,"我的女儿,有一个大胆的心愿。我们下个星期六就要离开巴斯了,她可能已经告诉你了。我的管家来信说家里有事需要我去处理;再说我要在这里会见长镇的侯爵和寇特尼将军的希望也落空了,他们都是我多年的老友,所以我已经没什么理由继续留在巴斯了。如果我们能本着私心对你提一个请求,那我们离开巴斯就毫无遗憾了。你能否,简单说吧,我们能否说服你放弃众人的爱慕荣宠,赏脸陪你的朋友艾丽诺一起回格鲁塞斯特郡?我简直都不好意思提出这个请求,虽然按推测来说,巴斯的任何一个人对这个提议都会比你更感兴趣。你是这样端庄——但我无论如何也不会用直白的赞美来烦扰你。假如能说服你光临寒舍,那会让我们幸福得无以言表。的确,我们没有像这个五光十色的地方一般的狂欢来招待你,我们也没有娱乐消遣或者华丽的场面能吸引你,因为我们的生活方式,你已经看到了,是朴实而不造作的;不过从我们的角度来看,倒也不用太费力气去证明诺桑觉寺并非不值一提。"

诺桑觉寺!——这几个字让人的心颤抖,它们席卷着凯瑟琳的心跃向狂喜的巅峰,她知足而感恩的心情很难用还算平静的言辞来表达。这个邀请让她受宠若惊!他们如此热诚地恳求她的陪伴!这一邀请承载着所有的荣耀和安慰,以及每一缕当下的喜悦和每一线未来的希望;她急切地接受了邀请,唯一的保留条件是要得到爸爸和妈妈的允许。——"我马上就写信给家里,"她说,"如果他们不反对,我相信他们不会的——"

蒂尔尼将军对此倒是乐观不减,他已经到普蒂尼街去拜访了凯瑟琳尊贵的朋友艾伦先生和太太,他的愿望得到了他们的应允。"既然他们能同意你离开,"他说,"我们就可以期待天下所有的人都处之泰然了。"

蒂尔尼小姐用虽然温和但很诚恳的态度又客气了一番,于是这件事在几分钟之内就差不多确定下来,只等富勒顿的莫兰先生和太太获悉了必要的信息之后能够允诺。

这一天的遭际牵引着凯瑟琳的心情变化多端,从悬而未决到放心确凿,接着又是灰心失望,而现在这颗心已经落脚在美满幸福之中;凯瑟琳兴奋得欣喜若狂,她心里想着亨利,嘴上念叨着诺桑觉寺,飞奔回去给父母写信。莫兰先生和太太既然已经将自己的女儿托付给艾伦夫妇,对他们的谨慎是信赖的,并不怀疑在他们眼皮子底下发生的交往会有任何不妥,因此也就回信说他们乐意准许凯瑟琳的格鲁塞斯特郡之行。父母的这份宽容,尽管没有超过凯瑟琳的预期,却也加深了她的信念,无论是朋友还是财富,境遇还是机缘,世界上再也没有哪个人像她这样处处受到眷顾。一切似乎都在齐心合力地成全她。她最初的朋友艾伦夫妇,好心地接引她见了世面,让她见识到种种乐趣。她的情感,她的喜好,逐一得到了美好的回报。无论她在何处感受到爱,她都能够去成就它。她和伊莎贝拉之间将情同姐妹,关系不可动摇。至于蒂尔尼一家,在所有的人之中,她最渴望能得到他们的好感,而他们为了继续和她亲密交往对她极尽恭维之事,远超她的想象。她将成为他们选定的访客,未来几周她将和他们同住在一个屋檐下,他们属于她最欣赏的社会阶层——而且,还不止这些,这屋檐将会是一座修道院的屋檐!——她对古代宏伟建筑的热爱仅次于她对亨利·蒂尔尼的热情——城堡和修道院在她的遐想中总是那样令人神往,这是亨利的身影所不能满足的。亲眼看见并探索一座城堡的壁垒和塔楼,或是一座修道院的回廊,在过去的几星期里曾是她钟情的梦想,尽管超出做一小时观光客的想法似乎是不太可能的奢望。可是现在,愿望成真了。她要去的地方不是一所旅馆、一间会所,不是乡村豪宅、公园、庭院,也不是乡间别墅,诺桑觉寺恰恰是一座修道院,而她将成为那里的居民。它漫长潮湿的走廊、狭小的密室和荒废的礼拜堂,都将成为她每天足迹所到之处,她也很难完全抑制自己向往那些传说故事,或是某一位被迫害的苦命修女的恐怖追忆。

令人惊奇的是,她的朋友蒂尔尼兄妹好像并不怎么为拥有这样一所家宅而扬扬得意,好像对它的认识是无可奈何的。这种影响力只能是来自从小养成的习惯。显赫的出身并没有使他们骄傲。对他们来说,家宅的优越不会比他们自身人品的卓越更重要。

她有好多问题急着要问蒂尔尼小姐;但她的念头是这样的活跃,以至于当这些问题得到解答时,她并没有比过去更清楚多少,比如诺桑觉寺在宗教改革运动时期怎样成为了拥有丰厚资金捐助的一所修道院,在废除时期它又是如何落入蒂尔尼家族的前人手中,这座古老建筑的大部分空间如何能仍然作为现在住所的一部分,而其余的区域都已经朽坏,还有,诺桑觉寺是如何伫立在山谷的低处,被东边和北边高耸的橡树林所庇护的。

第十八章

　　就这样满怀着喜悦,凯瑟琳并没有感觉到日子已经过去两三天了,而她和伊莎贝拉总共只有不超过几分钟的见面。一天早晨,当她陪着艾伦太太在泵房里散步,无话可说也无话可听的时候,她第一次开始意识到这一点,并且开始想念伊莎贝拉的闲谈。她想起友情还不过五分钟,那想念的对象就出现了,伊莎贝拉约她去说一会儿悄悄话,带她走到一个座位。"这是我最喜欢的地方,"伊莎贝拉说着,她们就在两道门之间的一个长凳上坐下来,这个位置差不多可以把从两道门走进来的所有人尽收眼底,"在这里真的不会碍事。"

　　凯瑟琳发现,伊莎贝拉的眼睛始终专注地盯着这扇门或那扇门,像是在着急地等待什么,想起自己经常冤枉地被伊莎贝拉说成调皮,倒觉得现在是个好机会真的调皮一下,于是乐呵呵地说:"不要慌,伊莎贝拉,詹姆斯很快就来了。"

　　"嘘!我亲爱的宝贝儿,"伊莎贝拉答道,"别把我想成那种傻瓜,总想把他拴在我的胳膊上。老是待在一起就太可怕了;我们会成为这里的笑料的。这么说你就要去诺桑觉寺了!——我真是太高兴了。那是英格兰最好的古迹之一,我知道的。我能盼着听到对它最详尽的描述了。"

　　"肯定可以,我会尽最大的努力讲给你听。可是你在找谁呢?你的妹妹们要来吗?"

　　"我没在找任何人。一个人的眼睛总得看着什么地方,你知道现在要我定睛看着某个地方是愚蠢的,因为我的心思在一百英里之

129

外。我出奇地心不在焉;我相信我是天底下最心不在焉的人。蒂尔尼说人在某种特定的情绪里就是这样的。"

"可是我以为,伊莎贝拉,你有什么特别的事要告诉我呢。"

"哦!是的,是有件事。我刚才说的话现在就印证了。我这糟糕的记性!都快把这事忘了。事情是这样的:我刚收到约翰的一封信——内容你能猜到的。"

"不,说真的,我猜不到。"

"我可爱的宝贝,不要这么可恨地装模作样吧。他的信还能写什么,除了写你?你知道他已经陷入对你的爱里不能自拔了。"

"爱我,亲爱的伊莎贝拉?"

"唉,我最可爱的凯瑟琳,你这样就太不近情理了!端庄矜持之类的品质,当然是非常好的,但有时候一点点正常的坦率也是很恰当的。我不懂你为什么会过度紧张成这样。这就是处心积虑要别人恭维你呢。约翰的心思就连小孩子都能明白。而且就在他离开巴斯前的半个小时,你给了他最肯定的鼓励。他在这封信里就是这样说的,他说他几乎已经是向你求婚了,而你则用最诚恳的态度接受了他的示爱;现在他要我替他热烈地恳求,对你说各式各样的甜言蜜语。所以你装出一副无辜的样子是没有意义的。"

凯瑟琳本着最严肃的事实,表达了对自己遭到这种指责的惊讶,她保证,她对索普先生有任何爱上她的想法一无所知,也不可能随后有任何鼓励他的意图。"至于他心里的想法,我必须声明,以我的荣誉起誓,我从来没有任何时刻有过任何感觉——除了他刚到巴斯那天请我跳舞之外。如果说他向我求婚,或是任何这一类的事情,那肯定是有一些莫名其妙的误会。你知道的,我不可能对那样的事情产生误解!——我现在只求你相信,我郑重地声明,我和索普先生之间在这方面从来没有只言片语的交流。说什么他走之前那最后半小时!——这一切肯定是彻头彻尾的误会——我那一整天根本就没见过他。"

"见是肯定见过的,因为你整个白天都在艾德嘉大厦——就是收到你父亲同意的回信那天——我非常肯定在你离开之前,你和约翰单独在会客厅里待了一会儿。"

"是吗?好吧,如果你这么说,那就是吧,我相信——可是我用生命担保,我想不起来了。我现在确实记起来曾经和你在一起,也见到了他和其他的人——但是我们何曾有过哪怕五分钟的单独相处呢?不过不值得为这个争辩了,因为不管他心里可能有什么想法,我对此都毫无印象,你一定要相信,我从来没想过,没期待过,也没希望过他对我有任何这一类的感情。他怎么会对我有任何的心思呢,这真让我焦虑得没办法——从我这方面来说的确完全是无心的,我从来没有过一丝这样的想法。请你尽快让他醒悟过来吧,对他说我请求他原谅——就是说——我不知道该说些什么——但是你要让他明白我的意思,用最恰当的方式。我不会说不尊重你哥哥的话,伊莎贝拉,肯定不会;不过你很清楚,如果说我想念一个人胜于其他——那个人肯定不是他。"伊莎贝拉没出声,"我亲爱的朋友,你可一定不要生我的气。我想象不到你哥哥会对我这样在意。再说,你看,我们总归会成为姐妹的。"

"是啊,是啊,"伊莎贝拉脸红了,"不止一种方法能让我们成为姐妹。不过看我胡思乱想到哪儿去了?那么,我亲爱的凯瑟琳,看起来,你是下决心要拒绝可怜的约翰了——不是这样吗?"

"我肯定没办法回应他的感情,也绝对从来没想过要鼓励他这样做。"

"既然是这样,我看我也别再让你心烦了。约翰求我跟你来说这件事,所以我就说了。但是我坦白地说,刚一读到他的信,我就觉得他很傻,做事太轻率,对双方都不会有什么好处;设想你们两人结合了,你们靠什么生活呢?你们当然都还是有些财产的,但是如今要养家糊口可不是一桩小事;不管那些浪漫主义作家怎么写,没有钱什么也做不成。我只希望约翰也能想到这一点;他应该还没收到我的前一封信。"

"那么你不怪罪我做错了什么吗?——你相信我从来没有想欺骗你哥哥,相信直到此刻之前我从来没猜到过他会喜欢我?"

"哦!这个嘛,"伊莎贝拉笑着回答,"我可不会假装能判断你在过去那段时间有哪些想法和打算。最清楚这一切的是你自己。或多或少总会有些无伤大雅的挑逗,人也许希望置身事外,却常常会不由自主地给别人以鼓励。不过你可以放心,我肯定是世界上最不愿苛刻评判你的人。所有这些事在年轻和快乐的时候都是有可能发生的。一个人今天是这样的想法,你知道,第二天可能就不这样想了。境况在变化,想法也在改变。"

"但是我对你哥哥的想法从来没有变过;一直都是一个样。你所描述的是从来没发生过的情况。"

"我最亲爱的凯瑟琳,"伊莎贝拉根本没听到她在说什么,而是继续说道,"无论如何,在你弄清楚你究竟想要什么之前,我决不会成为那个催你仓促订婚的人。我没有任何道理希望你牺牲所有的快乐,仅仅是为了满足我哥哥,只因为他是我哥哥,其实到头来,你懂的,没有你他可能也照样开心,因为人很难想明白自己到底要怎样,尤其是年轻男人,他们实在善变得可怕,见异思迁。我要说的是,对我来说哥哥的幸福怎么会比朋友的幸福更重要呢?你知道我心目中是多么看重友谊。总之,最重要的是,我亲爱的凯瑟琳,不要太心急。记住我的话吧,如果你太着急心切,你肯定会为之懊悔。蒂尔尼说过,没有什么比自己的爱情更经常使人们受骗上当的了,我相信他说得非常正确。啊!他来了;没关系,他不会看见我们的,我敢肯定。"

凯瑟琳抬眼看去,发现了蒂尔尼上尉;而伊莎贝拉一边说话一边用热切的目光盯着他,很快就被他注意到了。他立刻走过来,坐在伊莎贝拉用动作示意给他的位子上。他的第一句话就让凯瑟琳吃了一惊。尽管他声音很小,凯瑟琳还是能听见,"怎么! 总是被监视着,不是自己来就是委托别人来!"

还能看见那如花似玉的面庞轮廓。

"嘘,别乱说!"伊莎贝拉也用同样半耳语式的声音回答道,"为什么要向我脑子里灌输这些想法?我才不会相信呢——我的精神,你知道,是非常独立的。"

"我希望你的心是独立的。对我来说这就够了。"

"我的心,说真的!你们跟心能有什么关系?你们这些男人都是没有心肝的。"

"就算我们没有心肝,我们还有眼睛;它们足够让我们受罪的了。"

"是吗?那就太遗憾了;我很遗憾它们在我身上看到什么惹人讨厌的地方。我还是往别处看吧。希望这能让你高兴。"她转身背向着他,"我希望你的眼睛现在不受折磨了。"

"再不会比这更痛苦了;因为还能看见那如花似玉的面庞轮廓——这太多了,也太少了。"

凯瑟琳听到了这些话,她非常不知所措,再也听不下去了。她奇怪伊莎贝拉怎么能忍受,也替哥哥感到嫉妒,她站起身来,说要去找艾伦太太,提议大家一起去散散步。可是伊莎贝拉表现得毫无兴趣。她疲乏得太厉害,而且觉得在泵房里散步实在太没意思了;再说如果她离开座位就可能错过和妹妹们会面,她得随时等着她们到来,所以她亲爱的凯瑟琳必须原谅她,而且一定要安静地再次坐下来。但凯瑟琳也是很倔强的;正好这时艾伦太太走过来提出要回家去,凯瑟琳便跟她一起走出了泵房,留下伊莎贝拉仍旧和蒂尔尼上尉坐在一起。凯瑟琳就这样十分不安地离开了他们。她觉得蒂尔尼上尉爱上了伊莎贝拉,而伊莎贝拉没有意识到自己正在鼓励他;肯定是没有意识到,因为伊莎贝拉和詹姆斯的关系正如她的婚约一样确定而且众所周知。怀疑她的忠诚和好心是不可能的;然而,在她们刚才的整段谈话中伊莎贝拉的态度一直很古怪。凯瑟琳希望她能更像平时的她那样说话,而不是总在谈论钱财,也希望她看见蒂尔尼上尉时不要显得那么高兴。太奇怪了,她竟然没觉察到他的爱慕之情!凯瑟琳很想给她一点暗示,让她能有所提防,免得她过于活泼的举止给蒂尔尼上尉和凯瑟琳的哥哥都带来痛苦。

  约翰·索普的爱情致意弥补不了他妹妹行为的轻率。凯瑟琳不能相信也绝不希望索普是真心的;因为她没忘记索普可能是误会了,他执着地示爱并认为凯瑟琳在鼓励他,这让凯瑟琳相信他的误会有时会错得非常离谱。所以若论虚荣心的话,她只获得了一点点;她主要的收获是惊奇。索普居然会认为值得去幻想爱上凯瑟琳,这真是件咄咄怪事。伊莎贝拉说的他的那些心思,其中没有任何一点让凯瑟琳有所感觉;不过伊莎贝拉说了很多事,凯瑟琳希望它们都是草率之词,以后也不会再提了。想到这里她很高兴,总算能在此刻的气定神闲中安歇了。

第十九章

几天的时间过去了,尽管凯瑟琳不允许自己对朋友起疑心,还是忍不住密切观察着她。而观察的结果并不尽如人意。伊莎贝拉仿佛变了个人。当凯瑟琳在艾德嘉大厦或者普蒂尼街见到她,身边确实只有最亲密的朋友围绕时,她举止的变化是那样细微,如果不再明显一点的话,就可能完全不为人所察觉。她偶尔看上去会有些慵懒的冷漠,或是有一点凯瑟琳没听说过的被夸耀的心不在焉;但假如没有更糟糕的迹象出现,她的这些表现也许只会散发出新鲜的魅力,激起更热烈的兴趣。但是当凯瑟琳在公众场合见到她随时欣然接受蒂尔尼上尉对她献殷勤,而且给蒂尔尼上尉和詹姆斯的关注与笑容几乎同样多,这种时候她的变化就非常明确而难以忽视了。这游移不定的举止究竟意味着什么,她究竟有什么企图,这些都超出了凯瑟琳的理解。伊莎贝拉不可能明白凯瑟琳所遭受的痛苦;可是她那有意识的轻浮行为已经到了让凯瑟琳不由得产生怨恨的地步。詹姆斯是受害者。她看到他阴郁而不安;不管那个曾把心给了他的女人现在对他的慰藉是多么漫不经心,在凯瑟琳看来他始终是怜惜的对象。她也为可怜的蒂尔尼上尉非常担心。尽管他的外表并不讨凯瑟琳喜欢,可他的名字就是获取她的善意的保障,而且想到他正在走向失望,凯瑟琳内心充满了真挚的同情;因为,不管她相信自己在泵房无意中听到了什么,他的表现都实在不像是知道伊莎贝拉的婚约的样子,经过再三的回想,凯瑟琳还是不能想象他对这桩婚约是知情的。他可以像一个情敌那样嫉妒她哥哥,但如果说他似乎还暗藏着其他想法,那一定只是她误会中的错觉。凯瑟琳希望,用一种温和的规劝去提醒伊莎贝拉注意自身的处境,让她意识到这双重的伤害;但是说到规劝,凯瑟琳一直碰不到机缘也得不到理解。就算能提出一点暗示,伊莎贝拉也总是听不懂。在这担忧之中,蒂尔尼一家启程的计划成了她最大的安慰;几天之内他们就要踏上前往格鲁塞斯特郡的旅程了,蒂尔尼上尉离开此地,至少可以让除了他自己之外的所有人都恢复平静。可是蒂尔尼上尉现在并不打算走;他不会和他们一起回诺桑觉寺,他要继续待在巴斯。凯瑟琳知道后,立刻就做出了决定。她和亨利·蒂尔尼谈了这件事,对他哥哥毫不掩饰地倾心于索普小姐表示遗憾,请求亨利去说明索普小姐已订下的婚约。

"我哥哥知道这件事。"亨利这样回答。

"是吗?那他为什么还要留在这里?"

他没有回答,而是开始转移话题;可是凯瑟琳急切地追问:"你为什么不劝说他离开呢?他在这里待得越久,最终就越会对他不利。请你劝劝他为他自己着想,也是为所有的人着想,赶快离开巴斯。到了一定的时候,分离会让他重新舒畅起来;而他在这里是没有希望的,留下来只会徒增悲伤。"亨利笑了,他说:"我相信我哥哥不会希望如此。"

"那么你会劝说他离开了?"

"劝说不是命令;不过假如我做不到尽力去说服他,你可要原谅我。是我亲口告诉他索普小姐已经订婚了。他知道自己在做什么,他必须做自己的主宰。"

"不,他不知道他在做什么,"凯瑟琳喊道,"他不知道他给我哥哥带来的痛苦。詹姆斯从来没对我说起过,但我知道他肯定非常难过。"

"你能肯定这是我哥哥造成的吗?"

"是的,非常肯定。"

"究竟是我哥哥对索普小姐献殷勤,还是索普小姐接受他献殷勤才带来了烦恼呢？"

"这不是同一回事吗？"

"我想莫兰先生能分得清其中的区别。男人不会为别的男人爱上自己心爱的女人而烦恼；只有那个女人才会使他受折磨。"

凯瑟琳为她的朋友脸红，她说："伊莎贝拉是不对。但我相信她不是有意要折磨人，因为她很爱我哥哥。第一次相见她就爱上了我哥哥，在不确定我父亲是否同意的时候，她险些让自己焦躁得发狂。很显然她肯定是喜欢我哥哥的。"

"我明白了：她爱着詹姆斯，同时又和弗雷德里克调情。"

"哦！不是，不是调情。一个女人爱着一个男人就不能再和别人调情了。"

"很可能她既不想认真地爱，也不想认真地调情，就像她也可以把这两件事分别做得很好。两位先生必须各自做出一些让步。"

稍停了一会儿，凯瑟琳接着说道："所以你不相信伊莎贝拉是非常喜欢我哥哥的？"

"对这一点我没什么可说的。"

"但是你哥哥想怎么样呢？如果他知道她的婚约，他这样的举动是何居心？"

"你还真是穷追不舍啊。"

"是吗？我只是问了我想知道的。"

"但是你只问了我能告诉你的吗？"

"是，我想是的；因为你肯定了解你哥哥的心思。"

"我哥哥的心思，既然你这样说，我向你保证现在这件事我只能靠猜测。"

"那么如何呢？"

"如何！唉，如果纯粹是猜测，那就让我们各猜各的吧。被别人的推测所引导是可悲的。前提就摆在这里。我哥哥是一个活泼的、有时候可能也很轻率的年轻人；他和你的朋友认识了大约一个星期，

军人们会在聚餐会上为伊莎贝拉·索普痛饮两个星期。

他知道她的婚约的时间几乎和认识她的时间一样久。"

"那么，"凯瑟琳想了一会儿说道，"你也许可以从中猜到你哥哥的意图；但我确实猜不到。可是你父亲不会为此感到不妥吗？难道他不想让蒂尔尼上尉离开？当然，假如你父亲和他谈谈，他会走的。"

"我亲爱的莫兰小姐，"亨利说，"你为了安抚哥哥这般贴心地挂念，会不会也有一点弄错了呢？你是不是也有些过分呢？你哥哥会不会看在他自己或索普小姐的分上感谢你，因为你以为索普小姐的感情或至少她端庄的品行，只要见不到蒂尔尼上尉的影子就会安然无虞呢？是不是只有她独自一人时你哥哥才安全？或是只在没有旁人来牵缠时她才不会对你哥哥变心？你哥哥不会这样想——你应该相信他也不会愿意你有这种想法。我不愿意说'别这样不安'，因为我知道你正在不安，就在此时此刻；不过尽可能少一些不安吧。既然你不怀疑你哥哥和你的朋友彼此相爱，那么就凭这一点，他们之间永远不会有真正的嫉妒；就凭这一点他们之间的矛盾不和也持续不了多久。他们的心向对方敞开，但他们都不会对你敞开；他们非常清楚什么是需要的以及什么是可以忍受的；你尽管放心，他们不会招惹对方超过公认的愉快的界限。"

注意到凯瑟琳仍然一脸疑惑和严肃，他补充道，"虽然弗雷德里克不和我们一起离开巴斯，但他可能只逗留很短的一段时间，也许只比我们晚几天。他的休假很快就到期了，必须返回军团。——到那时他们的一场相识又将如何呢？——军人们会在聚餐会上为伊莎贝拉·索普痛饮两个星期，而索普小姐会和你哥哥一起对可怜的蒂尔尼的痴情嘲笑上一个月。"

凯瑟琳不想再抗拒安抚了。在他们整段谈话的过程中她一直拒绝亨利对她尝试安抚，但现在她的心被俘虏了。亨利·蒂尔尼一定是最清楚这一切的。她为过度恐慌而责备自己，并且决心再也不对这件事如此当真了。

在临别前的见面中,凯瑟琳的决心得到了伊莎贝拉行动的支持。索普一家在普蒂尼街陪凯瑟琳度过了最后一晚,那对恋人之间没有发生什么事引起她的不安,或使她知趣地离开他们。詹姆斯情绪特别高,伊莎贝拉则格外温和动人。与好友的温情似乎是她心里头等重要的事,不过这在分别的时刻也是人之常情;她有时会给她心爱的詹姆斯一个断然的回绝,有时会从他手里抽回自己的手,但凯瑟琳记着亨利的指教,把这一切归结为合情合理。两位美人临别时的拥抱、泪水和许诺,尽在不言之中了。

第二十章

艾伦先生和太太舍不得和他们年轻的朋友分离,她的好脾气和开朗的性格使她成为一个宝贵的同伴,随着她享受到越来越多的乐趣,艾伦夫妇自己的好心情也渐渐多了起来。然而,她将要与蒂尔尼小姐同往的快乐,让他们也不能再有更多的想法了;再说,既然他们自己也不过在巴斯多逗留两个星期,她不在身边也就区别不大了。艾伦先生陪同凯瑟琳去了弥尔森街,她要在那里用早餐,艾伦先生看着她和新朋友们聚在一起,受到最友好的欢迎;可是凯瑟琳想到自己要成为这个家庭的一员,却是非常焦虑,很担心自己不能做得恰到好处,又怕不能让他们保持住对自己的好印象,因此在最初五分钟的局促不安中,她几乎盼着和艾伦先生一起返回普蒂尼街去了。

蒂尔尼小姐的态度和亨利的笑容很快就替她排遣了一些不适的心情,但她还远远做不到自在;将军一刻不停的关怀让她不能心安理得。唉,虽然这似乎不合常理,凯瑟琳还是疑惑地想,如果她不这么受到关注,她的不适感或许会减轻一些。将军为了让她觉得舒服而费尽心思——不停地照顾她吃这吃那,嘴边一直挂着担心,生怕没有什么合她口味的东西——尽管她从小到大连只有这一半丰盛的早餐也没见过——将军的做法使她片刻都无法忘记自己是个客人。她觉得根本配不上这样的尊敬,也不知道该怎样去应酬。让凯瑟琳更加不能平静的,是将军为他的大儿子迟迟不露面而不耐烦,直到蒂尔尼上尉最终下楼,将军还在为他的懒惰而不悦。她为上尉的父亲对他的严厉责备感到十分痛心,他所犯的错误似乎与所受的责备并不相称；而让凯瑟琳倍感忧虑的是，她发现自己成了这一顿教训的根本起因，将军责怪上尉行动拖沓，主要就因为这显得对她不够尊重。把她摆在了一个非常难堪的位置上，她强烈地同情蒂尔尼上尉，也不期望他对自己能友善相待了。

蒂尔尼上尉沉默地听父亲说着，没有尝试丝毫的反驳，这让凯瑟琳肯定了自己所担心的事：他为了伊莎贝拉而心神不宁，久久难以入睡，这可能才是他起晚了的真正原因。——凯瑟琳第一次果断地站在了蒂尔尼上尉的一边，而且希望这一次能对他的为人做出判断；但是当他父亲还在屋里的时候，她几乎听不到他出声，他的心情很受挫，即使到了后来，凯瑟琳也只能听清他对艾丽诺耳语的这句话："等你们都走了我该多开心哪。"

临行的忙乱使人不快。行李箱还在往楼下搬，钟敲响了十点，而这个时间是将军定好要从弥尔森街出发的时间。他的厚外套居然没有人给他取来以便直接穿上，而是被扔在了他要和儿子同乘的敞篷马车里。明明有三个人要坐进那辆两座马车，可中间的座位却还没有被拉出来，而且他女儿的佣人在车里堆了太多包裹，莫兰小姐都没地方坐了；这些操心的事让将军的情绪大受影响，甚至，当他搀扶凯瑟琳上车时，凯瑟琳颇费了一番周折才保住自己新买的文具箱没有被他扔到大街上。——终于，车门总算在三位女士面前关上了，由一位先生精心喂养的四匹高头大马迈着从容的步伐启程了，它们通常就是这样跑上三十英里的旅途：也就是诺桑觉寺到巴斯的距离，这段路现在要平均分作两段跑完。凯瑟琳的心情在马车驶出门外的时候重新振作起来；因她和蒂尔尼小姐在一起不用拘谨；在对崭新的路途、前方的修道院和后面那辆双轮马车的浓厚兴味中，她看了巴斯最后一眼，心中没有任何遗憾，路上的每个里程碑都在她料想到之前就呼呼掠过。在佩蒂·弗朗斯镇上歇脚的两个小时百无聊赖，虽然不饿还要吃东西，四下闲逛却没什么可看的，除此之外就无事可做了。随之而来的是——这可是凯瑟琳崇尚的旅行方式，四匹马拉的时髦马车——那些穿着华贵制服的马车夫,频频踏着马镫欠起身来,还有那一大群规规矩矩骑在马上的随从,因为这段等候带来的麻烦而略显疲沓。如果所有的人都能心情和悦,耽搁一会儿也算不上什么;可是蒂尔尼将军呢,尽管他是这么富有魅力,却似乎总是成为他的子女们情绪的绊脚石,除了他自己,其他人几乎都不开口讲话;无论客栈提供什么他都不满意,还对侍者不耐烦地发脾气,看到他这种样子,凯瑟琳对他的敬畏之心分分秒秒地增长,两个小时过得就像四个小时那么长。——还好,放行的指令终于下达了;这时,将军提出一个让凯瑟琳十分惊喜的建议,接下来的旅途让她接替他的位置坐在亨利的敞篷马车上——天气很好,他急于让凯瑟琳尽可能多地看看乡村的风光。

想起了艾伦先生对年轻人驾驶敞篷马车的看法,凯瑟琳在听到这么一个建议的时候脸都红了,她的第一个念头是要婉拒;但这毕竟是蒂尔尼将军的主张,所以她的下一个念头就大为不同了:蒂尔尼将军不可能建议她去做任何不妥当的事;于是,几分钟后,她已经坐在亨利的敞篷马车上,俨然是天底下最快活的人了。短暂的尝试已经使她确信,敞篷马车是世界上最可爱的马车;四匹马拉的轻便马车跑起来当然很气派,这是不用说的,但也是沉闷和有很多麻烦的,凯瑟琳不会这么容易就忘记在佩蒂·弗朗斯镇休整的那两个小时。对敞篷马车来说有一半这么长的休息时间就足够了,那些轻装的马儿跃跃欲试地向往着飞奔,如果不是将军选择由他自己的马车在前面带路,他们不消半分钟就可以轻易地超过去。然而敞篷马车的优势并不完全归功于马匹;亨利太会驾车了——如此安静——不引起任何恐慌,不对她炫耀,也不咒骂那些马:这和凯瑟琳唯一能做比较的那位马车夫先生比起来真是天壤之别!而且他的帽子戴得那样端正,他大衣上数不清的肩带看上去那样得体尊贵!——坐在他驾的车上,仅次于和他共舞,绝对是人世间最幸福的事。在这种种快乐之余,此刻她还聆听着亨利对她的赞美之词;至少他是代表妹妹而感谢,感谢她好心地应允前去做客;她听到亨利把这称为真正的友谊,并说这激起了发自内心的感恩。亨利说,他妹妹的生活环境并不舒畅——没有女伴——而且,父亲又经常不在身边,有时候她完全无人陪伴。

"但是怎么会这样呢?"凯瑟琳说,"你不在她身边吗?"

"诺桑觉寺只能算是我的半个家;在伍兹顿我自己的一所房子里还有个住处,距离我父亲家差不多有二十英里,我当然有一部分时间要在那里度过。"

"那会让你多难过啊!"

"离开艾丽诺我总是会难过。"

"是啊;可是除了你对她的感情之外,你一定也特别钟爱那座修道院吧!在一个像修道院这样的家里住惯了,对普通的民宅肯定是很难满意的。"

他笑了,说道:"你把修道院想成了一个很好的地方。"

"当然是这样的。难道那不是一座美丽的古老建筑,就像我们从书里读到的那样吗?"

"那么你准备好了在所谓'从书里读到的'那样一座建筑中遭遇可能发生的所有惊恐事件吗?你有一颗勇敢的心吗?你的神经承受得住那些会滑动的护墙板和挂毯吗?"

"哦!我可以的——我想我不会轻易地被吓倒,因为房子里会住着很多的人;再说,那个地方从来也不是无人居住或荒废多年,然后一家人毫无防备地回到其中,没有任何的预兆,就像小说里通常写的那样。"

"不,当然不是。——我们不用借着快要熄灭的柴火余烬的微弱亮光,一路摸索着走进一条走廊;也不会被迫在一个没有窗、没有门也没有家具的房间里席地而眠。但你一定是知道的,当一位年轻女士(不管用什么方式)被接到这种宅子里小住的时候,通常会被安顿在和这户人家里其他人分开的地方。当他们舒舒服服地一起待在自己的地盘上时,这位女士会被年迈的老管家多萝茜呆板地领上另外一段楼梯,沿着一条条阴暗的过道走进一个房间,自从大约二十年前某位表姐或家中某位亲属在这里去世之后,再没有人住过这个房间。你受得了这种不祥之兆吗?当你发现自己置身于这样一间阴郁的卧室里,你心里会不会觉得恐惧?对你来说它是否过于高大空旷?而这么大的一间屋子里只有一盏灯微弱地亮着,墙面悬挂的壁毯中画着真人一般大小的人物,还有那张床,铺着深绿色的羊毛毯或是紫色天鹅绒,散发出阴森森的气氛。你不会觉得你的心往下一沉吗?"

"哦!但这一切不会发生在我身上的,我知道。"

"你查看房间里的家具时会多么提心吊胆!——你能看清楚些什么呢?——不是桌子、梳妆台、衣橱或是五斗柜,而是可能在某一侧有一把残破的琉特琴,另一侧有一口力气再大也打不开的笨重木箱,壁炉上方挂着一位英俊武士的画像,你会被他的容貌不可思议地打动,甚至无法移开你的视线。就在这时,多萝茜也被你的样子打动了,她激动不安地凝视着你,无意中透露出几句晦涩难懂的暗示。这还不够,为了让你振作情绪,她让你觉得有理由认为修道院中你所住的这一部分毫无疑问是会闹鬼的,她还会让你知道没有一个佣人能听到你的叫喊声。她留下这临别的兴奋剂,向你行屈膝礼告辞,你听着她渐渐远去的脚步声,直到最后一声回响传入你耳中,然后,当你心虚地试图把门锁起来时,你发现,越发使人心惊的是,门上没有锁。"

"哦!蒂尔尼先生,这太吓人了!简直就像一本书!但我不可能真的遇到这种事的。我相信你们的管家不会真的是多萝茜。——不过,接下去会怎样呢?"

"第一天晚上可能就不会再发生什么可怕的事了。在克制住对那张床难以征服的恐惧感之后,你会就寝安歇,不踏实地睡上几个小时。但是在你到达后的第二天,或最迟第三天晚上,你很可能会经历一场暴风骤雨。雷声从四面环绕的群山滚滚而来,声音响得仿佛要撼动这座庞大建筑的地基——在一阵阵伴随着惊雷的可怕的狂风里,你可能会觉得自己隐约看见(因为你的灯还没有灭)有一处幔帐抖动得比其他部分更厉害。在这样一个正合你心意去放纵一下的时刻,你当然做不到强忍住好奇心,你会立刻起身,用睡衣裹紧自己,继续探查这神秘的现象。在非常简略地搜寻一番后,你会发现挂毯上有一道缝隙,设计之巧妙仿佛就是为了防御最细致的检查,当你打开它时,就会随即出现一扇门——这扇门只是用厚重的木封条和一把挂锁防护着,在费了几番力气后,你就会把它打开——然后,手里提着灯,你会通过它进入一间有拱顶的小屋子。"

"不会的,真的;我会被吓得不敢去做任何这样的事。"

"怎么！哪怕多萝茜已经让你知道你住的房间和圣·安东尼礼拜堂之间有一条秘密通道,相距还不到两英里远？你会在这样简单的一次探险面前退缩吗？不,不会,你要继续走进这间有拱顶的小屋子,穿过它再走进另外几个房间,都没有察觉到什么不同寻常的迹象。其中一间可能会有一把匕首,另一间有几滴血,第三间里遗留着一些刑具;不过所有这一切都没什么不正常,而且你的灯也快要燃尽了,所以你就向自己的房间返回。可是,再次经过那个有拱顶的小屋子时,你的目光会被一个古旧的乌木镶金的大橱柜所吸引,尽管你在此之前仔细地查看过家具,还是在不经意间错过了这个柜子。被一种难以抗拒的不祥之感驱使着,你急急忙忙走上前去,打开柜子上的折叠门,查看每一个抽屉——可是有好一会儿并没发现什么重要的东西——也许只发现了大把的钻石。终于,你碰到了一个隐秘的机关,打开了柜子里的一个夹层——里面有一卷纸,你抓住了它——那是许多页手稿,你带着这珍贵的宝贝匆匆走进自己的卧室,好不容易才辨认出纸上写的'哦！你——无论你为何许人,玛蒂尔达之不幸的回忆将落入你手',然而正在这时,你的灯突然在灯座上熄灭了,你身边只剩下漆黑一片。"

"哦！不,不——不要这么说。那么,再后来呢？"

147

亨利看到凯瑟琳被自己挑起了兴致，实在觉得太有趣了；他已经没办法再一本正经地支配话题和嗓音了，只得央求凯瑟琳自己去细细想象玛蒂尔达的悲惨遭遇。凯瑟琳回到现实中来，为自己的急不可耐感到羞愧，她开始认真地向亨利保证，她完全没有担心会碰到他所讲的那种事。她敢肯定，蒂尔尼小姐绝不会让她住进他所描述的那样一个房间！她一点儿都不害怕。

接近旅途的终点时，凯瑟琳渴望见到诺桑觉寺的急切心情——这种心情因为和亨利谈起完全不同的话题而被搁置了一会儿——又带着强大的力量归来，她怀着庄重的敬畏之心期待着路上的每一处转弯，希望能够瞥见那雄伟的灰色石墙，矗立在古老的橡树林围抱之中，最后一线夕阳在那哥特式的高窗上闪耀出绚丽的光华。可是整座建筑地势太低了，以至于当她意识到马车已经穿过了门房的大门，进入了诺桑觉寺的地界时，却连一根古式烟囱都没看见。

她不知道自己是不是有道理感到惊讶，但这样的一种抵达方式确实有某些出乎她意料的地方。从一座座外观摩登的小屋之间穿过，她发现自己如此轻松地置身于诺桑觉寺的领域，沿着一条由细腻鹅卵石铺就的光滑平整的道路飞速疾驰，没有路障、警钟或任何隆重感，这种意外和与想象的不一致使她错愕。不过她并没有很从容的时间去想这件事。一阵急雨突然迎面向她扑来，她不可能再做更多的观察，一心一意只顾着保护她的新草帽；接着她就真的进入修道院了，在亨利的帮助下，她从马车上跳下来，站在老式门廊的雨檐之下，然后竟然就这样继续走向大厅，她的朋友和将军正等在那里欢迎她，而她心中没有一丝对自己未来遭遇的不祥预感，也没有瞬间怀疑这庄严的深宅大院曾上演过什么恐怖的场景。微风中似乎并没有传来被谋害者的叹息，最多只是吹来了绵密的细雨；她好好地抖落了一下坐马车穿的厚外套，准备着被接引到大会客厅，这时她方才能体会一下自己身在何处。

一座修道院！是的，亲临其境真使人兴奋！然而当她环顾室内，却怀疑她所看见的一切是否真能让她找到身处修道院的感觉。一色家具都是奢侈而精致的摩登品位。她想象中的壁炉是那种宽大有余且雕饰繁复的老式壁炉,实际上却是缩小了的朗姆福特式壁炉,用的是简洁但气派的大理石厚板,通体装饰的是最漂亮的英式陶瓷。她格外神往地望着窗户,因为听将军说过,他怀着恭敬之心保留了这些窗户的哥特式风格,可是看上去也不如她想象中勾画的样子。很显然,尖拱的部分是被保留了下来——它们的形状是哥特式的,甚至可能是平开窗——可是每一块窗玻璃都那么宽大,那么洁净,那么明亮!而凯瑟琳希望见到的是最细小的窗格,最沉重的石雕窗框,是彩绘玻璃、灰尘和蜘蛛网,对她的想象而言,这差别是相当令人沮丧的。

将军觉察出凯瑟琳有多么目不暇接,便开始谈论起房间的狭小和陈设的简单,他说这里的一切作为日常使用不过是图个舒服而已,等等。然而他又自我吹捧地说,修道院里还是有几个房间很值得她留意,接着还特意提及了那间价值昂贵的镀金装饰的房间,他边说边掏出怀表,突然停住脚步惊讶地宣布,还差二十分钟就到五点了!这好像是解散的命令,凯瑟琳发现自己被蒂尔尼小姐匆匆带走,那神态仿佛在向她说明,在诺桑觉寺是要遵守最严格的家庭作息时间的。

再次穿过宽敞高广的大厅,她们登上具有光泽的橡木筑成的宽大楼梯,楼梯有许多道阶梯和平台,将她们引入一条又长又宽的走廊。一侧是一排房门,另一侧有窗户照亮了走廊,在蒂尔尼小姐领着她走进一个房间之前,凯瑟琳只来得及透过走廊窗户看到一个方形庭院,蒂尔尼小姐等不及留下来关照凯瑟琳安顿舒适,只急迫地恳求她更衣尽可能简单些,就离开了。

第二十一章

只扫了一眼就足以让凯瑟琳满意了,她住的房间根本不像亨利费尽心机吓唬她时所描述的那样。完全没有莫名其妙的空旷感,既没有挂毯也没有天鹅绒。墙上贴了壁纸,地面铺着地毯;这里的窗户和楼下客厅的比起来既不昏暗也不逊色;家具虽然不是最时兴的,却也美观舒适,整个房间的气氛怎么看也不算阴郁。这立刻让她的心安定下来,她决定不再为刻意查看屋子里的任何东西浪费时间了,她很怕因为拖延而得罪了将军。于是她以最快的速度把外套抛在一边,正准备解开麻布包裹上的别针,包裹里面是放在马车座上带来的临时更换用的衣物,这时她的目光突然落在一个高大的箱子上,它就靠在壁炉一侧深深的壁龛里。这画面使她心里一惊;她站在那里盯着箱子呆呆地出神,忘记了其他的一切,脑海里闪过这样一些念头:"这可真是奇怪!没想到会看见这个!一个巨大的沉重的箱子!里面装的是什么呢?为什么要把它放在这里?还藏得这么深,好像就是不想让人看见!我要看看箱子里面——发生什么都无所谓,我要看看里面——现在就看——趁着天光。如果等到晚上再看,我的蜡烛可能会熄灭的。"她走上前去仔细查看这个箱子:它是雪松木做的,精巧地镶嵌着一些颜色略深的木料,从地面被架高了大约一英尺,底托用同样的木材雕造而成。锁是银制的,只是因年深日久失去了光泽;两端留下的残缺把手也是银制的,也许是过早地被某种蛮力损坏;还有,在箱子顶盖的中央,有一个神秘的符号,是同样的金属材质。凯瑟琳聚精会神地俯身看去,却不能确切地辨认出什么。不管从哪个方向来看,她都无法确认最后一个字母是不是T;但是在这所房子里如果是任何别的字母,就会引起非同小可的诧异。假如这箱子原本不属于这里,什么样的曲折才使它落入蒂尔尼家族手中呢?

凯瑟琳惶惶然的好奇心分分秒秒变得越来越强烈;她用颤抖的双手,抓住了银锁的搭扣,决心冒着一切危险也要满足一下自己,至少看看里面装了些什么。仿佛有种力量在和她作对,她费了很大力气,才把箱子盖掀起了几英寸;可是就在这时,忽然传来的敲门声使她一惊之下撒开了手,盖子非常吓人地猛然关上了。这个来错了时候的不速之客是蒂尔尼小姐的女仆,她受女主人派遣来听莫兰小姐的使唤;凯瑟琳立刻就把她打发走了,不过这倒提醒了她现在应该做什么事,虽然她急于要勘破这团迷雾,但她必须继续更衣,不能再拖延了。她的动作并不快,因为她的心思和目光还执着于那个最适于挑起兴趣和警觉的目标;就算她再也不敢浪费时间做第二次尝试,却做不到远远地离开那个箱子。终于,把一只手臂伸进衣裙里之后,她觉得梳妆打扮得差不多了,应该可以踏踏实实地放纵一下她急不可待的好奇心了。多余的时间总是会有的;现在,她要不顾一切地用尽全力,除非有超自然的力量把守,否则应该一下子就能把箱子盖掀开的。她憋着这股劲儿扑身上去,信心没有辜负她。靠着果决的力量她掀开了盖子,在她惊讶的眼前出现了一条白色棉布床单,叠放整齐,安置在那里独占箱子一隅!

她在乍感惊讶之中愣愣地盯着那床单看,正在这时,蒂尔尼小姐担心她的朋友还没准备好,恰巧走进屋来,凯瑟琳本来就已经为自己费尽功夫怀揣着一个荒唐无稽的想象而开始感到羞愧了,此刻又被人当场撞见正在闲极无聊地窥探,更是平添了一分羞惭。"那是个古怪的老箱子,对吧?"蒂尔尼小姐说,凯瑟琳慌忙关上盖子,转过身对着镜子,"谁也说不清它在这里已经有多少年头了。我不知道最初它怎么会被摆放在这间屋子里的,但我也没让人把它挪走,因为我觉得可能有时候还能用它来装各种帽子。最糟糕的是它太沉了,很难打开。不过,放在那个角落里,它总算不太碍事。"

凯瑟琳顿时面红耳赤,她顾不上答话,一边系着裙带,一边明智地决定使出最大力气迅速穿着完毕。蒂尔尼小姐温和地示意她可能会迟到;于是半分钟之后她们就一起从楼梯上飞奔下来,恐慌的气氛并非毫无迹象,蒂尔尼将军正在客厅踱来踱去,手里攥着他的表,就在她们进屋的那一瞬间,他狠狠地拉响就餐铃,命令"晚餐即刻上桌"!

将军说话时的重音让凯瑟琳一阵发抖,她坐在那里面色苍白,气喘吁吁,在极度自卑中还为将军的孩子们担心,也对那个老箱子深恶痛绝。将军看着凯瑟琳时便又恢复了他的彬彬有礼,其余的时间他都在责骂女儿不应该傻乎乎地催促她的好朋友,让人家因为匆匆忙忙而上气不接下气,其实根本没有什么着急的事;但凯瑟琳根本摆脱不了这双重的烦恼,一方面是朋友因为自己而被教训一顿,另一方面是自己那十足的愚蠢,直到他们在餐桌旁高高兴兴地坐下来,将军满面殷勤的笑容和她自己的胃口大开,方才使她恢复了平静。餐厅是一间壮观的大屋,从规模来说更适合做盛大场合的厅堂,而不是只做日常家用,房间陈设的格调奢华昂贵,这在凯瑟琳那不懂行的眼里基本上被忽略了,她所看到的不过是这屋子的宽阔和人数众多的侍者。她高声赞美房间的宏大,将军则带着非常和蔼可亲的神情声称,这个房间的大小完全没有什么不正常,进而又坦言,虽然他像大多数人一样对这些方面不甚关心,但他的确认为一间规模还算过得去的餐厅是必需的生活条件之一;不过,他以为,"凯瑟琳在艾伦先生家里想必是习惯了比这更宽敞的房间?"

"不,真的没有,"凯瑟琳诚实地向他保证,"艾伦先生的餐厅还没有这间屋子一半大呢。"她以前从来也没见过这么大的房间。将军的心情越发好起来。——为什么不呢,如果艾伦先生拥有宽阔的大屋,将军认为不让它们派上用场是不明智的;当然,他用名誉担保,他相信只有这种屋子一半大的房间也可以有更多舒适的设备,他相信,艾伦先生的房子的大小,一定是刚好符合理性的幸福生活的理想规模。

蒂尔尼将军正在客厅踱来踱去。

晚间的时光就这样度过,没再出现更多的烦扰,而且,当蒂尔尼将军偶尔离开他们一会儿,他们的快乐就更自在了。只有将军在场时凯瑟琳才会感觉到旅途带来的些许疲劳;即便如此,即便在倦怠或压抑的时刻,还是总体的幸福感占了上风,当凯瑟琳想起她在巴斯的朋友时,完全没有产生回到他们身边的念头。

狂风暴雨的夜晚,整个傍晚都在一阵一阵地刮风;他们各自散开回房时,已经是风雨交加。凯瑟琳穿过大厅时,心怀敬畏地听着风雨之声;她听到狂风在这古老建筑的角落中肆虐,在盛怒中将远远的一扇门骤然间甩得紧闭,才第一次真实地感受到自己身处一座修道院之中。——是啊,这才是那种典型的声响,它们让她回想起书中数不胜数的种种可怕境遇和恐怖场景,那都是由这样一所建筑见证过的,也都会有这样的风雨来袭;最让她由衷感到高兴的是,她在比较愉快的气氛伴随之下走进如此森严的院墙之中!完全不用害怕遇到午夜刺客或醉醺醺的侠客。亨利白天对她讲的那些分明只是在开玩笑。在这样一栋设施齐备、守护严密的房子里,不会有什么可探索或可遭遇的,她可以像在富勒顿自己家的房间里一样放心地走进这里的卧室。她就这样给自己合情合理地壮着胆,一边继续向楼上走去,尤其是发现蒂尔尼小姐的睡房和她的只隔着一间屋子,她走进房间的时候心里更笃定了一些,而那壁炉中木柴欢快的火苗立刻就让她的精神为之一振。"这有多好啊,"她说着走到壁炉栅栏旁,"一进屋发现火已经生好,比起很多迫不得已的可怜姑娘们要好多了,她们不得不在寒冷中瑟瑟发抖,直等到全家人都上床后,才会有一位忠实的老佣人抱着一捆柴进来,吓着一个姑娘!我真高兴诺桑觉寺是这样的!要是它像别的地方一样,真不知道在这么一个夜晚,我能不能鼓起勇气来——反正现在,可以肯定,没有什么可吓人的。"

她环顾室内。窗帘那里好像有动静。这可能只不过是狂风穿透了护窗板的缝隙,她大胆地走过去,随口哼着一支曲调,让自己相信那的确是风,她鼓足勇气向每一块窗帘的背后张望,没有在哪个低矮的窗座上看见什么让她害怕的东西,她又把一只手放在护窗板上,对风的力量感到深信不疑。当她检查完窗子要转身离开时,又看了一眼那个老箱子,这一眼并不是没有意义的,她鄙视自己由无聊的幻想而引起的没来由的恐惧,于是在最轻松的无牵无挂之中开始准备上床就寝。"她应该慢慢来,她不应该让自己着急,她不用关心自己是不是整栋房子里最后一个还醒着的人。但她可不会去给壁炉添火;那样做会显得很胆小,好像她希望自己睡着的时候还有火光的保护。"结果炉火就熄灭了,凯瑟琳用一个小时的大部分时间收拾停当,正开始想着要上床睡了,她又最后环视了一遍房间,这时,她被一个高大的老式黑色橱柜所吸引,虽然它就摆在一个足够明显的位置上,却一直没有引起她的注意。亨利所说的话瞬间从她脑海中闪过,他形容过一个在最初躲过了凯瑟琳察觉的乌木橱柜,就算里面不会真的有什么,还是让人感觉有点怪异,这的确是个很不寻常的巧合!她取过蜡烛仔细地打量这个橱柜。它不纯粹是乌木镶金的,而是用了漆器工艺,是最漂亮的那种黑色和黄色亮漆,当她手中的烛光照上去时,黄色的部分就有了一种金色的效果。钥匙就插在柜门上,她产生了一种要打开看看的奇怪想法;她倒是完全没有期待会发现什么,只是因为亨利说过的那些话,让她觉得着实古怪。简而言之,不查看一下她是没办法睡觉的。于是,她把烛台小心翼翼地放在一张椅子上,一只手剧烈地颤抖着抓住钥匙试着转动它,但是用了最大的力气也拧不动。凯瑟琳虽然心慌却并没有泄气,她向另一边转动钥匙,锁簧打开了,她知道自己成功了;可是这太离奇了!——柜门还是打不开。她停下片刻屏息思索。风顺着烟囱呼啸而下,瓢泼大雨拍打着窗户,仿佛一切都证明着她可怕的处境,然而,如果退缩回床上,到了这一步却没能达成目的,又似乎毫无意义,因为明明知道一个如此神秘地紧闭的橱柜就在她触手可及的地方,她肯定是睡不着觉的。因此她让自己又一次握住钥匙,怀着最后一搏的希望,她用各种方法果断地快速转动了几下,柜门突然间被她征服了:她的心为了这场胜利兴奋地欢跳，她一扇扇地打开折叠门，第二扇门只上着门闩，构造可比那把锁简单多了，其实门里的东西在凯瑟琳看来也辨别不出什么特殊之处，只见有两排小抽屉，上下各有几个大一点的抽屉；柜子中央，有一扇小门，也挂着钥匙和锁，很有可能锁住的是一个重要的夹层。

凯瑟琳的心跳加剧了，而她的勇气并没有消减。在希望中她的脸颊涨得通红，眼睛因为好奇而张大，她用手指抓住一个抽屉的把手拉开来。里面空空如也。她少了几分慌张，多了几分急迫，又拉开第二个、第三个、第四个抽屉，每个都同样空无一物。没有一个抽屉没查看过了，没有一个里面发现了任何东西。凯瑟琳曾经从书里读到过很多藏匿珍宝的手段，她考虑到了抽屉里有暗藏的内层这种可能，她在急切的紧迫感之中徒劳地把每个抽屉都摸索了一遍。现在只剩下中间的那扇小门还没查看过；尽管她从一开始就没想过会在柜子的任何角落里找到什么，到目前为止没有收获也一点儿不觉得失望，但既然她有了想法，不彻底检查一下就太没道理了。只是打开这扇小门也颇费了她一番功夫，里面这道锁和外面那道对付起来同样吃力，不过最终还是打开了，而且到目前为止她的搜索并不是一场空；她敏锐的目光立刻就落在被丢在夹层最深处的一卷纸上，它显然是被藏在那里的，那一刻她的感受莫可名状。她的心怦怦乱跳，两膝发抖，面色也变得苍白。她用一只发抖的手，抓住了那珍贵的手稿，只瞥了半下就足以确定上面有手写的字迹；当她满怀敬畏地意识到这正是亨利预言的一个惊人的例证，立刻决定在试图安睡之前把它逐字逐句细读一遍。

凯瑟琳忧心忡忡地回头看了一下那暗弱的烛火，好在还没有突然熄灭的危险，它应该能再燃烧一段时间；有了烛光，除了字迹年深日久，凯瑟琳要辨认出它们应该就不会有更大的麻烦了，她赶忙去剪烛花。天哪！一剪下去火苗就灭了。就是灭掉一盏油灯也不会比这显得更可怕了。有那么一会儿工夫，凯瑟琳吓得动弹不得。烛火彻底熄灭了;烛芯没有一丝残存的火星让她还能鼓起重新吹燃它的希望。房间里是一片伸手不见五指的、死寂般的黑暗。一阵猛烈的狂风突如其来地肆虐而起,更为此刻增添了新的惊悚。凯瑟琳从头到脚都在发抖。在接下来的静默中,一阵仿佛渐行渐远的脚步声和远远传来的关门声在她惊恐的耳畔响起。人的生理本能再也支撑不下去了。冷汗从她额头渗出,手稿从她手中滑落,她摸摸索索回到床边,慌慌张张跳上床去,深深地钻到被单下面,想在经受刺激之后寻求一些空白。那天晚上要合眼入睡肯定是彻底无望了。好奇心刚刚被激起,种种复杂的心情此起彼伏,安睡绝对是完全不可能的事。而且屋外的狂风暴雨是这样可怕!她一般不会听到风声就觉得惊恐,可是现在每一阵狂风似乎都满载着可怖的音讯。这手稿被如此奇妙地发现,如此奇妙地实现了白天的预言,该对它作何解释呢?——手稿里会写着什么?——它和什么人有关?——它是怎样被隐藏了这么久?——而且这是多么奇特的缘分,手稿会落在她的命运中由她来发现!然而,当她让自己成为了手稿的主人时,她便不得安眠又不得安心;她下定决心等第一缕晨光升起后要好好读上一遍。可是在此之前还不得不熬过好几个时辰的心神不宁。她不寒而栗,在床上翻来覆去,嫉妒每一个酣睡中的人。暴雨依然猛烈,喧嚣之声千奇百怪,比风声更加恐怖,不时惊心动魄地闯入她耳中。这一忽儿她床上的幔帐似乎在动,再一忽儿她的门锁也窸窣作响,好像有什么人试图要进来。走廊里仿佛有空洞的窃窃低语在蔓延,不止一次那远远飘来的呜咽声听得她浑身冰冷。时间一小时一小时地过去了,疲惫不堪的凯瑟琳听到房子里所有的钟都敲响了三点,之后风暴就停息了,或者说,她就在不知不觉中沉沉睡去了。

第二十二章

　　第二天早上八点,把凯瑟琳唤醒的第一声响动是女仆卷起护窗板的声音;她睁开眼睛,看着赏心悦目的环境,心里奇怪自己是怎么能合上眼的;她的壁炉已经烧起来,夜里的暴风雨已经被明朗的晨光所取代。在自我意识清醒的那一瞬间,她又记起了那份手稿;女仆刚一出门她就跳下床去,焦急地拾起昨夜掉在地上的纸卷中散落出来的每一张,飞奔回枕边,沉湎于细细品读的享受中。现在她可以明明白白地看到,她不可能期望这份手稿的长度像她通常打着冷战在书中读到的那种一样,因为这卷纸看来都是一些杂乱的小纸片,全加在一起也很不起眼,而且比她最初所设想的要少很多。

　　她贪婪的目光飞快地从一张纸片上扫过去。里面的内容让她大吃一惊。这可能吗,还是她的直觉欺骗了她?那是一张亚麻织物的清单,上面是笔迹蹩脚的当代文字,似乎这就是她眼前看到的全部了!如果说眼见一定为实,那么她手里拿的就是一张洗衣单据。她抓起另一张,看到了略有变化的同样的单据;第三张、第四张和第五张也没有更多新鲜的内容。每张上写的无非是衬衣、长袜、男用围巾和马甲。另外有两张也没什么意思,那是同一个人的笔迹写下的费用,包括邮寄费、发粉、鞋带和肥皂。还有一张大一些的纸,包裹在其他纸条外面,那第一行密密麻麻的文字好像写着"给栗色马敷膏药"——一张兽医的账单!就是这样一卷纸片(也许,她此时能想到的,是一个粗心大意的佣人把它们丢在了她发现的那个地方)让她充满了期待和恐惧,还夺走了她半宿的睡眠!她感到无地自容。木箱的冒险还不能让她学聪明些吗？她躺在那儿刚好看得见木箱的一角，那好像发起了对她的批判。事情再清楚不过了，一切都是因为她最近以来荒唐的幻想。她居然能想象多年以前的手稿不为人所发现而保留在这样一个房间里，这么时髦又适于居住的房间里！——还居然想到她会是第一个有本事打开柜子的人，其实门上的钥匙所有的人都能使用！

她怎么会这样欺骗自己呢？老天保佑亨利·蒂尔尼永远不要知道她干的蠢事。其实在很大程度上这就是亨利本人造成的后果，如果不是因为那个柜子看起来和他为凯瑟琳勾勒的冒险故事完全吻合，她才不会动一丝好奇心呢。这算是唯一值得安慰的事了。那卷讨厌的纸片撒了一床，凯瑟琳急于要摆脱自己愚蠢行径的可恨的证据，她立刻起身，尽可能按照原来的样子把它们卷起来，放回到橱柜中原先那个位置，诚心诚意地希望不会有意外的麻烦再把这件事牵扯出来，那样连她自己都会看不起自己的。

且说柜子上的锁昨夜为什么会难以打开，还是有些不大寻常，因为现在她摆弄起来易如反掌。这里肯定有某种神秘之处，她在这个哄自己高兴的想法里过了半分钟的瘾，后来想起柜门可能从来就没锁上过，正是她自己把它锁起来的，这个想法一跳出来，又让她羞红了脸。

她在这个房间里做的事引起了这么不舒服的想法，于是她尽快地逃了出去，并且用最快的速度找到了去早餐厅的路，那是蒂尔尼小姐昨晚指点给她的。只有亨利一个人在餐厅里；他立刻就问候凯瑟琳有没有被暴风雨惊扰，他主要是从他们所住的这栋建筑的气氛来考虑的，这让凯瑟琳心里很乱。说什么她也不会让亨利怀疑到自己的弱点，不过，她说的也不是纯粹的假话，她勉强承认风声确实让她有一点难以入睡。"不过风雨之后我们今早有了个好天气，"她补充道，巴望着甩开这个话题，"暴风雨和失眠只要过去了就都不算什么。多漂亮的风信子！——我刚刚学会欣赏风信子。"

159

"你是怎么学会的呢？是偶然的还是经过论证？"

"你妹妹教给我的；我说不清是怎么学会的。艾伦太太曾经煞费苦心，年复一年地想让我喜欢上这种花，可我始终做不到，一直到那天在弥尔森街看见它们；我天生对花草就不感兴趣。"

"而你现在爱上了风信子。这就好得多了。你又多了一个新的理由去享受，尽可能多地拥有幸福总是好的。再说，赏花的品位一向是你们女性所向往的，可以成为让你们走出户外的一种方式，否则也很难吸引你们更好地健身。尽管喜欢风信子这种花也许会让你更多地留在室内，可是谁知道呢，一旦来了情绪，到时候没准儿你还会爱上种在花园的玫瑰呢？"

"可我用不着为了任何这类爱好才到户外去。能愉快地散步和呼吸新鲜空气对我来说就足够了，天气好的时候我一半以上的时间都在外面玩儿。——妈妈说，我从来不待在家里。"

"不管怎样，总之，我很高兴你学会了欣赏风信子。其实真正重要的是学着去爱；温顺的性情对一位年轻女性来说是巨大的福气。我妹妹还算是循循善诱的吗？"

这时将军走进屋来，为凯瑟琳试图回答这个问题时的尴尬解了围，将军含笑的问候说明他情绪不错，不过他含蓄地暗示他喜欢早早起床，这依然让凯瑟琳无法泰然自若。

当早餐用具被摆上桌时，它们的典雅精致让凯瑟琳目不转睛；很幸运，它们是将军选中的。凯瑟琳对将军品位的赞美使他陶醉，他也承认这套餐具简洁而朴素，他认为支持一下本国的手工艺品是应该的；其实他觉得，对于他不算挑剔的味觉而言，斯塔福德郡、德累斯顿或塞夫勒的陶器泡出茶来的风味都是一样的。不过在他看来这一套餐具已经有年头了，是两年前买的。制瓷工艺从那时起改进了很多；他最近一次去伦敦的时候见到了一些漂亮的样品，如果不是因为他在这种事上毫无虚荣心，很可能就会经不住诱惑去订购一套了。但是他相信，也许过不了多久就将有一个机会挑选新餐具了——不过不是为他自己。凯瑟琳可能是在座唯一没听懂他话里意思的人。

早餐后不久亨利就要离开他们去伍兹顿,那里有些事情需要他用两到三天去处理。他们都在大厅等着看他纵身上马,当凯瑟琳再返回到早餐厅时,立刻就走到窗前希望多看一眼他的身影。"这对你哥哥的定力算得上是严酷的要求了,"将军看到这情形对艾丽诺说,"伍兹顿今天看起来只会黯然失色。"

"那里美不美?"凯瑟琳问。

"你说呢,艾丽诺?——说说你的看法,对某个地方也罢,对男人也罢,女性之间才最了解彼此的喜好。我认为以最公正的眼光看来,伍兹顿有很多优点是公认的。那里的房子朝向东南,建在一片漂亮的草地上,同样朝向东南面的还有个很好的果蔬园;四周的围墙是我在大约十年前亲手修建和种植的,都是为了我的儿子着想。那是一份家族的生计,莫兰小姐;那个地方的房产主要是属于我的,你可以相信在我管理之下它准错不了。就算亨利的收入只靠这份家当,他也不会有所匮乏。也许这显得很奇怪,我就这么两个年纪小一些的孩子,而我却认为有必要让亨利有份职业;当然在某些时候我们都会希望他能从所有事务的牵绊中解脱出来。尽管我可能改变不了你们这些年轻姑娘的想法,莫兰小姐,但我敢肯定你的父亲会赞同我的意见,让每个年轻男人都有份工作是恰如其分的想法。钱算不了什么,那不是目的,工作才是重要的。你看,就连弗雷德里克,我的长子,他可能会像这个国家任何一个平民一样,继承一笔可观的地产,而他也有他的职业。"

如将军所愿,最后这个论据达到了堂而皇之的效果。凯瑟琳的沉默证明了此话无可辩驳。

前一晚将军说起过要带凯瑟琳在这里四处转一转,现在他提出亲自做她的向导;尽管凯瑟琳希望只由他女儿陪同自己去探索这座修道院,可是这个提议本身确实令她快活无比,在任何情况下,她都不会不欣然接受;因为她来到修道院已经十八个小时了,却只看到了几个房间而已。刚刚在闲散中打开的编织匣,又被凯瑟琳高高兴兴地匆匆收起,她很快就做好了准备和将军同行。他还主动许诺等他们在室内浏览过后,要再陪她去花园和灌木丛中玩赏一番。凯瑟琳行了个屈膝礼表示顺从。可是将军又觉得也许凯瑟琳会更愿意先在户外游览。目前看来天气很不错,而每到这个季节,好天气能持续多久有很大的不确定性。——不知凯瑟琳更喜欢先看哪里呢?无论怎样将军都愿意奉陪。——女儿觉得怎样才最合她的好朋友的心意?不过他认为自己还是看得出来的。——没错,他肯定从莫兰小姐的眼神中领会到了一个明智的愿望,要抓紧享受此刻的好天气。——莫兰小姐又何曾判断失误过呢?——反正室内总是安全和干爽的。他含蓄地做出了让步,先去取他的帽子,一会儿再来跟她们会合。他走出了房间,凯瑟琳一脸失望和焦虑,说起了她的不情愿,将军不应该违背他自己的意愿带她们去户外,还误以为这样会让她高兴;但她的话被蒂尔尼小姐打断了,她略带窘迫地说:"我相信趁着上午这么好的天气出门是最明智的;别因为我父亲的缘故而感到不安;他每天都在这个时间出门散步的。"

凯瑟琳不太明白该怎么理解这一切。蒂尔尼小姐为什么会尴尬?会不会是将军对带她参观修道院有什么勉强之处?这是他自己提议的。还有,他每天这么早就去散步难道不奇怪吗?她的父亲和艾伦先生都不是这样。这的确很令人恼火。她满心迫不及待地要在修道院里游览,对外面的庭院根本没有什么兴趣。但愿亨利在这里就好了!——不过现在她还想象不出那如画的风景,除非亲眼所见。凯瑟琳想了这么多,却只把这些想法留在心里,耐着性子在不满中戴上了帽子。

然而超乎她想象的是,当她第一次从草坪上看着诺桑觉寺时,她被这座修道院的宏伟气势震撼了。整座建筑被广阔的庭院围抱着;方形庭院的两侧院墙,上有大量的哥特风格装饰,醒目地矗立着供人观赏。修道院其余的部分被长满古树的小山丘或茂盛的种植园遮

他们都在大厅等着看他纵身上马。

挡,树木丛生的陡峭山坡高耸其后庇护着它,纵使在枯枝少叶的三月依然美丽。凯瑟琳没见过任何能与之媲美的景色;她心中的欢喜太强烈了,还没等到什么更明确的授意,就大胆地奔涌出惊奇和赞叹之辞。将军带着赞许的谢意听着,看来仿佛一直等到此刻为止,他自己对诺桑觉寺的评价方才有所定论。

下一个要去参观的地方是菜园,将军领着她们穿过了园林中的一小部分。

这个园子所占的公顷数让凯瑟琳听了没办法不气馁,它比艾伦先生和她爸爸拥有的面积要多不止一倍,包括前庭和果园。围墙似乎多得数也数不清,长度让人一眼望不到尽头;其中像是坐落着一个由温室组成的村庄,整个牧区的人都在这围墙之内劳作。凯瑟琳惊奇的神情使将军很得意,那表情的意思简直再明显不过了,可将军还是当场就迫使她亲口说出来,说她以往绝对没见过任何园子能与之相比;然后将军又谦逊地承认,他自己并没有这方面的野心,也不会为这种事挂怀,但他确实相信这座庭园在整个王国都是无与伦比的。如果说他有什么最热衷的消遣,那就是这个园子。他热爱园林。尽管在大多数有关吃的事情上他很不在意,他还是中意优质的水果——就算不是他喜欢,也是他的朋友和孩子们喜欢。当然,要照管这样一个园子会让人操碎了心。再精心的照料也并不总能保住那些最金贵的水果。菠萝园去年只结出了一百个菠萝。他设想艾伦先生一定也和他自己一样有这些麻烦。

"没有,完全没有。艾伦先生根本不关心园林,也从来没进去过。"

将军一脸沾沾自喜的得意笑容,他也希望能和艾伦先生一样,如果不是因为这里或那里出了什么棘手的事让他完不成计划,他也从来不会进果园的。

"艾伦先生的阶梯温室盖得怎么样?"他们走进他自己的一间阶梯温室时,将军讲解着它的特点。

"艾伦先生只有一个小暖房,艾伦太太冬天用它来养些植物,里面偶尔会生火。"

"他是个幸福的人啊!"将军说道,满意地流露出鄙夷之色。

将军带着她走遍每一间温室,走过每一堵围墙,直到她实在看累了也走累了,最后他听凭两位姑娘尽情享受修道院外面的风景,接着又表示他希望去检查一下最近正在改建的茶室效果如何,如果莫兰小姐不累的话,他觉得这个提议是对这次散步的一个愉快的延伸。"可是你要去哪儿,艾丽诺?为什么你选择走那条阴冷潮湿的小路呢?莫兰小姐的鞋会被打湿的。最佳路线是穿过园区到那里去。"

"这是我特别喜欢的一条路,"蒂尔尼小姐说,"我一直认为这是最好也最近的路。不过也许会有点潮湿。"

这是一条蜿蜒狭窄的小路,穿过一片长满古老的苏格兰冷杉树的密林;凯瑟琳被那里阴郁的气质所吸引,急着想要走进树林,就算遭到将军反对,也不能阻止她向前。将军觉察出了她的意愿,以担心影响她的健康为借口徒劳地又劝阻了一次之后,出于礼貌没有再继续反对。不过他自己却要告辞不陪她们了——他还没有享受够美好的阳光,他将与她们在另一条路上会合。——他转身而去;凯瑟琳惊讶地发现他的离开竟然让自己的心情得到如此的放松。然而放松的感觉比心里的惊讶要更真实,所以也没有被破坏;她轻松愉快地说,这一片树林勾起了让她神往的伤感气息。

"我特别喜欢这个地方,"她的同伴说,伴随着一声叹息,"这是我母亲最喜欢的小路。"

凯瑟琳以前从没听这一家人提起过蒂尔尼太太,对方温柔的回忆引起了她的关注,这顿时在她神色的变化中流露出来,她留意地安静了片刻,等候着多听一些。

"我曾经多少次和她在这里散步!"艾丽诺又说道,"虽然那时候我一直都不喜欢这条路,不像后来这样喜欢。那时候我的确不理解她的选择。但是现在对她的回忆让这条路变得可亲了。"

"难道,"凯瑟琳回应道,"她的丈夫就不觉得这里亲切吗?可是将军却不愿意走到这里来。"蒂尔尼小姐继续沉默不语,凯瑟琳试探地说道,"她的去世肯定带来了巨大的悲痛。"

"巨大的悲痛,而且与日俱增。"蒂尔尼小姐低沉地回答道,"事情发生的时候我才十三岁;我经受了在那个年纪所能体会的剧烈的失落感,但那时我不懂,不可能懂得这是多么大的缺失。"她停顿了片刻,接着十分坚决地补充说,"我没有姐妹,你知道的——尽管亨利——尽管两个哥哥都非常疼爱我,而且亨利常常会在这里,这是我非常感激的,但是我不可能不常常处在孤独之中。"

"你肯定会非常想念亨利的。"

"母亲会常常陪在你左右。母亲会成为你忠诚的朋友;她的影响会超越所有的人。"

"她是不是一个非常迷人的女人?是不是落落大方?修道院里有她的画像吗?她为什么那么喜欢这片树林?是因为心情低落吗?"——这些问题此刻急切地奔涌而出;前三个很快得到了肯定的答案,后两个被略过了;不论回答了还是没回答,伴随着每个问题,凯瑟琳对已故的蒂尔尼太太越发关心起来。对于她的婚姻不幸,凯瑟琳是相信的。将军显然不是一个好丈夫。他不喜欢她的这条小路。那么他曾经爱过她吗?此外,他固然潇洒英俊,在他的举手投足之间却有一种对不起他太太的感觉。

"她的画像,我想,"凯瑟琳为她自己这个圆滑的问法而脸红了,"是挂在你父亲的房间里吗?"

"不。本来是要挂在客厅里的;可是我父亲不满意那幅画像,所以有段时间就没摆出来。母亲去世后我就把画像据为己有,挂在我的卧室里——我很愿意带你去看看;画得很像。"这又是一个证据。一幅画——画得很像她本人——画的是那离开人世的妻子,却不为丈夫所珍视!他一定对她残酷得可怕!

凯瑟琳不再企图隐藏在此之前就对将军产生的真实感受了,虽然将军对她关心备至;以前她对将军还只是惧怕和不喜欢,现在则是彻底的厌恶。是的,厌恶!他对待一个这样可爱的女人的残酷让凯瑟琳感到可憎。她常常在书里读到这样的人物,这种人,艾伦先生总说他们被写得不自然并且太夸张;现在就有了和他所说的相反的真实例证。

凯瑟琳刚刚想清楚这一点,她们马上就在小路的尽头与将军相遇了;虽然道德感使她义愤填膺,她却发现自己还是不得不再次走在他身边,听他说话,甚至在他笑起来的时候也陪着笑。不过她已经不能再从身边的景物中得到乐趣了,不久她就开始走得懒懒散散;将军发觉了,为凯瑟琳的身体担心,仿佛是在斥责她对他的看法,刻不容缓地要凯瑟琳和他女儿一起回到屋里去。他过一刻钟后就来。他们再一次道别——可是没过半分钟,艾丽诺就被叫回他身边接受一道严厉的指令,在他回来之前禁止她带着朋友在修道院四处转悠。他已经是第二次不安地拖延凯瑟琳去做她一心惦记的事,这让凯瑟琳觉得很不正常。

第二十三章

到将军进门之前,一个小时过去了,这段时间,他年轻的客人还在思索他不大招人喜欢的人品。"这被延长了的缺席,这些孤独的漫步,说明他不可能心绪宁静,或是良心没有自责。"终于他出现了;而且,不管他的沉思中有着怎样的黑暗,他依然能够对她们笑脸相向。蒂尔尼小姐对她的朋友想参观房子的好奇心多少有几分了解,她立刻重新提起这个建议;而她的父亲呢,和凯瑟琳想象的相反,没有再为进一步拖延找任何借口,在停步五分钟,盼咐佣人等他们回来时在屋里备好茶点之后,他终于可以陪她们出发了。

他们向前走着;将军在前面带路,神色庄重,步履优雅,虽然引人注目,却不能动摇博览群书的凯瑟琳的怀疑之心。他们穿过大厅,走过大客厅和一间没什么作用的前厅,进入一个从面积到装潢都很有气派的房间——真正的会客厅,只为重要的社交场合使用。它太宏伟了,太豪华了,太迷人了!——这就是凯瑟琳能说的一切了,因为她那不善鉴别的眼光很难明辨绸缎的色泽;所有的赞美都无足轻重,而所有的赞美都在将军的补充下才变得更有意义:任何屋子里的家具,其奢华或雅致都打动不了她;她只对十五世纪之前的家具感兴趣。等将军满足了他自己的好奇心,细细查看了每一件他熟悉的装饰品之后,他们接着走进了一间书房,这个房间同样富丽堂皇,其中陈列着许多藏书,会让一个普通人看了引以为豪。凯瑟琳怀着比以往更真实的感受倾听着、景仰着、惊叹着——她匆匆浏览了一个书架上半数图书的书名,尽可能在这个知识的藏库中采集着,也准备着要继续往前走。但是并没有出现如她所愿的一组组房间。就算这栋房屋如此庞大,她也已经走访完了最主要的部分;尽管听说她刚刚见到的六七个房间再加上厨房,已经环绕了三面的庭院,她还是难以置信,或者说很难打消对这里还藏有许多秘密房间的疑心。不过让人松一口气的是,他们就要回到日常起居的那些房间里去了。走过几个不怎么重要的房间,向庭院里望去,那里,偶尔有几条通道,并不是完全不复杂,连接着不同的方向;一路上更使她感到安慰的,是她得知自己脚下所踏着的是过去的一道回廊,经过指引她发现许多密室的踪迹,还发现有几扇门既没有打开也没有人给她讲解,而这时她发现自己已经没停脚地走进了一间桌球室,然后又到了将军的私人房间,她没搞明白它们之间的关联,离开这几间屋子的时候也没能正确地转对方向;最后,又走过了一间黑暗的小屋,只有得到亨利的许可才能进入,里面到处丢的都是他凌乱的书本、枪支和大衣。

将军尽管已经来过餐厅,而且每天五点钟都会来,但他还是不能放弃在踱步中测量距离的乐趣,为了让莫兰小姐获得更确凿的信息,那些她既不怀疑也不关心的信息。他们从餐厅经过一条快速通道来到厨房——修道院古老的厨房,那里有许多厚实的墙壁和昔日烟熏的痕迹,还有很多现在使用的炉灶和保温柜。将军的改良之手在这里也没闲着:一切能够促进烹饪劳作的新式发明,都被采纳用于这间厨房,还有他们那宽敞的剧院;当其他人的才华不尽如人意时,将军自己的天才却常常创造出理想中的完美。仅凭他在这一点上的捐助,无论何时都使他在修道院捐助人当中享有很高地位。

走到厨房墙壁的尽头,也就穷尽了修道院所有的古迹;方形庭院的第四面的那部分老建筑,考虑到它损毁的状况,已经被将军的父亲拆除了,现在新建筑屹立在原址上。古老庄重的一切终结于此。新建筑不仅仅是新的,而且彰显着自身之新;它专为家务而建,围绕在马厩院子后面,建筑风格的统一没有作为必要的考虑。凯瑟琳想对着那设计者咆哮,他荡平了比所有这一切都更有价值的东西,只是为了达到家务管理的目的。凯瑟琳也会愿意体谅走过这般衰落景象时生出的羞愧,假如将军允许的话;可是将军说如果他还有虚荣心,那就是管理他的家政事务,而且他相信,按照莫兰小姐的意愿,看到膳食住宿和舒适的设施减轻了佣人们的劳动,一定会让她满意的,因此他对带着她走下去也就不会有歉意了。他们把所有的房间粗略浏览了一遍;超乎凯瑟琳的想象,这些房间的数量之多和便利之处让她印象深刻。在富勒顿,几个不成样子的餐具间和一个不舒服的洗碗间就被看作能够满足要求了,而在这里却适当地划分出了不同区域,既方便又宽敞。不停出现的佣人的数量和工作间的数量一样使她心生叹服。无论他们走到哪儿,都会有穿着木套鞋的女孩子停下来行屈膝礼,或是有穿着便装的男仆悄悄地溜开。可这里是一座修道院!这种家务布局和她在书中读到的情形是多么难以形容的不同——书里的修道院和城堡,虽然肯定都比诺桑觉寺更大,但一切清理房子的脏活儿最多不过是由两个女人的手完成的。艾伦太太常常很困惑,不明白她们是怎么撑下来的;现在,当凯瑟琳看到这里所需要的一切,她自己也开始感到不解了。

他们返回到大厅,在那里可以登上主楼梯,将军要点评它美妙的木材和大量雕饰的图案;走到楼梯顶端后,他们转向和她住的房间所在的走廊相反的方向,很快便走进一条位于同一层的走廊,只是长度和宽度都更胜一筹。在这里她接连被指引着看了三间宽大的卧室和配套的梳妆室,都装潢得极尽美观而齐全;为使这些房间舒适而讲究,凡财力和品位所能及,无不倾注于此;而且,因为都是最近五年之内才装备好,将军认为它们整体给人带来的好感是完美的,也期望它们都能得到凯瑟琳的喜欢。当他们走马观花地来到最后一间时,将军轻描淡写地提到几个名字,都是他们偶尔有幸接待过的身份显赫的大人物,在这之后他面带笑容地转向凯瑟琳,表达了他冒昧的愿望,希望从此开始这些房间最初的房客中能有"我们来自富勒顿的朋友"。凯瑟琳感到受宠若惊,同时深深地惋惜,这个人对自己这么好,并且对她的全家充满恭敬,而她却不可能把他往好处想。

走廊的终点是一扇折叠门,蒂尔尼小姐走上前去,把门拉开,穿门而过,那是又一条长长的走廊,她好像正准备接着去打开左手第一扇门,这时将军走了过来,急忙地叫住她,凯瑟琳觉得他非常生气,他质问女儿是不是想进去?——里面又有什么更多可看的呢?——莫兰小姐不是已经看到值得她关注的一切了吗?——难道她不觉得她的朋友在奔忙了这么久之后会很高兴享用些茶点吗?蒂尔尼小姐立刻退了回来,沉重的折叠门在尴尬的凯瑟琳面前关上了,就在那瞬间的一瞥中,她看见走廊远处有一条窄窄的通道,有更多的出入口,还有一处旋转阶梯的迹象,凯瑟琳相信总算有些值得自己留意的东西近在咫尺了;当她心有不甘地沿着走廊往回走时,她觉得比起观赏所有其他的华美之物,她宁愿得到许可去察看房子的那一端。将军明显要阻止这番察看的愿望成了额外的刺激。肯定有什么东西是被隐藏着的;她的想象尽管刚才被干扰了一两次,但决不会在这里误导她。究竟那隐藏着的是什么,当她们和将军保持一段距离走下楼去的时候,蒂尔尼小姐短短的一句话似乎就点明了:"我本来要带你进我妈妈原来的房间——她是在那间屋子里去世的。"她这么说;但就是这么一句话,却向凯瑟琳传递了大量的信息。一点也不奇怪,将军会对那间屋子里的事物触景生情而畏缩不前;在那悲惨的一幕发生后,他很可能再也没进过那间屋子,他那受难的妻子在那里得到解脱,只留下他受着良心的刺痛。

等到凯瑟琳再一次单独和艾丽诺在一起时,她试着表达了希望能获准去看看那个房间,也想看看房子那一侧的其他所有地方;艾丽诺答应只要她们有方便的时间就陪她去。凯瑟琳明白她的意思:在能进那间屋子之前,一定得小心提防着将军。"我想它还保留着原来的样子吧?"她用同情的口气说道。

"是的,完全没变。"

"你母亲去世是多久以前的事?"

"她去世已经有九年了。"凯瑟琳明白,比起一位蒙受屈辱的妻子死去后逝去的时光,她的房间被重新收拾之前的九年时间是微不足道的。

"我猜想,你当时在她身边,直到最后一刻?"

"没有,"蒂尔尼小姐叹着气说,"很不幸我当时没在家里。她的病情来得突然而且发展很快;在我回来之前一切都结束了。"

这几句话自然而然引起的恐怖联想,让凯瑟琳的血液仿佛凝固了。这可能吗?难道是亨利的父亲——?可是有多少例子都可以证明,即便是最黑暗的猜疑也可能是事实!当晚,她见到将军的时候,她和她的朋友正一起做着针线活,将军在客厅里缓缓地踱步整整一个小时,沉浸在默默的思考中,目光低垂,眉头紧锁,她觉得没有任何可能错怪了他。这就是蒙托尼(《乌多芙的神秘》中一个残酷虐待妻子的人)的气质和姿态!还有什么能比这更清楚地表明一个人心智的黑暗行径呢?他心中的所有人性还没完全灭绝,正恐惧地回顾那过往的罪恶情景。不幸的人!凯瑟琳不安的心绪导致她的目光频繁地投向将军的身影,以至引起了蒂尔尼小姐的注意。"我父亲,"她小声说,"经常这样在屋里来回地走;这没什么特别的。"

"那就更糟了!"凯瑟琳心想,这种不合时宜的运动,正如同将军奇怪的早晨散步不合季节一样,都不是什么好的征兆。

一个晚上过去,没有太多的事情可做,漫长的时光似乎使凯瑟琳格外感受到亨利在他们当中的重要性,她被准许离开的时候,感到由衷地高兴;将军是用一个并非有意让凯瑟琳发觉的眼神,示意女儿去摇响就寝铃的。不过,当男管家要来点亮主人的蜡烛时,却被制止了。主人并不准备去休息。"我还有很多小册子要读完,"他对凯瑟琳说,"在我能合眼之前,也许你们睡着以后,我还要花很多时间来研究国家大事。我们当中谁的时间过得更有意义呢?为了他人的利益我的眼睛会变得失明,而你们美丽的眼睛经过休息,为以后给男人带来痛苦做好了准备。"

可惜，无论是宣称公务在身还是动人的赞美之词，都不可能战胜凯瑟琳的想法，她认为一定有什么不一样的缘故导致了这样严重地推迟正常睡眠。当全家人都睡了，他却要为了无聊的小册子熬上几个小时，这实在说不过去。一定还有更深的原因：因为要做一些只能在整栋房子里的人都睡了以后才能做的事情——蒂尔尼太太可能还活着，不明缘由地被囚禁起来，从丈夫无情的手中接过每天夜里才拿来的粗鄙的食物，这是紧接着必然得出的结论。虽然这是个吓人的想法，但至少好过被蒙冤加速死亡，其实，按照正常的进程，她不久之后就可以解脱。当时她那所谓的突发疾病，她女儿不在身边，很可能其他的孩子也不在——这些都支持她被囚禁的假设。其根源——或许是嫉妒，或许是无缘无故的残忍——还等待着被揭示。

凯瑟琳琢磨着这些事，就在她更衣的时候，一个念头突然闯进她的脑海，当天上午，她并不是没有可能刚好近距离经过这可怜的女人被囚禁的地方——可能离她在煎熬中度日的牢房只有几步之遥；那里还保留着隐士修行的区域，修道院里还有哪个地方更适合用来囚禁一个人呢？在那有着高高拱顶的通道中，她已经怀着特殊的畏惧感踏过那石头铺就的路面，她清楚地记得将军忽略而过的那几扇门。那些门不会通向什么地方吗？她又回想起了那条禁止进入的走廊，那里有不幸的蒂尔尼太太的房间，更进一步地增加了这种推测的可信度，和她记忆所能及的一样清晰，那房间肯定刚好位于这一片可疑的密室上方，她匆匆瞥到过一眼走廊里那些房间旁边的阶梯，它可能通过某种秘密的方式连接着下面的密室，正好给那可怜女人的丈夫残忍的行径提供了方便。在那阶梯之下，她可能一直陷于被精心谋划的昏迷不醒之中。

凯瑟琳有时候也会为自己的大胆猜想而吃惊，有时候她希望，或者说担心自己太过分了；可是有这么多现象作为依据，要遣散她的猜想是不可能的。

根据她的判断，方形庭院的那一侧，就是她设想中罪恶的一幕上演的地方,刚好和她所住的这一侧相对,这使她突然想到,如果谨慎地观察,当将军走向他妻子的牢房时,应该能透过低层的窗户隐约看到他的灯火发出的光亮;于是,她在上床前有两次从自己的房间悄悄地偷看对面走廊的窗户,想看看有没有动静;但外面一片漆黑,一定还是太早了些。从下面传来的各种声响让她知道佣人们肯定都还没睡。她想,在午夜之前监视对面是没有意义的;不过,等钟声敲响十二下,一切都安静下来时,她如果没有被黑暗吓倒,会溜出去再看一次。钟声敲响了十二下——而凯瑟琳已经沉入梦乡半个小时了。

第二十四章

　　第二天，凯瑟琳并没有找到机会去查看那几个神秘的房间。正是星期天，在早晚两次做礼拜之间，所有的时间都按照将军的要求，安排了户外活动和在家里吃冷荤；尽管凯瑟琳的好奇心如此强烈，她的勇气却没有强大到能实现晚餐之后再去探查的打算，无论是趁着六七点钟黯淡下去的天光，还是借助虽然稍亮一些却也照得不远的忽忽悠悠的灯火。所以这一天没有留下什么触动她想象力的印迹，只除了一座为纪念蒂尔尼太太而建的非常雅致的纪念碑，就竖立在教堂里蒂尔尼家族专用座位的正对面。凯瑟琳立刻为它所吸引，目不暂舍；她细读那上面极其矫揉造作的墓志铭，在某种意义上死者的丈夫正是她的毁灭者，而这位伤心欲绝的丈夫却在铭文中将世间所有美德都归于妻子一身，凯瑟琳甚至被感动得落下眼泪。
　　将军竖起了这样一座纪念碑，并能够面对它，这也许不算很奇怪，可是他竟然有胆量在它面前镇定自若，还能保持一种崇高的姿态，毫不胆怯地左顾右盼，天哪，凯瑟琳觉得他竟敢走进教堂已经是不可思议了。当然，人在罪恶中变成铁石心肠，这样的例子并不少见。凯瑟琳想起很多书中的人物，他们执着于一切可能的邪恶勾当，犯下一桩又一桩罪行，想谋害谁就去谋害谁，全无人性或悔悟之心；直到横死当头或在宗教式的隐居中结束他们的黑暗生涯。仅凭立起一座纪念碑，根本不能影响凯瑟琳对蒂尔尼太太真实死因的怀疑。她的遗骸本当长眠于蒂尔尼家族的地下墓穴中，她是否真的被葬在那里呢？她是否亲眼看见了那据说是封存她的遗体的棺材？——这样做的用意是什么？凯瑟琳书读得太多了，不可能不清楚地了解，下葬一具蜡像，再举办一场假的葬礼，都是很容易做到的。

紧接着的那天早上，希望就大多了。将军清晨的散步，从其他任何角度来说都算是择时不当，这时候却变成了一件好事；当凯瑟琳得知他已经出门，便立刻提议蒂尔尼小姐兑现她的承诺。艾丽诺很乐意满足她，凯瑟琳又提醒她还有另外一个承诺，因此她们首先去艾丽诺的卧室看那幅画像。画面描绘了一位非常美丽的女人，神色温柔而哀怨，至少这一点，正合乎这位初来观看者的期待；然而并不是处处都与期待相吻合，因为凯瑟琳一直相信画中人在容貌、气质、肤色上，应该是其子女的翻版，如果不是酷似亨利，就是酷似艾丽诺——凯瑟琳习惯性地认为，只有在这种画像中才总能看到母亲和孩子之间的相似之处。人的容颜是会代代相传的。可是这次为了找到相像的地方，她却不得不边看边想边琢磨。她凝视着画像，尽管和想象有差距，她心里还是充满了感情，但是由于另一件让她更关心的事，她也只得强迫自己离开了。

她们走进那宽阔的走廊时，凯瑟琳心中激动不安，她怎样努力也说不出话来，只是望着她的同伴。艾丽诺的脸色郁郁不乐，但还是平静的；这种镇定说明她已经看惯了她们即将见到的那些令人悲伤的景物。艾丽诺再次穿过那道折叠门，她的手再次握住了那把关键的门锁，凯瑟琳快要喘不过气来了，她战战兢兢地回身去关前一道门，却看见了一个身影，那出现在走廊远端的可怕身影正是蒂尔尼将军本人，就在她眼前！与此同时，将军放开最大的声音叫着艾丽诺的名字，这声音回荡在整栋楼里，第一时间向女儿宣布他的到来，带给凯瑟琳的则是一重又一重的惊恐。凯瑟琳发现将军后，第一个本能的动作就是企图躲藏起来，但她并不指望真能逃得过他的眼睛。然后，她的朋友面带歉意地急忙从她身旁飞奔而过，跑到将军的身边和他一同离开了，凯瑟琳奔回自己的房间里去避难，她把自己反锁在屋里，知道自己再也不会有勇气下楼去了。她待在屋里至少有一个小时，心情不安到极点，深深同情着可怜的艾丽诺的处境，同时等着盛怒之下的将军传唤自己到他的房间去见他。可是根本没有召唤传来；终于，她眼见着一辆马车驶进修道院，在来客的保护下她壮起胆子下楼去见将军。早餐厅里，客人们谈笑甚欢；将军把凯瑟琳作为女儿的朋友介绍给来客，他用的口吻是赞美的，很巧妙地掩饰了心中愤恨的怒火，好像是想让凯瑟琳觉得至少此时此刻性命无虞。艾丽诺为了顾全父亲的面子而强作欢颜，一找到机会就马上对凯瑟琳说："我父亲只是叫我去回个口信。"凯瑟琳于是希望将军当时并没看见她，或者用一点心机来想，她应该可以自认为没被看见。凭这点信心她才敢在客人们离开之后还留在将军身边，没有再起风波。

在回想这个上午的过程中，凯瑟琳下了决心，再去探索那扇禁止穿越的门时要独自前往。艾丽诺应该对此一无所知，从任何角度来说这样都会好得多。再一次把艾丽诺卷入被发现的危险，诱使她进入那个会使她心如刀绞的房间，这是不顾朋友道义的事。将军对凯瑟琳再生气也不会超过对自己女儿的怒气；除此之外，凯瑟琳觉得查看房间这件事如果没有人陪伴会更有满足感。她不可能对艾丽诺说明自己的猜疑，完全有一种可能，就是艾丽诺至今还无心地被蒙在鼓里；因此她也不可能当着艾丽诺的面，去寻找将军那些残暴的证据，不管这些证据一直以来是如何能够避人耳目，凯瑟琳对它们即将出现在某个地方是有信心的，那会是蒂尔尼太太日记的某些片段，直写到她奄奄一息的时刻。在去往那个房间的一路上，凯瑟琳变成了一个充满力量的女人；而且明天亨利就回来了，她要赶在他到家前把这件事完成，不能再浪费时间。天色还亮，她勇气高涨；到了四点钟，离太阳落山还有两个小时，她只需要比平时提前半小时告辞去更衣就可以了。

她做到了；钟声还在回荡，凯瑟琳已经独自来到那条走廊。没有时间细想了；她快步向前，尽可能不弄出声响地溜过折叠门，也没停下来张望或是喘口气，就冲向了那个可疑的房间。锁被她打开了，而且,幸运的是,没有发出一声闷响惊动任何人。她蹑手蹑脚地走进去,整个房间都在她眼前了,但是过了好几分钟后,她才能再继续向前迈步。她被眼中所见的一切牢牢钉在原地,反复琢磨着每一样景物。她看见一个布局和谐的宽敞房间,一张铺着漂亮提花布罩的床,女佣人把它收拾得像从未被人使用过似的,明亮的巴斯火炉,棉花心木的衣橱,还有那把精致的上过漆的椅子,西天的斜阳透过两扇垂直拉窗,在椅子上欢快地洒满温暖的光芒。凯瑟琳曾经期待着她的感情会有所触动,现在的确被触动了。她的心先是被惊奇和怀疑所占据;紧接着,一丝常理的闪现又为她增添了一种苦涩的羞惭。房间她是不可能进错的,但其他的一切都大错特错了!——对蒂尔尼小姐的话会错意,自己的盘算也全错了!这个房间,她以为会是非常古老,位置非常糟糕,却原来就在将军的父亲修建的那部分房屋一端。房间里还有另外两扇门,可能是通往衣帽间的;但她不想打开任何一扇。蒂尔尼太太最后一次散步时披过的面纱,或是她读过的最后一本书,会不会还在那儿,讲述着那些无法用其他方式悄声道出的遭遇?不,不论将军犯下了怎样的罪行,凭他的精明过人当然不会留下任何蛛丝马迹。凯瑟琳对这番探究厌倦了,只盼着安然回到自己的房间,把自己的愚蠢留在心底;她正要像进来时一样悄悄地撤离出去,突然一阵脚步声传来,分辨不出来自何处,这使她停下并且发起抖来。被人发现她在那里,就算是被仆人发现,也会很难堪;而被将军发现(他似乎总是在最不该出现的时候出现),那就更糟了!她听了听——那声音消失了;她决心一刻也不再耽搁,走出房间,关上了门。就在这时,楼下有人急匆匆地推开一扇门;这个人好像正在快步沿楼梯而上,在她能进入走廊之前肯定得先经过这个人。她走不动了。怀着莫可名状的恐惧感,她紧紧盯着楼梯,没过多一会儿,亨利出现在她眼前。"蒂尔尼先生!"她呼叫的声音超乎寻常地惊讶。亨利看起来也很吃惊。"老天呀!"她顾不上听他的话就接着说,"你怎么在这里?你怎么会从那楼梯上来?"

"蒂尔尼先生!"她呼叫。

"我怎么会从那楼梯上来!"他答道,觉得非常意外,"因为这是从马厩院子到我住的房间的最近的路;我为什么不从那里上来呢?"

凯瑟琳回过神来,满脸通红,什么也说不下去了。亨利似乎想从她的表情中找到那个她说不出口的理由。凯瑟琳继续向着长廊走去。"难道,不是该轮到我了么?"亨利说着,将折叠门推开,"我也想问你怎么到这里来了?从早餐厅到你的房间,走这条路也太奇怪了,至少就像从马厩到我房间要走的那道楼梯一样吧?"

"我刚才,"凯瑟琳低垂着目光说,"去看了你母亲的房间。"

"我母亲的房间!那里有什么特别的东西可看吗?"

"没有,什么都没有。我以为到明天之前你都不会回来呢。"

"我走的时候没想到能提前回来;可就在三个小时之前,我高兴地发现那边已经没有什么事情拖住我了。——你看上去脸色苍白。——恐怕是我从那段台阶跑上来速度太快,吓着你了。也许你不知道——你没意识到它们就通向那些处理日常家务的房间吗?"

"不,我不知道。你今天驾车回来赶上很好的天气。"

"非常好;难道艾丽诺丢下你,让你自己来看这里所有的房间吗?"

"哦!不是的;星期六她带着我参观了修道院的大部分,我们当时也想过来看这些房间的——只不过,"她的声音变弱了,"你父亲和我们在一起。"

"所以他阻止了你们。"亨利说,严肃地注视着她,"那边走廊里所有的房间你都看过了?"

"没有,我只想去看——是不是很晚了?我得赶快去换衣服了。"

"刚刚四点过一刻钟,(亨利亮了一下他的表)你现在不是在巴斯。没有剧院,没有专门用来更衣的房间。在诺桑觉寺,有半个小时准备时间就足够你换衣服了。"

凯瑟琳无可反驳,只能让自己留下来忍受煎熬,因为担心会遭到更多的质问,她在认识亨利以来第一次想从他身边逃开。他们在长廊上慢慢走着。"自从我上次见到你,这段时间你接到过巴斯的来信吗?"

"没有,我觉得非常奇怪。伊莎贝拉那样忠诚地许诺过会很快写信来。"

"忠诚地许诺!一个忠诚的许诺!这可把我弄糊涂了。我倒是听说过忠诚的演技。可是一个忠诚的许诺——许诺的忠实度!其实那是一种不值得去了解的能力,因为它会欺骗和伤害你。我母亲的房间非常宽敞,不是吗?又大又舒心的样子,更衣室整理得多好!我总觉得它是整栋房子里最舒服的一个房间,真不明白艾丽诺为什么不愿意搬到这间屋里来住。是她让你来看的,我说得对吧?"

"不是。"

"这完全是你自己想做的?"凯瑟琳没答话。他们短暂地沉默了一会儿,这过程中亨利一直仔细地观察着她,然后他接着说,"既然这房间本身没什么能引起人好奇的,那么你这样做一定是出于对我母亲这个人的敬重之情,像艾丽诺描述的那样,对记忆中的她充满了敬意。在这个世界上,我相信,从没有过比我母亲更好的女人。但是美德通常不会被夸大到引起你这样的兴趣的程度。一个不曾相识的人身上那些很家常的、并非做作出来的优点,一般不会激起人如此炽热的敬爱之情,会想到要做你这样的探访。我想,艾丽诺讲了很多关于我母亲的事情吧?"

"是的,很多。就是说——其实,并不多,但她所说的,都很让人关注。你母亲去世得那么突然,"她缓缓地、犹犹豫豫地把这话说出来,"而你们——你们几个都不在家;你父亲他,我觉得——也许对你母亲不是很好。"

"所以根据这些情况,"他答道,用犀利的目光盯住她的眼睛,"你推断出也许会有某种疏忽大意的可能——某种——"她下意识地摇了摇头,"或者还可能是——某种更不可原谅的错误。"凯瑟琳抬起眼睛,用前所未有的全神贯注望着他。"关于我母亲的病情,"亨利继续道,"那次导致她病逝的发作是突如其来的。她常常受着这种病痛的折磨,就是胆汁热——所以这病本身的起因是和体质有关的。发病的第三天,在劝说她同意之后,马上就有一位医生来为她诊病,那是一位非常可敬的医生,也是我母亲一向极为信任的人。根据他对我母亲病情危急的诊断,第二天又请来了两位医生,二十四小时几乎不间断地守候治疗。到了第五天她就去世了。在她发病的过程中,弗雷德里克和我(我们两人都在家)反复去看望她;我们可以用亲眼所见证明,她得到了身边的人倾尽心力的照料,以她的生活条件所能调遣的一切手段也都用上了。可怜的艾丽诺确实不在,她离家太远了,回来的时候只赶上看到母亲躺在棺材里。"

"可是你的父亲,"凯瑟琳说,"他很悲痛吗?"

"在一段时间里,他非常悲痛。你错误地以为他对我母亲没有感情。他爱我母亲,我相信是的,我同样相信他有可能会悲痛——要知道,不是所有的人脾气都一样好——我也不会假装说我母亲活着的时候没有常常要受很多气,但是,尽管我父亲的脾气伤害过我母亲,他的判断却从没错过。他对我母亲的珍视是由衷的;而且,我母亲的死真的让他悲痛不已,虽然这悲痛并非无休无止。"

"这就太让人高兴了,"凯瑟琳说,"本来可能是非常可怕的!"

"如果我对你理解正确的话,你脑子里编造的猜想恐怖到让我找不出字眼来形容——亲爱的莫兰小姐,想一想你在心中玩味的疑虑的可怕本质吧。你是凭什么来判断的呢?要记得我们生活在这样一个国度和时代。要记得我们是英国人,是基督徒。考究一下你本人的判断力,你自己对事情可能性的感受,你自身对周遭经历的观察。——我们的教育培养了如此的残忍吗?我们的法律也纵容暴行吗?在这样一个国家,社会和文学的交流建立在这种基础上,每个人都被左邻右舍自发的密探包围着,公路和报刊将一切铺陈于光天化日之下,难道犯下恶行能不为人知?最亲爱的莫兰小姐,你到底存的是什么心思呢?"

他们已经走到了长廊的尽头,凯瑟琳含着羞惭的泪水,向她自己的房间跑去。

第二十五章

　　浪漫的美景消散了。凯瑟琳完全清醒过来。亨利的一番话,虽然简短,却彻底擦亮了她的眼睛,这比起前面几次令人沮丧的经历,更能使她看清自己最近以来毫无节制的妄想。她羞惭得无地自容。她哭泣得痛彻心扉。她的沉痛不仅是为她自己——也是为亨利。她的愚痴,现在看起来简直是罪恶的,已经彻底暴露在亨利眼前,肯定会永远遭到他的鄙夷。她竟敢如此冒失地对亨利父亲的人品放任自己的想象——还能得到他的原谅吗?她荒诞无稽的好奇和忧虑——这些都有可能被忘怀吗?她对自己恨到无法用言语表达。亨利曾经——她觉得在这毁灭性的一天之前,亨利曾经有过那么一次两次,流露出一些对她的感情。可是现在呢——总之,她让自己的心情要多可悲有多可悲了半个小时,钟敲五下时她走下楼,心已破碎,当艾丽诺询问她是否不舒服时,她几乎说不出所以然来。让她心惊胆战的亨利紧随她之后走进来,他对待凯瑟琳的态度唯一不同的地方,就是比平时更关心她了。凯瑟琳从来没有像此刻这样需要安抚,而亨利似乎很懂她的心。

　　随着晚上的时光流逝,这让人宽慰的款款相待并未减少;凯瑟琳的心情渐渐恢复了少许的平静。对于过去,她并没有学着去忘记或为之辩护,而是学会了希望它不要为更多人所知,同时也不要让她彻底失去亨利的尊重。她的思绪仍然主要集中在自己以那毫无来由的惊恐所想所为的一切上,没有什么比这更简单明了的,那只不过是自发的、自我编织的妄想,因为她在想象中一心寻求刺激,每一点琐碎细微的状况都变得严峻起来，一切都被迫着趋向唯一的目标，早在还没进入修道院之前，她的心就开始向往惊悚了。她还记得期待着要了解诺桑觉寺时的那种心情。她眼看着自己的痴迷之心滋生出来，祸根在她离开巴斯之前已经种下，这似乎全部都可以追溯到她在巴斯所沉迷的那类书籍所带来的影响。

无论拉德克利夫夫人，以及所有她的效仿者的全部作品是多么受欢迎，但是至少对于英格兰中部各郡的人来说，在这些书中恐怕找不到对他们那种天性的描写。这类作品忠实地描绘了阿尔卑斯和比利牛斯山区，描绘了那里的松林和邪恶的罪行；还有意大利、瑞士，以及法国南部，它们也和前两个地区一样，在盛产恐怖故事方面具有代表性。凯瑟琳不敢去怀疑自己国土以外的地方，即使是在国土之内，只有在被逼无奈的情况下，才会屈从地承认英格兰最北段和最西端是具有这种气氛的。但是英格兰中部，根据这片土地的法律，还有这个时代的风气，即使是一位得不到爱的妻子，生活肯定也还是会比较安全的。谋杀不可容忍，佣人不是奴隶，毒药和安眠药从任何药铺都是不可能弄到手的，比如大黄。或许，在阿尔卑斯和比利牛斯山区，不存在复杂的人格。在那里，一个人只要不像天使那般纯洁无瑕，可能就是魔鬼一样的性情。而在英格兰却不是这样；在英国人当中，凯瑟琳相信，人们的心地和习气，有着不尽相等却普遍存在的优劣混杂。基于这个信条，如果今后连亨利和艾丽诺·蒂尔尼的身上也出现些微的瑕疵，她是不会感到奇怪的；同样基于这个信条，凯瑟琳也无须害怕承认，蒂尔尼兄妹的父亲在人品上确实有所缺陷，将军这个人，尽管已经洗清了严重伤害罪的嫌疑，而且凯瑟琳一想到曾经有过这种念头就脸红，但经过深思熟虑，她仍然相信，将军并不真的那么尽善尽美。

她想清楚了上面这几点，也就做出了决定，未来她永远要以最大的理性去判断和行动，除了原谅自己并且要比以前更快乐之外，她没什么可做的；而时间的仁慈之手，也在第二天通过不易察觉的逐渐变化给了她很大帮助。亨利从来没有对曾经发生的事有过任何一点暗示,他惊人的宽容和高贵的举动对凯瑟琳是巨大的支持;她还没来得及预想到不幸即将来临的可能,心情就已经完完全全松弛下来,又能像以前那样,不停地赞同亨利所说的一切。的确还是有某些话题,凯瑟琳知道提起它们的时候总会让人心惊肉跳——比如每当说到一只箱子或一个橱柜的时候——她也不喜欢看见任何形状的日本漆家具;但即便是她自己也承认,偶尔记起过去的愚痴,无论多么痛苦,也不是毫无用处的。

爱情的危机很快就被世俗生活中的牵挂所取代。她一天比一天更渴盼得到伊莎贝拉的消息。她迫不及待地想知道巴斯那边的日子过得如何,那些社交场所又有了什么活动;她尤其着急想确认伊莎贝拉是否已经配好了编织用的上等棉线,她告诉过伊莎贝拉想要什么样的;她也想知道詹姆斯和伊莎贝拉是否依然在亲密交往。伊莎贝拉是她获取所有消息的唯一渠道。詹姆斯没答应在回到牛津之前写信给她;她也指望不上艾伦太太在回到富勒顿之前就写信来。但是伊莎贝拉却一次次地许诺会写信来;而且她做出许诺的时候,总是表现得那样诚恳!所以这就格外使人奇怪了。

接连九天,凯瑟琳一直徘徊在周而复始的失望中,这情绪一天比一天强烈;不过,在第十天,当她走进早餐厅时,第一眼看见的就是一封信,从亨利热情的手中递过来。凯瑟琳发自肺腑地感谢他,就好像这信是他亲手写的一样。"不过,这只是詹姆斯的来信。"她看着地址说道。她打开来看,信是从牛津寄来的,为的是这件事:

> 亲爱的凯瑟琳——上帝知道,虽然完全不想动笔,我觉得还是有责任告诉你,我和索普小姐之间的一切都结束了。昨天我离开了她和巴斯,两者都不会再见。我不想多说细节——那只会让你更加难受。你很快就会从另外一个方面得知此事应该归咎于谁;但愿你能知道你哥哥没有任何责任,除了像傻瓜一样轻信他的感情能得到回报。感谢上帝!我及时地醒悟过来!但这

是一次沉重的打击！在我父亲仁慈地应允了之后——当然最坏也不过如此了。她是我永远的痛！快写信来吧，亲爱的凯瑟琳；你是我唯一的朋友，你的爱是我的依靠。我希望你在诺桑觉寺的拜访能在蒂尔尼上尉公布他订婚的消息前结束，要不然你的处境会很难堪。可怜的索普就在伦敦；我害怕见到他，他那耿直的心会受不了的。我给他和我们的父亲都写了信。索普小姐的口是心非对我的伤害比什么都大；直到最后，只要我和她理论，她就宣称自己还像以前一样爱我，还嘲笑我的担忧。一想到容忍了她这么久我就觉得羞耻；但如果说一个男人有理由相信自己曾经被爱过，那个人就是我。即使到现在我也搞不懂她究竟想要怎样，她不需要靠嘲弄我而得到蒂尔尼。最终我们达成共识分手了——如果我们从未相遇，我该多么快活！我永远也不想再结识另一个这样的女人了！最亲爱的凯瑟琳，千万谨慎付出你的真心。

相信我。

前三行还没读完，凯瑟琳就陡然间变了脸色，伴随短短一声伤心的惊呼，她显然收到了坏消息；亨利密切关注着她读完整封信，看得出信的结尾也没比开头有什么好转。不过，亨利甚至还没来得及流露出诧异，就被他父亲走入房间打断了。他们立刻就去吃早餐；但凯瑟琳什么也吃不下。她眼里满是泪水，坐下来时眼泪甚至顺着脸颊流下来。那封信被她一会儿攥在手里，一会儿放在膝盖上，接着又被塞进衣兜；看上去她仿佛不知道自己在做什么。幸运的是，将军从喝热可可到读报纸的过程中，没工夫注意到她；但她的难过却被另外两个人一同看在眼里。一等到能鼓起勇气离开餐桌，凯瑟琳就匆匆跑回自己的房间；可是女佣人正在里面忙着打扫，她不得不再回到楼下。她走进客厅想一个人静静，却发现亨利和艾丽诺也已经和她一样回避在那里，而且两人正在专心致志地琢磨着关于她的事。她退了出去，正想请他们原谅，结果，在他们温和的强留之下，又只得转身回去;艾丽诺关切地表示希望能帮上忙或是给她以安抚,然后兄妹俩就离开了。

尽情地在忧伤和回想中沉浸了半个小时之后,凯瑟琳觉得可以平静地面对她的朋友们了;但是否应该让他们了解自己的烦恼,这又是另外的问题。或许,如果被特意问起,她应该对他们透露一点——只是含糊地暗示一下——但不能更多了。揭穿一个朋友,一个像伊莎贝拉这样的朋友——而且他们的哥哥也和此事密切相关!她觉得只能彻底丢开这个话题。早餐厅里只有亨利和艾丽诺两人;凯瑟琳走进屋时,两个人都焦虑地望着她。凯瑟琳在桌子旁坐下来,在短暂的沉默后,艾丽诺说:"我希望,不是他们富勒顿有什么坏消息吧?莫兰先生和太太,你的兄弟姐妹们——希望不是他们有人生病了吧?"

"没有,谢谢你,"她叹着气说,"他们都很好。这封信是我哥哥从牛津寄来的。"

接下来的几分钟,谁都没有说话;凯瑟琳再开口时已经泪流满面,她接着说:"我觉得我永远也不想再收到信了!"

"我很难过。"亨利说,把他刚翻开的书又合起来,"假如刚才我猜到这封信里有任何令人不快的内容,把它交给你的时候我的心情会不一样的。"

"这封信里说的事比任何人能想到的都要糟糕!可怜的詹姆斯是这样不幸!你们很快就会知道原因了。"

"有你这样一个心地善良又爱护他的妹妹,"亨利热情地回答,"不论遇到什么烦恼都会让他感到安慰的。"

"我要请求你们一件事,"没过一会儿,凯瑟琳就不安地说,"那就是,如果你们的哥哥要来这里,你们要提前告诉我,这样我就可以先离开。"

"我们的哥哥!——弗雷德里克!"

"是的。我知道这么快就要离开你们会让我很难过,但是发生了一些事,如果我和蒂尔尼上尉同在一栋房子里会非常可怕的。"

艾丽诺越来越惊讶地盯着她,手里的针线活也停了下来;而亨利却开始猜测实情,那件事,包括索普小姐的名字在内,都被他随口说了出来。

"你可真厉害!"凯瑟琳叫起来,"你猜对了,我承认!其实,当我们在巴斯谈起这件事的时候,你多少已经预料到会是这样。伊莎贝拉——现在就不奇怪为什么我一直没有收到她的来信了——抛弃了我哥哥,而且就要嫁给你们的哥哥了!你们能相信会有这样不忠和善变的人吗,世界上会有这么坏的人吗?"

"既然涉及了我哥哥,我希望你的消息是错误的。我希望他和那件让莫兰先生失望的事情没有实质的联系。他是不可能娶索普小姐的。我想你现在一定是被误导了。我为莫兰先生感到抱歉——为你所爱的人遇到不开心的事而抱歉;但比起这个故事的其他任何一部分,弗雷德里克要娶伊莎贝拉这一点是最让我奇怪的。"

"可是,这是真的;你应该亲自读读詹姆斯的信。等一下——里面有一段——"凯瑟琳想起信的最后一行就脸红。

"可否麻烦你把有关我哥哥的段落读给我们听听?"

"不,你自己读吧。"凯瑟琳大声说,转念一想她心里就清楚多了,"我也不知道自己在想什么。"为刚才脸红的事又一次羞红了脸,"詹姆斯只是想给我一些忠告。"

亨利高兴地接过信,从头至尾读完,显得极为重视,然后一边还给她一边说,"好吧,如果事情真要这样,我也只能说我觉得很遗憾。弗雷德里克不会成为第一个选择妻室不尽如家族所愿的男人。我可不羡慕他的处境,无论作为恋人还是儿子。"

在凯瑟琳的邀请下,蒂尔尼小姐也读了这封信,然后,在和亨利一样表示了担忧和诧异之后,开始询问索普小姐的家族关系和财产状况。

"她母亲出自很好的家庭。"凯瑟琳这样回答。

"她已故的父亲呢?"

"我记得是位律师。他们住在普蒂尼街。"

"他们是富有的人家吗?"

"不,不算很富有。我想伊莎贝拉完全没有什么财产,但这对你们家来说并不重要。你父亲是多么开明!有一天他对我说,他重视金钱只是为了能让他的孩子们过得更幸福。"那两兄妹彼此对视了一下。"不过,"稍停了一下,艾丽诺说,"这能让弗雷德里克过得更幸福吗,允许他娶这样一个姑娘?——她一定不是一个正直的人,否则她不会这样利用你哥哥。——再说弗雷德里克对她这样迷恋也太奇怪了!一个女孩子,当着他的面,背弃了她自愿和另一个男人结下的婚约!这不是让人难以置信吗,亨利?弗雷德里克也一样,他是那么自诩清高!总觉得没有哪个女人值得他去爱!"

"那是最无望的一种情况,是对他最不利的推断。想到他过去宣扬的一切,我对他断了念想。不仅如此,我太相信索普小姐的慎重了,没想到她会在搞定另一个男人之前就和前一个分手。弗雷德里克算是彻底完了!他就是个废人——脑筋完全废掉。准备迎接你的嫂子吧,艾丽诺,这样的嫂子你一定会喜欢的!开朗,正直,单纯,坦率,感情热烈却又质朴,不会矫揉造作,也不懂伪装自己。"

"这样的一个嫂子,亨利,我会喜欢的。"艾丽诺微笑着说。

"可是也许,"凯瑟琳寻思着,"尽管她对我的家人表现得很糟糕,对你家可能会好些。现在她真的找到了她喜欢的人,也就会安稳了。"

"恐怕她的确会的,"亨利答道,"恐怕她会非常安稳,除非她又碰上一位准男爵;那倒是弗雷德里克唯一解脱的机会了。我去找一份巴斯的报纸,查看一下新到那里的人。"

"所以你觉得这完全是出于她的野心?我敢起誓,有些事情似乎真是这样。我忘不了那次,当伊莎贝拉刚刚得知我父亲为他们的婚姻能做些什么,她好像特别失望,觉得不够多。在我以前的生活中从来没被任何人的性格这样蒙蔽过。"

"包括你认识和读到过的千姿百态的所有人。"

"我自己对她的失望和失落是很深的;但是,想想可怜的詹姆斯,我觉得他永远也没法平复了。"

"你哥哥现在当然是非常值得同情的;可我们绝不能只关心他,而忽略了你的痛苦。依我看,你是觉得,失去了伊莎贝拉,你就失去了一半的自我;你感到心里有处空白却没有别的什么能够填补。社交往来变得让人厌烦;至于那些在巴斯你惯常参加的娱乐消遣,没有她的陪伴就是连想一想都让你反感。举例来说,现在你无论如何都不愿去舞会了。你觉得再也没有一个能与你无话不谈的朋友了,她的关心是你所依赖的,在遇到任何麻烦时,她的建议你都会听信。这都是你的感受吗?"

"不,"凯瑟琳深思了一会儿后说,"我没这样想——应该这样想吗?说句实话,虽然我受了伤害也很难过,但想到我不会再爱她,不再听到她的消息,可能再也不会见她了,这些都没有让我觉得特别特别伤心,并不像别人以为我应该感受的那样。"

"正如你一贯所做的,你的感受都是出于对人的天性的信任。这样的感受应该得到剖析,才能通过它们认识自己。"

凯瑟琳不知在哪个偶然的机会中,发觉自己的情绪通过这段谈话松弛了许多,所以不后悔自己被兄妹俩引导着,虽然完全是无心地,讲起了使她烦忧的那般境况。

第二十六章

从此以后,三个年轻人之间就常常谈论起这个话题;凯瑟琳有些意外地发现,她的两位年轻伙伴都完全赞同一点,那就是认为伊莎贝拉对地位和财富的追求,很可能会成为她和他们的哥哥结婚这条路上的巨大障碍。他们的论点是,将军仅凭这一条理由就会反对他们的结合,而无关乎对她的人品可能产生的反感,这给凯瑟琳平添了几分对她自己的忧虑。她和伊莎贝拉同样无足轻重,也可能同样没有嫁妆;如果连蒂尔尼家族财产的主要继承人都没有足够显赫的地位和财富,那么他弟弟又会有什么程度的需求呢?这个念头引起了凯瑟琳非常痛苦的思虑,唯有凭借将军对她的特殊偏爱才能起到为她解忧的作用,是将军的言谈举止使她认识到,她从一开始就非常幸运地唤起了他的钟爱之情;而且她记得谈到钱财的话题时,将军的态度都极为淡泊宽厚,她不止一次听到将军这样表达,也是这一点诱导她认为将军的子女误解了他对这类事情的倾向。

然而,亨利和艾丽诺还是很有把握,相信他们的哥哥不会有勇气当面请求父亲对这桩婚事的许可,他们一遍又一遍地向凯瑟琳保证,他们的哥哥一辈子都不会像现在这样绝没可能回到诺桑觉寺,并且让她安下心来,不用担心自己会有突然离开的必要。只是一旦蒂尔尼上尉提出婚约,不能期望他会对父亲如实地描述伊莎贝拉的为人,凯瑟琳想到一个很应急的主意,让亨利赶在他哥哥之前把整件事情的真实经过告诉他父亲,使将军有一个冷静而公正的看法,为他的反对找到一个比门不当户不对更合理的由头。她顺着这个思路向亨利提议；但亨利并没有像她想象的一样急于采纳这个主意。"不，"他说，"对我父亲的立场不需要再施加影响，也用不着抢在弗雷德里克前面去坦白他干的蠢事。他的事情必须由他自己来讲。"

"可他只会讲出一半的实情。"

"有四分之一就足够了。"

日子过去了一两天，没有传来蒂尔尼上尉的任何音讯。他的弟弟和妹妹也不知道该怎么看待这种情况。他的沉默有时候在他们看来似乎是那猜测中的婚约带来的正常结果，另一些时候他们又觉得这完全是一种矛盾的反应。而将军在这段时间里，虽然每天早晨都会为弗雷德里克疏于写信而生气，其实并没有真的为他操心，没有什么比招待莫兰小姐在诺桑觉寺过得愉快更让将军关心备至的了。他经常在这一点上流露出不安，担心每天见到的人和安排的活动太单调，会让凯瑟琳厌烦这个地方，他希望弗雷瑟夫人这样的贵妇也住在郡上就好了，并时不时就提起来要举办一场盛大的晚宴，有那么一两次甚至开始算计就近一带有几个能请来跳舞的年轻人。可惜这是一年中最死气沉沉的日子，没有野禽，没有围猎，弗雷瑟夫人也没住在乡下。最后，一天早上，将军对亨利说，等亨利再回伍兹顿时，他们说不定会选哪一天去给他一个惊喜，和他一起享用羊肉大餐。亨利觉得十分荣幸而且特别开心，凯瑟琳也为这个计划非常高兴。"那么您看哪天，父亲大人，我可以期待这份荣幸呢？我星期一必须回伍兹顿去参加教区的会议，可能得停留上两三天。"

"好啊，好啊，我们就在那几天里找机会去吧。没必要确定日子。千万不要为这个耽误你的事。你那里随便有点什么吃喝就够了。我想我能够应付两位年轻女士，让她们体谅一个单身汉的。我来看看：星期一是你很忙的一天，我们不会星期一去；星期二那天我会很忙。上午我要等布鲁克汉姆的视察员来做汇报；然后出于礼貌我不得不去一趟俱乐部。如果我现在不露面，就实在没办法面对我的老朋友们了,因为他们都知道我就住在乡下,我不去他们肯定会大大地怪罪我;对我来说这是个原则,莫兰小姐,我永远不会得罪任何友邻,如果牺牲一点时间和精力就能做到的话。他们是一群很值得交往的人。他们每年可以有两次得到诺桑觉寺捕猎的半只公鹿;而且只要有可能我就会和他们一起用餐。所以,星期二,我们肯定是不会去了。不过星期三,我觉得,亨利,你可以等着我们;我们会早一点儿赶到你那里,这样就有时间四处转一转。路上要花两小时四十五分钟才能到达伍兹顿,我估计,我们应该十点钟上马车,那么,星期三差一刻钟一点的时候,你就能见到我们了。"

即使是一场舞会,也不会比这次短短的出行更让凯瑟琳兴奋了,她是多么渴望去熟悉伍兹顿;直到大约一个小时以后,当亨利穿好靴子和大衣走进她和艾丽诺坐着的房间时,她的心还在喜悦地狂跳着,亨利说:"年轻的女士们,我来是要用一种说教的腔调对你们讲,我们在这个世界上获得欢乐总是要付出代价的,为了换取欢乐我们常常要承受巨大的损失,放弃用现金可以买到的现实的享乐,去追求一张未来的汇票,还不一定能兑现。此时此刻,我亲身见证。因为我盼望着星期三在伍兹顿迎接你们的快乐,就算这计划有可能被坏天气或二十条其他各种原因阻碍,我还是必须立刻动身,比我原来的计划提早两天。"

"动身!"凯瑟琳说着,脸拉得老长,"为什么呢?"

"为什么!你怎么能这样问呢?因为要去把我的老管家吓掉魂儿,已经不能再浪费时间了,因为我必须去给你们准备那天的晚餐,这是当然的。"

"哦!你不是当真的吧!"

"当真,而且很遗憾——因为我宁愿留下来。"

"可你怎么会惦记这样的事,将军不是说过了吗?他特意说过希望你不要给自己找太多麻烦,随便有点什么就可以了。"

亨利笑而不答。凯瑟琳接着说:"为你妹妹和我着想的话,肯定是完全没有必要。这你一定是知道的,而且将军特意强调过让你不要准备任何特别的东西。再说,就算他没有说过这样的话,他在家的时候总能享用那么好的餐食,偶尔有一天坐下来吃一顿普通的饭没什么要紧。"

"我希望我能像你这样讲道理,为我自己也为我父亲。再见吧。明天是星期天,艾丽诺,我就不回来了。"

他走了;凯瑟琳与其怀疑亨利的判断,不如怀疑她自己,这样做在任何时候都更简单些,不管她多么不愿意让亨利离开,她很快就不得不称赞他的正确。只是将军高深莫测的言行着实让她颇费思量。其实他在饮食上是非常挑剔的,这一点,凯瑟琳仅凭她自己的观察已经发现;但是他为什么会如此明确地说着一件事,却始终都是另外一个意思,这是最难以理解的!一个人,到了这种地步,让人如何了解他呢?除了亨利还有谁会明白他父亲的心思呢?

总之,从星期六到下星期三,亨利就不在她们身边了。怎么想这都是个让人郁闷的结论:蒂尔尼上尉的信一定会等亨利不在时才来;而且凯瑟琳非常肯定星期三会有雨。过去,现在,还有将来,全都笼罩在阴郁中。她哥哥是多么伤心,伊莎贝拉给她带来的损失又是多么沉重;而且艾丽诺的情绪也常常因为亨利不在而大受影响!还有什么能让她兴致勃勃或觉得开心的呢?她厌倦了树林和灌木丛——它们总是那么平静而枯燥;现在连修道院本身对她来说也无非和其他任何一所房子一样了。前些天由诺桑觉寺滋养和完善的那些让她回想起来就烦心的愚蠢行径,现在倒成了这座建筑唯一能激荡她心情的地方。她的观念发生了太大的转变!她,曾经那样渴望进入一座修道院!而现在,她心里已经没有什么动人的想象了,这里只有一所装修齐整的牧师宅邸的毫不掩饰的舒适安逸,有些像富勒顿,只是更好:富勒顿有它的缺陷,而伍兹顿却可能完美无瑕。让星期三快点到来吧!

它真的来了,一切都是预期中最完美的样子。它来了——天气很好——凯瑟琳欢喜雀跃。十点钟一到,四匹马拉的车子就载着三个人驶离修道院;然后,走过一段大约二十英里的愉快旅途,他们来到伍兹顿,一个占地广阔且人口众多的村庄,位置还是不错的。凯瑟琳羞于说出她觉得这里有多美,因为将军似乎认为需要为乡下的单调和村子的狭小而向她抱歉;其实她内心喜欢这里胜于她到过的所有地方,她用极为欣赏的目光看着每座强过普通农舍的整齐的房屋,以及他们路过的所有小杂货铺。在村庄的更深处,一个与其他房舍相对隔绝的地方,坐落着牧师宅邸,那是一座新建的坚固石屋,有半圆形的马车道和绿色的大门;当他们的车子行至门前时,亨利,还有他独居时的伙伴,一只个头很大的纽芬兰幼犬和两三只小猎犬,正准备着迎接他们并大献殷勤。

走进屋子的时候,凯瑟琳的心思被满满地占据着,能看的和能说的都不多;直到将军责令她说说观感时,她对自己所置身的这个房间仍没有什么感觉。环顾了一圈之后,她当即发现这是全世界最舒适的一个房间;但她太谨慎了,没有这样说,她赞美中的冷淡之意让将军很失望。

"我们并没有说这是一所令人满意的房子,"他说,"我们不把它和富勒顿还有诺桑觉寺相提并论——我们只是纯粹把它当作牧师的宅邸,面积小而且范围有限,只要它也许还算得体,适合居住,总体来说不比大多数住房差,我们就能接受;或者,换句话说,我相信在英格兰很少能有几座牧师乡间住宅比得上这里一半好。它还有改进的余地,当然。要我说还差得远呢;只要是合理的都可以改——也许可以有延伸在外的弧形窗——不过,这话只能对自己人说,如果有什么比其他东西更让我反感的,那就是后补上去的弧形窗。"

这段话凯瑟琳没有太听清,也没有被它伤到;这时亨利故意引出了别的话题来援助,与此同时他的佣人端来了满满一托盘的茶点,将军很快就恢复了他的心满意足,凯瑟琳也找回了她往常的悠然自得。

亨利,还有他独居时的伙伴。

将军说到的这个房间面积宽敞,布局均衡,被布置成一间漂亮的餐厅;当他们要离开这里去庭院转一转时,凯瑟琳先是被带去看一个略小的房间,它专属于这所房子的主人,为了今天的场合被打扫得异常整洁;接着又进了一间准备做客厅用的屋子,虽然还没有配置家具,这房间的样子已经让凯瑟琳喜欢得不得了,连将军也跟着觉得满意了。这间屋子形状很好看,窗子一直落到地面,窗外风景宜人,尽管只是俯瞰着绿色的草地;凯瑟琳这时候凭着她诚实单纯的头脑所感受到的,表达了她的赞美。"哦!为什么不给这个房间配上家具呢,蒂尔尼先生?这样空着多么可惜!这是我见过的最漂亮的房间;这是全世界最漂亮的房间!"

"我相信,"将军面带十分满意的笑容说,"它会被非常快速地装饰好;它只等一位女士来鉴赏!"

"如果这是我的家,我决不会愿意坐在别的哪间屋子里。哦!树丛中那间小小的农舍多可爱啊——那些苹果树也可爱!这真是最漂亮的乡村小屋!"

"你喜欢它——你认可它是一道风景——这就足够了。亨利,记住把这件事交代给罗宾逊。那间农舍就留下吧。"

这句恭维话唤醒了凯瑟琳全部的自知之明,她马上沉默不语了;后来,虽然将军很有针对性地问起她对时兴的壁纸和墙幔颜色的喜好,也没能从她这里得到任何与之相关的观点。不过,有了新鲜景物和清新空气的影响,对于打消这些令人局促的联想还是有很大帮助的,他们接着来到门外的观赏区,包括环绕草坪两侧的一条散步小径,这是大约半年前亨利发挥他的天才设计而成的,凯瑟琳又恢复了十足的兴致,觉得这里比她以前见过的所有装饰绿地都要漂亮,尽管这里的灌木还没有一棵长得高过角落里的绿色长凳。

他们又漫步到另外几处草坪,穿过了村庄的一部分,半路上去了趟马厩,检查一些改进设施,然后又和一窝刚学会打滚儿的小狗崽开心地玩耍了一场,这就已经到了四点钟,凯瑟琳觉得应该连三点还没到呢。四点钟他们要用餐,六点钟就要启程返回了。从来没有哪一天这样飞快地度过!

凯瑟琳禁不住注意到,晚餐的丰盛似乎一点儿都没引起将军的惊讶;没有,他竟然还要到旁边的条案上去找冷切肉,其实并没准备。他的儿子和女儿倒是觉察出了不同之处。除了在他自己的餐桌上,他们很少见他吃得这么尽兴,而且从来不知道他还能够这样从容自若地涂抹被热过头了的黄油酱。

六点钟,将军喝过咖啡,马车又来接他们了。他对自己在这次做客的全程中按部就班的指挥非常满意;凯瑟琳对将军心里的期待也确信无疑,倘若她能够对亨利的心愿也同样有信心,那么,离开伍兹顿时,凯瑟琳对于自己怎样或何时还能再来,就可以不再担忧了。

第二十七章

第二天上午,凯瑟琳非常意外地收到了这封伊莎贝拉的来信:

巴斯,

四月

　　最亲爱的凯瑟琳,我收到了你的两封亲切的来信,快活极了,同时我为没能及时回复致以一千次的歉意。我真为自己的懒散而羞愧;但在这个可怕的地方,根本找不到时间做任何事。自从你离开了巴斯,我几乎每天都会拿起笔来准备给你写信,但总会被这样那样的无聊琐事打断。求你赶快写信给我吧,直接寄到我家里就好。感谢上帝,明天我们就离开这个可恶的地方了。你走之后,这里就毫无乐趣可言——只剩下尘土飞扬;心里惦念的人都离开了。我知道如果能见到你,其他的我都不会在乎,你是我最亲密的朋友,别人不会懂得。我非常担心你亲爱的哥哥,自从他去了牛津就再没有消息了;我也担心他有些误会。有了你好心的帮助,一切都会清楚的;他是唯一一个我曾经爱过或能够去爱的男人,我相信你会在这一点上说服他。春季时装已经部分面市了,那些帽子是你能想象的最可怕的样子。我希望你过得愉快,可又担心你根本不想我。对你正在相处的这一家人,我不会多说什么,因为我不想那么不厚道,或是在你和你所看重的人之间挑拨;可是要找到能信任的人实在太难了,年轻的男人们连头脑两天清醒都做不到。我要高兴地说,在所有男人中我格外讨厌的那个人,他已经离开巴斯了。听我这样说,你就会明白,我指的肯定是蒂尔尼上尉,你应该还记得,在你走之前,他是多么可怕地执意要追求和纠缠我。后来他变本加厉,简直像影子一样黏人。也许会有很多女孩上他的当,因为从来没有被人这样追过;但是我对这种性别的朝三暮四太了解了。两天前他回兵团去了,我确信自己再也不会被他骚扰。他是我见过的最自命不凡的家伙,而且出奇地惹人讨厌。最后的两天里他总是不离夏洛特·戴维斯的左右,他的品位真是可怜,但我根本不理睬他。我们最后一次见面是在巴斯街,我马上就转身进了一家店铺,免得他和我说话;我甚至连看也不愿看他。然后他就走进了泵房;而我无论如何都不会去追他的。他和你哥哥之间是多么鲜明的对比!求你告诉我一些你哥哥的消息——我为他感到非常难过;他走的时候好像特别不舒服,有点感冒,或是有别的什么影响了他的心情。我自己也想给他写信的,可是找不到他的地址了;而且,我前面提到过的,恐怕他对我的举止有些误解。求你帮我给他一个满意的解释;或者,如果他仍然心存疑虑,可以亲自给我写来只言片语,或是下次到伦敦的时候来普蒂尼街坐坐,一切就都清楚了。这么长时间我都没去平时去的那些地方,也没去看戏,只有昨天晚上和霍吉斯兄弟去了游乐场,门票半价,他们硬缠着我去的;我决定不能让他们说成是蒂尔尼一走我就把自己关起来了。我们刚好和米歇尔姐妹坐在一起,她们见我出来玩儿就装作很吃惊的样子。我知道她们心怀怨恨:她们一度对我不讲礼貌,可现在她们却友好得要命;我可不是个会被她们欺骗的傻瓜。你知道我是很有个性的。安妮·米歇尔也试图学我的样子戴一顶头巾帽,就像我一星期前去听音乐会时戴的那顶,可是她戴上难看极了——我看这种帽子也就适合我这张与众不同的脸,至少蒂尔尼那时候对我这样说过,他还说所有的眼睛都在看我;但是我信谁的话也不会信他的。我现在只穿紫色,我知道自己穿这种颜色很难看,但是不要

201

紧——这是你亲爱的哥哥最喜欢的颜色。抓紧时间,我最亲爱的、最可爱的凯瑟琳,写信给他也给我。

永远忠实你的

这种花言巧语虚浮的笔调,即使像凯瑟琳这样的人也不会受骗。其中的前言不搭后语、自相矛盾和诺言,从一开始就让她很受刺激。她为伊莎贝拉感到可耻,也为自己曾经爱过她而感到可耻。伊莎贝拉在情感上的伪装就像她空洞的借口一样令人生厌,还有她那厚颜无耻的要求。替她给詹姆斯写信!不,詹姆斯永远也不会听到凯瑟琳再提起伊莎贝拉的名字了。

等亨利从伍兹顿回来,凯瑟琳就告诉他和艾丽诺,他们的哥哥平安无事了,为此她真诚地祝贺他们,并且愤慨地大声读出伊莎贝拉来信中最市侩的那些段落。读完之后——"伊莎贝拉的事到此为止了,"她高声说,"我和她亲密的友情也结束了!她肯定以为我是个傻瓜,要不然她不会写这样的信;不过这也许让我更清楚了她的为人,而不是让她更了解我。我明白她到底是怎样算计的了。她是个卖弄风骚的虚荣的人,而她的把戏都落了空。我不相信她曾经把我或者詹姆斯放在心上,真希望我从来都不认识她。"

"很快你就会觉得从来没认识过她了。"亨利说。

"只有一件事我还不明白。我知道她对蒂尔尼上尉有所图谋,只是并没成功;可我不懂蒂尔尼上尉在这个过程中想要怎样。为什么他要对伊莎贝拉用这么多心思,让她和我哥哥吵嘴,而他自己却远走高飞了?"

"对弗雷德里克的动机我实在没什么好说的,也就是我想到的那些原因吧。他和索普小姐一样有虚荣心,而最重要的区别是,弗雷德里克头脑更发达一些,所以还没有让虚荣伤害到自己。如果他的行为所产生的影响让你觉得不可理喻,那我们最好还是不要去刨根问底了。"

"那么你不认为他真的喜欢过伊莎贝拉?"

"我确信他从来没有。"

"难道只是为了胡闹而装装样子?"

亨利躬了躬身表示赞同。

"好吧,那么,我只能说我一点儿都不喜欢他。尽管我们几个人在一起相处得这么好,我还是一点儿都不喜欢他。既然是这样,也就没有造成太大的伤害,因为我不认为伊莎贝拉的心真的会受伤。可是,假如弗雷德里克已经让她坠入情网了呢?"

"那我们首先应该想成伊莎贝拉的心真的会受伤——那么她就成了一个完全不同的人;如果是那样的话,她会受到完全不同的对待。"

"你当然应该站在你的哥哥弗雷德里克这一边。"

"如果你站在你的哥哥这一边,你就不会为索普小姐的失望而这么忧心了。因为正直感这种与生俱来的天性,使你的心态不同常规,所以你不会理解来自家族成见的冷漠分析,也不会理解那种复仇的愿望。"

这句赞美让凯瑟琳心中不再感到酸楚,既然亨利是这样可亲,弗雷德里克也不应该是罪不可赦的。她决定不给伊莎贝拉回信,也尽量不再去想这件事了。

第二十八章

　　这之后没过多久,将军发现他必须要到伦敦去一个星期;离开诺桑觉寺的时候他郑重地抱歉,居然会有什么事把他从莫兰小姐的身边抢走哪怕一个小时,他把保证凯瑟琳的舒适和兴味当作功课,殷殷嘱托给他的孩子们,要他们在他离开的日子里把这件事当作第一要务。他的离开让凯瑟琳第一次经过亲身体验而相信了"有失必有得"。如今他们的时光都在欢乐中度过,每一桩乐事都随心所愿,每一次欢笑都纵情尽兴,每一次用餐都是轻松幽默的情景,想散步随时随处都可以去,他们的光阴、乐趣和倦意都由自己做主,这让她深刻地意识到将军在场时强加给他们的束缚,同时无限感恩现在获得的解放。如许的轻松和欢乐使她对这个地方和这里的人的感情与日俱增,如果不是担心很快就要到了离开那个人的时候,如果不是担忧得不到另一个人同等的爱,她每一天的每一刻都会过得无比幸福;可是她来到这里已经是第四个星期了,在将军回到家以前,第四个星期就过去了,如果她再待下去恐怕就有打扰之嫌了。这个念头一想起来就让她烦恼;她急于摆脱压在心头的重荷,很快就决定要马上对艾丽诺说出这桩心事,先提出要离开,然后根据艾丽诺对自己这个提议的态度,见机行事。

　　凯瑟琳明白,假如她任由自己拖得太久再提出这么不舒服的话题,可能就难于启齿了,她抓住了第一个不期而来的和艾丽诺单独相处的机会,而且趁着艾丽诺正在说一件完全不相干的事情时,提出了有必要尽快回去的事。艾丽诺从神色到回应来看都很不安。她说,一直希望有凯瑟琳做伴的快乐能更长久——她误以为(可能是她一厢情愿)凯瑟琳能再多留很长一段时间——她禁不住想到,如果莫兰先生和太太能了解她是多么喜欢凯瑟琳住在这里,他们就会仁慈地不着急催凯瑟琳回去了。凯瑟琳解释道,哦!这个嘛,爸爸和妈妈一点儿也没着急。只要她自己高兴,他们就知足了。

"那能否问一下,为什么你自己要急着离开这里呢?"

"哦!因为我已经住了太久了。"

"唉,如果你都这样说了,我就不能再强迫你了。如果你觉得太久了——"

"哦!不,我并没有这样觉得。为了我自己的快乐,我愿意再住这么久才好。"于是问题立刻解决了,在她真的待烦了之前,连想都不用再想离开这里的事。一个引起不安的缘由就这样愉快地打消了,另一种不安因素也减轻了。艾丽诺迫切要求她留下来的态度友善而真诚,还有亨利在得知她决定留下时那满意的神情,它们都是甜蜜的印证,说明她在他们心中的重要位置,她心里因此而留下多少情意缠绵,那是人类的精神世界中不可或缺的。她相信——几乎一直都相信——亨利是爱着她的,也常常觉得亨利的父亲和妹妹都爱她,甚至希望她成为家庭的一员;还相信到目前为止,她的疑惑和忧虑只不过是荒谬无稽的烦恼罢了。

亨利无法遵照他父亲的指示,在将军逗留伦敦期间全程守候在诺桑觉寺照顾两位姑娘,他和伍兹顿的助理牧师有约,不得不从周六起离开她们几个晚上。这回少了亨利在身边已经不同于将军在家的那次;她们确实少了些乐趣,但她们的自在却并没被破坏:两位姑娘商量着如何消遣,关系越发亲密,发现有这么充裕的时光可以尽由她们自己支配,以至于在亨利出发的那天,她们直到十一点才离开晚餐厅,这在修道院已经算很晚了。她们刚走到楼梯顶端,突然,从隔着厚厚的墙壁所能传来的声音判断,门外好像驶来了一辆马车,紧跟着的门铃声大作证实了这个想法。吃惊中最初的不安过去后,听到一声"老天爷！这是出什么事了？"艾丽诺马上就确定这是她的长兄回来了，他每次到家就算不在这种不正常的时间，也总会这样突然，所以她快步跑下楼去迎接他。

凯瑟琳继续向她的房间走去，尽力让自己定下决心，要更多地了解蒂尔尼上尉，抚平他的举止给自己留下的不良印象，并且缓和心里的这种看法，认为像他这样一位太过讲究的男士显然不会喜欢她，至少他们不用在一种会带来切肤之痛的感受中见面了。她相信他会绝口不提索普小姐；说真的，到了现在他必定为自己在其中扮演的角色而羞耻，所以也就没有什么危险了；只要避而不谈那些发生在巴斯的事，她觉得自己可以做到对他客客气气。时间在凯瑟琳的这番思索中过去了，艾丽诺准是见了哥哥很高兴而且有很多话要说，这当然应该是蒂尔尼上尉很乐意的，因为他回来了已经约莫半个小时，艾丽诺还没有上楼来。

就在这时，凯瑟琳似乎听到了走廊里艾丽诺的脚步声，她继续听着；外面却寂然无声了。可是，不等她相信这是自己错误的幻觉，就被一种渐渐向她门口移近的声响惊动；听上去好像有人刚走到她的门口——接下去门锁微微地动了动，说明一定有一只手正在碰它。想到有人如此小心翼翼地向自己靠近，她有些不寒而栗；但她拿定主意不再被小小的惊忧所吓倒，或被飞扬的想象力所误导，她轻轻走上前去，打开了房门。是艾丽诺，只有艾丽诺，她站在那里。不过凯瑟琳的心只有一瞬间的平静，因为艾丽诺一副两颊苍白、六神无主的样子。尽管她显然是想进屋的，但要迈进门来却似乎很艰难，进来后想说点儿什么就更难了。凯瑟琳以为她的不安与蒂尔尼上尉有关，也只能用默默的关注来表达她的担忧，她拉着艾丽诺坐下，用薰衣草液为她按揉太阳穴，关爱备至地守在她身边。"我亲爱的凯瑟琳，不要——你真的别这样——"这是艾丽诺说出的第一句完整的话，"我没事。你的好意让我心里乱极了——我承受不住——被差遣为这样的事来见你！"

"差遣！来见我！"

"我该怎么对你说呢！哦！让我怎么对你说啊！"

此时一个新的念头闯入凯瑟琳的脑际,她的脸色变得和她的朋友一样苍白,她说:"这是从伍兹顿来的信差!"

"你想错了,真的,"艾丽诺用无限同情的眼神看着她答道,"没有人从伍兹顿来。是我父亲他本人。"她的声音颤抖了,提到父亲时她把目光转向地面。仅仅是将军的不期而归已经让凯瑟琳心头一沉,有那么一会儿,她完全没想到还有什么比这更坏的消息。她没说话;艾丽诺则努力鼓起勇气稳住心神说话,只是目光依然低垂,她很快接着说道:"你太善良了,我知道,你不会因为我被迫充当了这个角色而把我往坏处想。我当真是个最不情愿的信使。在刚刚度过了这段日子后,在我们刚刚彼此结下友谊之后——我心里是多么快活,多么感激！——我原本盼着你再继续留下来很多很多个星期的,可我该怎么告诉你,你的好心不再被领情——而且,迄今为止因为你的陪伴而使我们快乐,你却将得到如此的回报——不过连我都不能相信自己所说的话。我亲爱的凯瑟琳,我们要告别了。我父亲想起曾经约定的一件事,星期一我们就要举家出门。我们要到朗顿勋爵家去,在希尔福德镇附近,要去两个星期。解释和道歉都没有意义。我哪样都做不到。"

"我亲爱的艾丽诺,"凯瑟琳高声说,尽可能按捺着自己的心情,"别这样难过吧。凡事总有先来后到。我非常、非常遗憾要和你们分开——这么快,又这么突然;但我不会生气的,真的不生气。你知道我随时可以结束在这里的逗留,我也希望你能来我家。可以吗,等你从这位勋爵家回来,就到富勒顿来吧?"

"这不是我能决定的事,凯瑟琳。"

"那么,可以来的时候就来吧。"

艾丽诺没有作答;而凯瑟琳的心思又转回到一件更紧要的事情上,她边想边接着大声说出来:"星期一——这么快;你们要一起走。

那么,我肯定——我肯定是可以回去的。你看,我并不用在你们启程之前就离开。没有提前告知我父亲和母亲,这倒没有太大关系。我相信将军会派一个仆人跟随我,走完一半的路吧——那么我很快就会赶到萨里斯伯雷,之后我离家就只有九英里的路了。"

"唉,凯瑟琳!假如真能这样做,那总算还能让人好受一些,尽管对你的照顾理应比这种普通的安排好上一倍。可是——我该怎么对你说呢?——已经定好明天早上你就要离开,甚至连出发的时间你也没有选择;已经为你预订好了马车,七点钟就到这里,也没有派仆人随你同行。"

凯瑟琳坐下,窒息,无语。"当我听到这一切时,我简直不能相信自己的感觉;此时此刻,你心里的不满和怨恨,不论该有多么强烈,也不会比我的感受更强烈——可我不能说出我的感受。哦!真希望我能想出什么办法来减轻这罪过!仁慈的上帝!你的父亲和母亲会怎么想呢!在招引你离开了真正的朋友保护之后竟如此对待你——比巴斯到你家远了将近一倍的路,竟然逼着你离开,甚至连正当的礼节都不顾!亲爱的,亲爱的凯瑟琳,我成了这样一个消息的传递者,对你的羞辱仿佛使我自己也变得很罪恶;但是,我相信你不会责怪于我,因为你已经在这里住了一段时间,足以了解我只不过是诺桑觉寺名义上的女主人,根本没有真正的权力。"

"我得罪将军了吗?"凯瑟琳用颤抖的声音问。

"我的天!以我作为女儿的感受,我所知道的、我所能回答的,就是你没有给过他任何应该冒犯你的理由。他确实是非常地、极度地心烦意乱;我很少见他有比这次更严重的样子。他脾气本就不好,而现在发生的事更不是一般程度地激怒了他;有失望,有恼火,看来此时此刻这件事对他很重要,但我完全想象不出这和你有什么关系,怎么可能呢?"

此时,凯瑟琳要开口讲话是件痛苦的事;她仅仅是为了艾丽诺着想才勉强自己的。"我相信,"她说,"如果是我惹得将军不高兴就太抱歉了。那是我最不希望发生的事。不过别伤心,艾丽诺。你们有约定就必须守信用。我只是遗憾将军没有早点儿想起这个约定,那样我就能写信给家里了。不过这也不会有太大的影响。"

"我希望,我真心希望这不会给你实际的安全造成任何影响;但从其他各个方面来说,影响都是很严重的:影响旅途的舒适、体面、礼节规矩,影响你的家人,影响整个世界。你的朋友艾伦夫妇,假如他们还在巴斯,你应该去找他们,那就相对轻松一些,到巴斯只用几个小时;但七十英里的路途,你还要在路上换马,你这样的年纪,一个人,没人照顾!"

"哦,路途算不得什么。不要想着它吧。我们终是要离别了,早几个小时还是晚几个小时,你知道的,并没有差别。我可以在七点钟准备好。让人准时来叫我吧。"艾丽诺看出她想独自待一会儿;也明白避免再说下去对双方都更好,在离开凯瑟琳时她说:"我们早上再见。"

凯瑟琳起伏的心潮需要排遣。当着艾丽诺的面,友情和自尊都抑制着她的泪水,艾丽诺刚走,她的眼泪就奔涌而出。被逐出门外,居然会是这样!没有任何理由作为正当的解释,没有任何歉意来弥补这举动的无礼、粗鲁,不,是侮辱。亨利遥不可及——甚至不能和他道别。对他所有的希望和期待都悬在半空,至少现在如此,谁敢说需要多久呢?谁敢说他们何时才能再见?而这一切竟然是因为蒂尔尼将军这样一个人,多么彬彬有礼,多么有教养,一直以来又是多么格外钟爱她!这件事之不可理喻,正如它带来的羞辱和伤痛。从可能引发此事的根源,到它终将导致的结局,细想之下只有困惑和惊恐。这件事做得如此无礼至极,完全不顾及她自己是否方便就匆匆赶她出门,哪怕是在表面上做做样子也好啊,让她在动身时间和旅途安排上有所选择;本来还有两天,却给她定了最早的启程时间,而且是这一天里几乎最早的时辰,将军似乎心意已决,要让凯瑟琳在他早晨醒来之前就离开,这样他就连她的面也不用见了。所有这一切除了存心的侮辱还能意味着什么？凯瑟琳肯定是在不知哪件事上不幸触怒了将军。艾丽诺不希望她有这种恼人的想法，可是凯瑟琳不相信有任何伤害、任何祸端，能激起人对一个与之无关的人，或者，至少是对一个不应该与之相关的人，产生如此这般的怨恨。

这一夜在沉痛中度过。入睡，或是能称得上睡眠的休息，是绝对不可能的了。这个房间，当凯瑟琳来到诺桑觉寺的第一天，激动不安的幻想就在这里让她受尽折磨，现在又重现了心乱如麻和难以安眠的一幕。但此时让她难以平静的事和第一天是多么的不同——在事件的真实感和性质上是多么可悲地远超第一次！她的焦虑有事实的依据，她的忧惧有可能成真；她心里充满了对真实和现实的悲惨遭遇的深思，至于她孤零零的处境，房间的幽暗，屋子里的古董，这些她都毫无情绪去感受和细想；虽然风刮得正猛，常常在房子四下里弄出些怪异又突然的声响，她却清醒地躺在床上听着所有的声音，一个小时又一个小时，全无好奇和恐惧。

六点刚过，艾丽诺就来到她的房间，急于表达关切之情，希望有可能的话就给凯瑟琳帮帮忙；不过已经没剩下什么可做的了。凯瑟琳没有闲着，她差不多穿戴齐整，行李也几乎收拾完了。看到将军的女儿时，凯瑟琳想到有可能她会带来将军的一些和解之意。他的那股怒气消散了，继之而来的是懊悔，这不是很自然的吗？凯瑟琳只想知道，在发生了这一切之后，她应该多么宽容地接受将军的道歉才算恰如其分。不过知道了也没有用处：并没有这么做的需要；仁慈也好，尊严也罢，都不用经受考验了——艾丽诺没带来什么口信。两个人见了面也没多作交流；各自都觉得只有沉默才最安全，她们在楼上停留的那一会儿，只说了几句无关紧要的话，凯瑟琳手忙脚乱地整装结束，艾丽诺则试图帮她装箱打包，更多是出于好心而非经验。全部收拾停当后，她们走出房间，凯瑟琳在她朋友的身后只多留恋了半分钟，对每一样熟悉而珍爱的景物看了临别的一眼，然后就下楼来到早餐厅，早已经准备好了。她努力吃下去，既是为了让自己免去被劝说的折磨，也是为了让她的朋友安心；但她没有胃口，根本咽不下几口东西。此情此景和在这间屋里上一次早餐之间的反差，加深了她的痛苦，更让她觉得眼前的东西样样难以下咽。自从他们聚在这里同样地用餐只不到二十四小时，境况却是天壤之别！那时她眼中的世界是多么轻松愉快，那种安全感尽管虚幻，却是多么幸福，她享受着身边的每样事物，除开亨利要到伍兹顿去一天这件事，对未来她别无担忧！幸福，幸福的早餐！因为那时亨利在这里；亨利就坐在她旁边并且照顾着她。凯瑟琳久久地沉浸在这段回想中，没有受到她的同伴任何话语的干扰，那位同伴也和她一样陷在沉思当中；马车的出现才第一次把她们惊醒，唤回到现实里来。看见马车，凯瑟琳的脸色变了；她所遭受的侮辱在这一刻分外剧烈地撞击着她的心，这让她在短时间里能感受到的只有怨恨。艾丽诺这时仿佛被驱策着下了决心，不得不开口。

"你一定要写信给我，凯瑟琳，"她大声说，"你一定要尽快让我得到你的消息。在确认你安全到家之前，我一时一刻也不会安心。只写一封信就好，无论有多少风险，受到多少威胁，我必须恳求你。让我能满足地得知你平安回到富勒顿的消息，并且得知你的家人安好，然后，只要我能够像正常情况下那样请你和我通信，我不会要求更多了。直接寄到我在朗顿勋爵家的地址，还有，我必须请求你，署名寄给勋爵家的爱丽丝。"

"不，艾丽诺，如果不允许你接收我的信，我想我还是不要写的好。我平安到家肯定不会有问题。"

艾丽诺只是回答说："对你的心情我不会感到奇怪。我不再纠缠你了。当我和你相隔遥远的时候，我相信凭你善良的心地就会一切平安。"而伴随这句话，她那忧伤的神情瞬间就足以融化凯瑟琳的自尊心，她马上说道："哦，艾丽诺，我一定会写信给你的。"

其实还有另一件着急的事让蒂尔尼小姐放心不下，只是有些不便说出口。她想起来，在离开家这么久之后，凯瑟琳身上带的钱可能不够支付旅途中的费用了,于是,她提醒了凯瑟琳,还非常贴心地提出借给凯瑟琳一些钱,而事实证明情况正和她想的一样。凯瑟琳在这一刻之前还从没想到过这一点,结果,她翻了一下手袋,才明白如果没有她朋友的这份好意,她可能会在被赶出门后连回家的路费都没有;两个人心里都在想,如果真是那样,她会有多么狼狈,在剩下来的时间里,两个人在一起几乎没再说话。当然,这只是很短的一段时间。马车夫很快就报知准备完毕;凯瑟琳当即起身,两人就此告别,千言万语化作一个久久的、动情的拥抱。当她们走到大厅时,如果再不说起两人一直没有提到的那个人,凯瑟琳是无法离开的,她停顿了一刻,颤抖的嘴唇只能说清楚一句话,就是她留下她"对那位不在身边的朋友的美好记忆"。但是当她试图说出那个名字,一切控制情绪的可能都瓦解了;她尽力用手帕遮挡住自己的脸,飞跑着穿过大厅,纵身跳上马车,一转眼已驶离了大门。

第二十九章

凯瑟琳的心情已经悲惨到顾不上担惊受怕了。这段路本身对她来说并不可怕；踏上旅程时，她既不担心路途遥远，也没感到孤单冷清。她紧靠在马车轿厢的一角，泪如雨下。在她抬起头来之前，马车已经把她带到离修道院的院墙几英里之外的地方；当她能够举目望去时，园区的制高点几乎快要从她的视线中消失了。很不幸，她现在经过的这段路，正是她仅在十天以前快乐地往返于伍兹顿时走过的同一条路；在这十四英里的路上，心头的每一缕苦涩都因触景生情而越发强烈，和初次所见的感触相去甚远。马车带着她向伍兹顿每接近一英里，她的痛苦都会随之加剧，在距离不到五英里的时候，经过了转向伍兹顿的路口，她想着亨利，他就近在咫尺，却毫不知情，她心中的忧伤和烦恼达到了极点。

在那个地方度过的日子是她一生中最幸福的时光之一。就是在那里，就是在那一天，将军对待亨利和她是那样一种态度，他所说的话以及他的表现，使凯瑟琳确凿地相信他真心期待他们的婚事。是的，就在十天前，他毫不掩饰的关注曾使凯瑟琳喜不自禁——他那过于明显的暗示甚至曾让凯瑟琳感到困惑！而现在——她做了什么，或者忽略了做什么，要承受这样的巨变？

她唯一可以怪罪自己冒犯了将军的那件事，应该几乎没有可能被将军发觉。只有亨利和她自己才知道她曾经无中生有的大胆猜疑；她相信亨利会像自己一样保守这个秘密。至少，亨利不会存心要出卖她。假如，真的由于某种奇怪的偶然失误，亨利的父亲得知了凯瑟琳竟敢去想象并且寻找的是什么，得知了她毫没来由的幻想和侮蔑似的探察，那么他的愤怒无论达到何种程度，凯瑟琳都不会吃惊。如果将军知道了凯瑟琳把自己看作谋杀犯，将她逐出家门也就没什么可见怪的了。但她相信将军给不出一个让她备受折磨的正当理由。

与此相关的种种猜想固然使她焦虑不安，但真正萦绕在她心头的倒不是这件事。有一个念头更迫切，有一种担忧更强势也更猛烈。当亨利明天回到诺桑觉寺，听说她已经离开，他会怎样想，怎样感受，情状如何，这个问题带来的压力和关切此起彼伏，无休无止，时而苦恼，时而安慰；有时候她担心亨利对此会平静地默许，有时候则会满怀美好的信心，相信他心中是歉疚与怨恨的。对将军，当然了，他是不敢直言的；但是对艾丽诺——关于凯瑟琳的事，有什么是他不能对艾丽诺说的呢？

在这不停地反复重现的猜疑和琢磨中，点点滴滴的细节使凯瑟琳的头脑很难能有片刻休息，时间就这样过去了，旅途的进程比她预期的快很多。马车已经驶离了伍兹顿的地界，压在心头的烦乱思绪，使凯瑟琳顾不上关注眼前的一切，这倒也省得她守望着路途；虽然一路上没有任何景物能引起她丝毫的兴趣，她却也不觉得整段旅途有多么枯燥。还有另一个原因保护着她不觉颠沛之苦，那就是她并不急于结束这段行程；这副样子回到富勒顿，几乎就是要毁了她和至爱的家人团聚的欢乐，即便是在她离开这么久之后——十一个星期的分离。她该怎么解释才能不辱没自己又不伤害家人，怎么才能坦言其事而不加剧自己的悲伤，不扩散那毫无用处的怨愤之情，并不至于累及无辜，使他们为将军这不明不白的敌意背上罪名？她肯定做不到为亨利和艾丽诺的好处而辩解，其中的感情深挚到难以言表；如果有人以他们的父亲为由而对他们心生反感，觉得他们人品不佳，那就是在凯瑟琳心口戳了一刀。

在这样的心情中，她与其说是盼望，不如说是害怕看见那赫赫有

宣布这一发现的那声叫喊是多么兴奋!

名的尖塔映入眼帘,那说明她离家只有不到二十英里了。离开诺桑觉寺时,她就知道萨里斯伯雷是她的目的地;但自从第一站以后,多亏了驿站老板们的帮助,她才知道沿途要经过哪些地方才能到达;对于要走的路线她实在是一无所知。不过,并没有遇到让她着急或受到惊吓的情况。她的年轻,她礼貌的态度和大方的付费,让她得到了像她这样一位旅客可以要求的所有关照;只有换马的时候才停车,无惊无恐地连续走了大约十一个小时,在晚上六点到七点之间,她发现自己已经进入了富勒顿。

一位女主角的还乡,要在她的故事结尾时,回到故乡的村庄,她在名誉恢复清白的圆满凯旋中,尽显身为伯爵夫人的尊贵,几辆拉着皇亲贵戚的四轮敞篷马车排成长串,还有三位随侍女仆坐在四匹马拉的旅行马车中,紧随其后,这样的场面应该是一个编故事的人所津津乐道的;它为每一个结局增添光彩,而作者也一定分享着其慷慨赋予女主角的这份荣耀。但我写的故事却与之大相径庭:我让我的女主角在孤单和羞辱中回到家乡;没有欢欣鼓舞的情绪能牵动我去娓娓道来。一位坐着驿站出租马车的女主角,会让读者脆弱的情感太受打击,无法承受笔触的华丽和哀婉。所以那赶车的少年带着她飞快地穿过村庄,在星期天清闲的人们众目睽睽之下,只有疾驰而过才能使她得到解脱。

然而,不管凯瑟琳心里有多么烦恼,也不管写故事的人述说了她所受的何等奇耻大辱,当马车向着牧师家行进时,她还是做好准备,在一种不是每天都能感受到的喜悦之中奔向家人;首先,她的马车出现了——接着,是她本人。拉着旅客的马车在富勒顿可是少见的一景,全家人立刻聚在窗前;看到马车停在弯道上的大门前,这是让每个人眼前一亮、满脑子幻想的乐事——对全家人来说这份欣喜实在出乎意料,除了两个最小的孩子,一个六岁的男孩和一个四岁的女孩,他们以为每辆马车上坐的都是自己的哥哥或姐姐。认出凯瑟琳的第一眼是多么开心!宣布这一发现的那声叫喊是多么兴奋!不过这份快乐对年幼的乔治或哈瑞特是否有效,那就永远也弄不清楚了。

看到她的父亲、母亲、萨拉、乔治和哈瑞特,全都聚集在门口,激动而心急地迎接她,这情景唤醒了凯瑟琳心里最美好的感情;当她从马车上走下来,一一拥抱他们的时候,她发现这种抚慰超越了自己能够想到的一切可能。这样的团团围绕,这样的亲昵爱抚,甚至让她感到幸福了!在亲情的欢乐中,其他的一切都暂时让位,刚见到她时的兴奋心情,让全家人顾不上冷静地好奇发问,在径直提出任何需要她确切答复的问题之前,他们一起围坐在茶几旁,那里有莫兰太太为旅途劳顿的可怜姑娘匆匆准备的茶点,她立刻就注意到凯瑟琳的样子苍白而疲惫。

过了有半个小时,凯瑟琳才无可奈何、犹犹豫豫地,开始——或许应该按照她的听众们客气的说法——"做出一个解释"。而在那之前,他们完全想不到她突然归来的原因,也推测不出任何端倪。这一家人绝对不算很敏感,不会快速地捕捉要害,遭到别人冒犯也不会尖酸地怀恨于心。不过眼下,当他们明白了事情的全部过程,这种侮辱还是无法忽略不计,而且,在最初的半小时内,是不能轻易原谅的。想起凯瑟琳这段孤独的长途跋涉,莫兰先生和太太倒没有为女儿在爱情上的忧虑而心痛,他们只是觉得这件事会让女儿心里产生很多不愉快,而这绝对是他们不甘承受的;再说,蒂尔尼将军用如此的手段来逼迫凯瑟琳,既有失体面也不讲情面——既不像一位绅士也不像一位父亲的所为。他为什么要这样做,是什么刺激得他如此违背好客之道,对他们的女儿突然间从青睐有加变成实实在在的歹毒,对这件事他们至少和凯瑟琳一样想不通;但他们无论如何也不会为此烦恼太久——在做了一番毫无意义的猜想之后,一句"这真是件咄咄怪事,他一定是个古怪透顶的人",已经能满足他们的尊严和疑惑了;只有萨拉还沉浸在匪夷所思的兴致中,怀着年少的狂热一边猜测一边感慨。"亲爱的,你让自己为没用的事情太费心了。"她妈妈最终说道,"你要相信,这种事根本不值得去弄明白。"

"既然他想起了这么个约定,我能理解他希望凯瑟琳离开,"萨拉说,"但为什么不能客客气气的呢?"

"我真同情这几个年轻人,"莫兰太太答道,"这件事肯定让他们很难过;但是除此之外,别的都不重要了。凯瑟琳平安到家,我们用不着依靠蒂尔尼先生过好日子。"凯瑟琳叹了口气。"好了,"她那深谙哲理的妈妈接着说,"幸好我当时对你这段旅途毫不知情;现在一切都过去了,也许并没造成太坏的结果。年轻人全凭自己历练一下总是件好事;你也知道,我亲爱的凯瑟琳,你一向是个没头没脑的可悲的小家伙;但你现在肯定得逼着自己头脑清醒了,一路上要换这么多次马车,还有诸如此类的事,我希望最终会发现车上所有袋子里装的东西,一件都没被你落下。"

凯瑟琳也希望如此,也愿意打起精神想想自己有哪些长进,可她实在有些精疲力竭了;这时候,她唯一的想法就是能马上独自静一静,她欣然接受了母亲的又一个提议,早早上床休息。她难看的脸色和烦躁的心情,在她父母看来不过是自尊心受挫之后的自然反应,是这段旅途带来的非比寻常的吃力和疲惫,他们离开她时,丝毫也不怀疑这一切都会在睡上一觉以后烟消云散;虽然第二天早上全家再见面时,她并没有像他们希望的那样焕然一新,他们还是一点儿也不疑心其中还有什么更深的苦恼。作为一个十七岁年轻姑娘的父母,他们从来没去体会过凯瑟琳的心,况且这是她刚刚结束第一次远行回到家里,这样的父母的确太个别了!

早餐刚一结束,凯瑟琳就坐下来兑现她给蒂尔尼小姐的承诺,时间和距离的作用已然证明蒂尔尼小姐相信她的品性是没错的,因为凯瑟琳已经在责怪自己和艾丽诺分手时的冷漠了,艾丽诺的美德和善良是她永远道不尽的,她也对昨天自己走后艾丽诺独自承受的一切感到无尽的怜惜。然而,这种种感受产生的力量却不足以帮助她下笔;没有比给艾丽诺·蒂尔尼的这封信更难写的信了。这封信要开门见山地准确表达她的情绪和境况,传递谢意而没有卑微的憾恨,矜持却不冷淡，诚恳而无怨言——一封让艾丽诺细读之下不会被刺痛的信——还有，更重要的是，假如亨利碰巧看到这封信，凯瑟琳不会为自己脸红，她所有遣词造句的本事都被这个艰巨的任务吓得烟消云散；于是，在思索良久和百般纠结之后，她只能决定把信写得极为简短以确保安全。所以，和艾丽诺预先垫付的钱一同放进信封里的，不外乎是无尽的感激，以及发自真心的千万个美好祝福云云。

"这真是一场奇怪的缘分，"见凯瑟琳写完信，莫兰太太说道，"来得快去得也快。很遗憾事情会是这样，因为艾伦太太觉得他们兄妹是那种非常可爱的年轻人；可怜你和伊莎贝拉的相处也不顺心。啊！詹姆斯太惨了！不过，人只能在生活中学着懂事；我希望以后你再认识的新朋友会比他们更值得交往。"

凯瑟琳红着脸激动地回答："没有比艾丽诺更值得交往的朋友了。"

"如果是这样，亲爱的，我相信你们迟早还会再见面的；用不着觉得不自在。十有八九，不出几年的工夫你们又会彼此邂逅；那时候该有多么开心呀！"

莫兰太太试图安慰凯瑟琳但没有成功。对几年之内再次相见的展望，只会让凯瑟琳满心想的都是这些年可能会发生些什么，它们让重逢变得可怕。她永远也忘不了亨利·蒂尔尼，也永远不会在想起他的时候比往日减少一丝柔情；但他却可能会忘记她。如果真是那样却还要见面——！她想象着这段姻缘已经改头换面，眼里就满是泪水；她的母亲明白自己鼓励开导的效果并不好，于是，作为另一个使凯瑟琳精神振作起来的对策，提出她们应该去拜访一下艾伦太太。

两家的房子相隔只有四分之一英里；走在路上，莫兰太太匆匆概括了一下她对詹姆斯失恋的想法。"我们为他难过，"她说，"但除此之外，解除婚约也没什么坏处；因为他和一个我们完全不认识的女孩子订婚，这本来就不是一件称心的事，而且这个人还没有任何可继承的家产；事到如今，在那女孩子做了这样的事之后，我们对她更不会有什么好感了。只不过现在可怜的詹姆斯还是很难过,但他不会一直这样的;我敢说,因为第一次愚蠢的选择之后,他这辈子会成为一个更谨慎的人。"

关于这件事的简括看法,凯瑟琳能听下去的也就这么多了;再多听一句可能就会使她一反柔顺的常态,做出不大理智的回答;她的全副心力很快就被回忆淹没了,她想起自从最后一次走在这条熟悉的路上,自己的感受和心境所发生的变化。那是在不到三个月前,她在欢乐的期待中心花怒放,每天总要在两家之间来回跑上十来趟,一颗心明亮、愉快、无牵无挂;向往着从未体验过的纯粹的乐趣,对于不幸一无所知,也不能理解。三个月前的她就是这样;而现在,归来的她变得多么不同!

艾伦夫妇非常亲切地迎接她,她意外的出现自然引发他们表现出一如既往的热情;听说她遭到了怎样的对待,他们感到很惊讶,激烈地表示不满——尽管莫兰太太讲述这件事的时候并没有夸大其辞,也并非有意惹他们动怒。"昨天晚上凯瑟琳让我们大吃一惊,"她说,"她孤身一人坐着雇来的马车走完全程,而且直到星期六晚上之前,她根本不知道要回来的事;因为蒂尔尼将军不知动了什么古怪的念头,突然间厌烦了继续留她住下去,几乎就是把她赶出家门的。这真是太不友好了,他肯定是个怪脾气的人,不过我们真高兴凯瑟琳又回到家里了!而且我们很欣慰地发现她并不是一副可怜巴巴、无依无靠的样子,而是能够靠自己应付自如。"

作为一个通达世故的朋友,艾伦先生就这件事表达了适度的怨愤;艾伦太太认为他的话很对,刚好可以让她自己也立即用上。他的惊奇,他的猜测,还有他的解释,都变成了她接着说的话,只多了这唯一的注脚——"我真受不了那位将军"——每次偶尔停顿一下都用这句话来填补空白。然后,在艾伦先生离开房间后她又说了两遍"我真受不了那位将军",怒气一点没有缓解,思路也没发生任何实质性的偏离。这句话重复到第三遍的时候,已经明显开始跑题了;接着,在重复完第四遍之后,她立即又说道:"你只要想想,亲爱的,我最好的比利时梅希林花边上有那么可怕的一道大裂缝,在我离开巴斯前,它被神奇地织补好了,谁也看不出裂痕在哪儿。改天我一定得让你看看。总的来说,巴斯是个好地方,凯瑟琳。你要相信我有大半颗心是不想离开那里的。有索普太太在,对我们可真是个安慰,不对吗?你知道的,起初我们可是没人理睬的。"

"是啊,不过那段时间并不长。"凯瑟琳说,回想起在巴斯是什么第一次振作了她的情绪,她的眼睛亮了起来。

"对极了:我们很快就遇见了索普太太,然后我们就什么也不缺了。亲爱的,你不觉得这副丝绸手套戴着很好看吗?这是我们第一次去低地会所的时候我戴的新手套,你知道,后来我就常常戴着它们。你还记得那天晚上吗?"

"我还记得吗!哦!记得太清楚了。"

"那天晚上特别愉快,不是吗?蒂尔尼先生和我们一起喝茶,我一直觉得他是个很好的同伴,他真是太惹人喜欢了。我有个印象是你和他跳舞了,但也记不太清了。我记得穿的是我最喜欢的礼服裙。"

凯瑟琳答不出话来;于是,在短暂地试着谈了些别的话题之后,艾伦太太又说回来了——"我真受不了那位将军!他看起来像是一个多么和蔼可敬的人!莫兰太太,我估计你这辈子从来没见过比他更有教养的人。他的临时住所在他离开巴斯的第二天就有人租用了,凯瑟琳。这倒不奇怪;弥尔森街嘛,你知道的。"

她们走回家去的路上,莫兰太太费尽口舌想让女儿牢牢记住,她应该为身边有艾伦先生和太太这般坚定的支持者感到开心,而不用把蒂尔尼家这种不牢靠的人对自己的怠慢和冷酷放在心上,这样她也可以留住那些老朋友的好感和友情。这些话讲得都非常有道理,但是当人的心灵处于某种状态下时,讲道理是没有意义的;凯瑟琳的想法几乎和她母亲提出的每一个观点都相抵触。正是这些非常不牢

221

靠的人的一举一动,寄托着她如今全部的幸福。正当莫兰太太凭借恰当的表述成功地确立了自己的观点时,凯瑟琳却在默默地遐想着:此时亨利应该已经回到诺桑觉寺了;此时他应该已经听说了她的离去;就在此时,也许他们全家正启程前往希尔福德。

第 三 十 章

  凯瑟琳天生就是个坐不住的性子，也从来没有非常勤勉的习惯；然而从目前来看，不论她在性格方面有什么缺点，她的母亲没办法不相信她的这些毛病加重了许多。她既不能稳稳地坐着，也不能让自己哪怕有十分钟专心干一件事，她一遍又一遍地在花园和果园里转悠，好像除了机械地走路，别的都不愿去做；而且无论什么时候，她似乎宁可在房子里走来走去，也不愿意老老实实待在客厅里。更大的变化是她越来越无精打采。当她漫步或无所事事的时候，她可能只是在夸张地模仿自己；但是当她沉默且忧伤时，她便和从前判若两人。

  整整两天，莫兰太太对此听之任之，连一句提醒都没有；可是，休息了三个晚上之后，凯瑟琳仍然既不能重拾快乐，更好地做些有用的事，也不能放更多的心思在针线活上，莫兰太太再也忍不住要温和地责备她了："亲爱的凯瑟琳，恐怕你要变成一个贵妇人了。不知道什么时候你才能织完给可怜的理查德的那条围巾，假如他只有你这一个朋友的话。你脑子里想巴斯想得太多了；可凡事都有一定的时间——有舞会和看戏的时间，也有干活儿的时间。你已经玩乐很久了，现在必须努力做点儿有用的事。"

  凯瑟琳马上拿起她手中的活计，口气闷闷不乐地说她并没有想巴斯——没想很多。

  "那你就是在为蒂尔尼将军心烦，你真是太傻了；十有八九你根本不会再见到他了。不应该为这些小事烦恼。"短暂的沉默之后，

"我希望,我的凯瑟琳,你在家情绪不好不是因为这里比不上诺桑觉寺气派。如果是这样,你去那里的拜访可就真的变成了一件坏事。人无论在什么地方总是要知足,特别是在家里,因为人的大部分时间是在家里度过的。早餐的时候,我很不高兴听你一个劲儿地念叨诺桑觉寺的法式面包。"

"我对面包肯定是一点儿都不在意。对我来说吃什么都一样。"

"楼上有一本书里有篇很好的文章,写了很多这方面的事,说年轻女孩子是怎么在那些大人物家里被惯坏的——我记得是叫《镜子》,改天我得把它找出来让你看看,因为我相信它会对你有益。"

凯瑟琳没有再说什么,而且,为了努力表现好一些,埋头做着手里的针线活儿;可是,过了几分钟,她又消沉下去,郁郁寡欢,萎靡不振,而她自己并没意识到,因为不耐烦的躁动,她在椅子上不停地挪动身子,比她手里的针动得还要频繁。莫兰太太眼看着她故态复萌,同时也从女儿脸上恍惚和不满足的神情中找到了充分的证据,她现在把女儿哀怨的心情归结为对快乐的渴望,她匆匆离开房间去拿刚刚提到过的那本书,急于抓紧时间向这可怕的心病发起进攻。她花了些时间才找到她想要的那本书,接着又有些别的家事绊住了她,等她拿着那本寄托了满满希望的书回到楼下,已经过去了一刻钟。她在楼上兼顾其他事情的时候,除了她自己发出的声响,别的都没听见,她不知道就在刚才的几分钟里有一位访客登门,当她走进房间时,第一眼看见的就是一位她从未见过的年轻人。这位年轻人立刻站起身来,态度十分敬重,她的女儿带着窘态介绍他是"亨利·蒂尔尼先生",他怀着真心诚意的难为情,开始为自己出现在这里而道歉,他自知在发生了那种事以后,他没有理由期待在富勒顿会受到欢迎,他表达了想要确认莫兰小姐平安到家的迫切心情,这也是他贸然来访的原因。他的这番自述,面对的不是一位不公正的评判者,也不是一颗怨恨的心。莫兰太太完全没有把他们父亲的过错算在他和他妹妹的头上,她对这两个年轻人一直抱着好感,他的到来让她很高兴，于是她当场就用朴实的表白欢迎了他，慈祥中没有一丝做作。她感谢亨利对自己的女儿如此关心，她让亨利知道在她家里孩子们的朋友总是受欢迎的，并请他不要再提起过去的事了。

对这个要求亨利并没有不顺从的想法，尽管莫兰太太这出乎意料的和善让他的心情放松了许多，但在那一刻他还是没有勇气就自己来访的目的说些什么。所以，他安静地坐回去，有好几分钟一直在非常客气地回应莫兰太太关于天气和旅途的寒暄问候。而此时的凯瑟琳——焦虑、激动、快活、狂热的凯瑟琳——一句话也没说；不过她那红润的面颊和发亮的双眸让她的母亲相信，亨利这次好意的来访至少能让凯瑟琳安心一阵子，于是她把第一卷《镜子》高兴地放在一边，留待后用。

莫兰太太急需莫兰先生帮忙，既是为了鼓动气氛，也是为了能和她的客人有话可说，这位年轻人为父亲而承受的难堪让莫兰太太由衷地感到同情，她早就派了一个孩子去叫莫兰先生；可是莫兰先生没在家——这一下没有任何援手了，过了将近一刻钟莫兰太太就无话可谈了。在几分钟没人开口的静默之后，亨利自从莫兰太太进屋以来第一次转向凯瑟琳，突然轻快地问起，艾伦先生和太太现在是否在富勒顿？在凯瑟琳含含糊糊的回答中，他通过一个短短的音节就听明白了她的意思，马上表达了想去问候他们的愿望，接着，他的脸红了起来，问凯瑟琳能否好心地给他带路。"你从这扇窗户就能看见他们的房子，先生。"萨拉给出了提示，结果这位先生只是躬身表示了谢意，而凯瑟琳的母亲则无声地点了点头；因为莫兰太太觉得，他希望去拜见他们可敬的邻居，其实可能还有另一个想法，他也许要对他父亲的行为做一番解释，对他来说单独和凯瑟琳交流此事肯定更合适一些，所以莫兰太太无论怎样都不会阻拦凯瑟琳陪他同去。他们两人向艾伦家走去，莫兰太太对亨利心里想达到的目的并没有完全猜错。他的确要对父亲的行为做一些解释；不过首要的目的是为他自己解释，在他们走到艾伦先生的院子之前，他已经解释得非常圆满,让凯瑟琳觉得听多少遍也听不厌。她相信亨利的感情,亨利也恳求她以心相许,而她的心,或许——两个人都非常清楚——早已非亨利莫属;因为,虽然亨利现在对她情真意切,虽然他懂得并喜爱凯瑟琳性格中全部的优点,也真心喜欢她的生活圈子,我必须坦白地说,亨利的爱不过是源自感激,而没有其他,或者,换句话说,凯瑟琳对亨利坚定不移的痴情是亨利用心对待她的唯一原因。我承认,这在浪漫故事中是个新状况,对一位女主角的尊严是一种严重的贬损;但假如这也算日常生活中的新鲜事,那么至少只有我一个人有着这种疯狂的想象。

在对艾伦太太短暂的拜访中,亨利随意地聊着天,说着既没意义也没关联的话,而凯瑟琳一心一意地沉浸在自己难以言说的幸福中,几乎没有开过口,她没理会座中人,而是陶醉在她和亨利那一段私密的情话里;她的出神在不得已被打断之前,她还可以估量一下亨利此时向她求婚能得到长辈多少应允的可能。两天前,亨利从伍兹顿返回时,他那焦躁的父亲在修道院附近迎着他,气急败坏地匆忙告诉他莫兰小姐离开的事,并且要求他别再想她了。

这就是亨利所能得到的许可,他就这样向凯瑟琳伸出了他的手。凯瑟琳受宠若惊,听着他的一席话,在许多可怕的想象之中,她不能不为亨利善意的谨慎感到庆幸,在谈起那个关于他父亲的话题之前,亨利先让她充满信心,免得她出于善良之心而拒绝他;当他开始讲述详情,解释他父亲所作所为的目的时,她的情绪迅速高涨,甚至有了一种胜利的喜悦。将军没有任何可以指摘她的地方,没有任何错误应该由她负责,她只不过在无意识中,不知不觉地成了一场骗局的对象,让将军的自尊心无法释怀,其实这种做法会让真正有自尊的人引以为耻。她的过错仅仅是因为她的身家没有将军以为的那样富有。关于她的财富和所有权,将军是被一种错误的劝说引导了,他在巴斯和她殷勤地交往,请求她一同回到诺桑觉寺,盘算着让她做自己的儿媳。当他发现自己弄错了,似乎最好的办法就是把她赶走,虽然他心

她花了些时间才找到她想要的那本书。

里也觉得并没有充分的依据让他讨厌凯瑟琳本人,或是蔑视她的家庭。

最初误导将军的是约翰·索普。那天晚上在剧院,将军发现他的儿子对莫兰小姐相当有意,便偶然向索普问起,他是否知道这位小姐除了名字之外更多的事。索普巴不得能和蒂尔尼将军这样的大人物说上话,于是欣喜而自豪地滔滔不绝;刚好那段时间他不仅每天都盼着詹姆斯和伊莎贝拉能结下婚约,自己也同样拿定了主意要娶凯瑟琳为妻,他的虚荣心促使他在为莫兰家代言的时候,把他们说得比他出于虚荣和贪心而相信的还要富有。不管索普和谁在一起,或可能跟谁有关系,他的自命不凡需要这些人也应该都很了不起,如果他和哪些人的关系变得更加密切,在他口中这些人的财富也会成正比增长。正因如此,对莫兰这位朋友的期望值从刚开始就被估算过高,又伴随着他和伊莎贝拉的相识,逐渐增长;那一刻索普不过是把这份气派说成翻了一倍,把莫兰先生那份肥差的收入在他自以为是而想象出的数目上加倍,把莫兰先生的私有财产翻了两倍,在想象中赐给莫兰先生一位富有的姨妈,掩盖了他半数的子女,这样索普就能在将军面前相当体面地代表莫兰全家了。不过,作为将军特殊的好奇对象,也是他自己的投机目标,对凯瑟琳的情况他还是多保留了些。凯瑟琳的父亲能给她的一万或一万五千英镑,可以算是除了艾伦先生的财产之外很可观的增补。凯瑟琳和艾伦夫妇的亲密程度,使索普当真断定她今后会被慷慨地赠予遗产;随之而来的,自然是在谈起凯瑟琳的时候把她当成几乎公认的富勒顿未来的女继承人。基于这样一些信息,将军才着手推进此事;他从来就没想过要怀疑其可靠性。有索普对这一家人的兴趣,有他妹妹和莫兰家一位成员的关系的发展,还有索普自己对另一位的觊觎(这件事也是他几乎同样毫不掩饰地吹嘘出来的),好像就足以证明索普说的是真话;除此之外,再加上艾伦夫妇富有且膝下无子的不争事实,还有莫兰小姐又备受他们的关照,而且——当将军和他们熟悉起来以后立刻就能断定——

艾伦夫妇对待凯瑟琳有如父母般慈爱。将军很快便有了主张。他已经从儿子的神色中看出他对莫兰小姐的倾心；得到索普先生传递的信息，他几乎当即就决定不惜让索普遭受痛苦，打消他吹嘘的兴致，毁灭他最美的梦想。这一切发生的整个过程中，凯瑟琳本人和将军自己的孩子们一样毫无察觉。亨利和艾丽诺很清楚，凯瑟琳应该没有什么条件会引来他们的父亲格外的看重，可是他们却惊讶地目睹了将军对凯瑟琳的突如其来、持续不断并继续发展的关注；尽管不久之前，随着将军近乎武断地指示儿子尽一切手段去攀附凯瑟琳，这种迹象让亨利意识到他父亲相信这是一桩有利可图的亲事，但直到最终在诺桑觉寺听到将军解释之前，他们完全没想到将军之所以草率行事是因为一场荒谬的盘算。关于这场谬误，将军正是从给他传信的那个人口中得知的，那就是索普本人，将军碰巧又在伦敦遇到他，这一次，索普的心情受到和上次完全相反的影响，他被凯瑟琳的拒绝所刺激，更糟糕的是，最近好不容易促成的莫兰和伊莎贝拉的终身大事却落了空，索普明白他们两人永远地分手了，便一脚踢开这段不再有利可图的友谊，急急忙忙推翻他之前说过的所有关于莫兰家的好话——他坦白自己完完全全弄错了他们的家境和人品，他被那大言不惭的朋友莫兰所误导，以为莫兰的父亲是一个有钱财有名望的人，而在过去两到三个星期里的种种事项证明了他什么也不具备；因为莫兰的父亲急切地主动出面首次提议两家联姻，而他的提婚非常肆无忌惮，他居然——此处由讲述者索普精明地点出了主题——不得不承认自己没有能力给两个年轻人提供像样的资助。他们家实际上是一户贫困的人家；而且人口之多简直空前绝后；他们在乡邻之间完全没有地位，这是他最近通过一个特殊的机会发现的；莫兰家的目标就是过上一种凭他们的财产无法保证的生活方式——企图靠富有的人家来改善自己的生活；他们是急功近利、自我吹嘘、诡计多端的一家人。

吓坏了的将军带着询问的神色提起艾伦家的名字；而关于这家

人索普同样发现自己弄错了。他相信艾伦夫妇和莫兰一家只是比邻而居太久,而且他还知道了将军继承富勒顿地产的那位年轻人是谁。将军不需要了解更多了。除了不生自己的气,天底下所有的人都使他怒火中烧,第二天他就动身返回修道院,接着就发生了后来的那一幕。

关于所有这一切,亨利此时可能对凯瑟琳说清楚多少,有哪些是他从父亲口中得知的,他自己的推测又在哪些地方帮助了他,以及詹姆斯写来的信里还有多少内容他有所保留没有提及,现在就留给我聪慧的读者们去鉴别了。我为着读者方便汇总出的这些内容,也要他们为着我的方便去具体划分。至少,凯瑟琳所听到的部分,足以使她感到不论自己怀疑蒂尔尼将军是谋杀还是囚禁了妻子,几乎都不算是违背了他的人品,或是夸大了他的残忍。

提起和父亲相关的这些事,亨利几乎和他自己第一次听到时一样令人同情。他为这些不得不揭露的狭隘观念而脸红。他和父亲之间在诺桑觉寺的谈话充满敌意。当他听说凯瑟琳遭到了何种对待,当他明白了父亲的想法,又得到命令要默默顺从,亨利的愤恨不平是公然而大胆的。将军习惯了在家中为每件日常事务定下规矩,习惯了他们虽有情绪却不反抗、敢怒而不敢言,因此他决不能容忍儿子与他对立,不能容忍儿子合乎情理、凭良心驱使的对他的沉着反抗。但是,在这件事情上,他的盛怒虽然使人心惊肉跳,却不能使亨利就范,亨利保持着他的决心,坚信它是堂堂正正的。他感到自己和莫兰小姐从道义上和情感上都紧密相连,也相信他被指引着去追求的那颗心是只属于他的,任何缄默顺从中的退缩,任何无理的暴怒中的反对命令,都不能动摇他的忠诚或影响他心中被引燃的决定。

他坚定地拒绝了陪同父亲前往希尔福德郡,这个计划几乎就是在提出遣送凯瑟琳的同时定下来的,他还同样坚定地宣布了要向凯瑟琳求婚的打算。将军大发雷霆,于是他们在可怕的争执中分手。亨利没多逗留就返回了伍兹顿,他需要花上很长时间一个人独处以平复心中的波澜,之后,第二天下午,他就踏上了前往富勒顿的旅途。

第三十一章

　　莫兰先生和太太听到蒂尔尼先生向他们的女儿求婚,并请求他们的允许,有那么几分钟,他们感到相当吃惊,他们脑子里从来没有这个念头,从两个年轻人身上没有察觉到恋情;但是,毕竟没有什么比凯瑟琳受人爱慕更自然的事了,他们很快就明白只需要以志得意满的欢天喜地来看待这件事,而且,仅仅从他们的角度来说,提不出任何反对的理由。亨利风度翩翩、善解人意,这都是他不言而喻的长处;莫兰夫妇从没听到过对他的任何微词,而凭他们的为人也不会去设想有什么微词可言。美好的心愿取代了经验,不需要对他的人品进行鉴定了。"凯瑟琳肯定会是一个无奈的粗枝大叶的年轻主妇。"她的母亲这样预言;但她很快又宽慰说,没有什么是不能练出来的。

　　简而言之,只剩下一个障碍尚需提及,而在这个障碍被解除之前,莫兰夫妇绝对不可能支持这桩婚约。他们脾气温和,但原则性也很强,既然亨利的家长十分明确地禁止他们交往,莫兰夫妇也不会允许自己鼓励此事。将军会不会主动前来请求联姻尚不确定,甚至连他会不会发自内心地同意此事,他们也还没有精准的把握,定不下任何足以夸耀的契约;然而亨利的父亲一定会给出颜面得体的许可,只要有了这个条件——莫兰夫妇凭自己的感觉相信将军不会抗拒太久——他们也会紧跟着欣然赞成。将军的认可就是他们全部的希望。他们不再仅仅是有意,而是更有权查明他的财产。作为将军的儿子,在婚后的安置上,总归可以稳稳地得到一笔非常可观的家产;他现在的收入能够保证独立而舒适的生活,从钱财的角度来说,这桩

他们总会把目光转向别处。

婚事无论如何都是超乎了他们女儿的所求。

两个年轻人对这样的决定并不意外。他们感怀着也悲叹着——但他们不会怨恨；告别时，虽然两个人都几乎感到无望，还是竭力寄希望于将军能有所改变，尽快地改变，让他们再次团聚时能圆满地享受相爱的特权。亨利回到现在仅属于他自己的那个家里，去照料园子里的那些幼苗，为了凯瑟琳而继续不断地做出改善，焦急地盼望着和她共享这一切；而凯瑟琳还在富勒顿掉眼泪。暗中的书信往来是否缓解了无法相见的折磨，我们就别去探究了。莫兰先生和太太就从来没有探究——他们心地太仁厚，不会强求任何承诺；每当凯瑟琳收到来信——信还是相当频繁的，他们总会把目光转向别处。

心乱如麻，这是亨利和凯瑟琳在这段感情历程中必然的命运，对所有关心他们的人来说也是同样，至于最终的结局，恐怕很难在我的读者们心底里延迟下去，他们会通过眼前显而易见被压缩了的章节了解到，我们大家都急于看到幸福圆满的收场。唯一的疑问是，有什么办法能让他们早日完婚，有什么样的机缘能对将军这种脾气的人产生影响？起到主要作用的事件，就是他的女儿嫁给了一个有钱有势的人，这是在夏天的过程中发生的——新添的身份使他骤然间心情大好了一阵子，在艾丽诺争取到他对亨利的原谅之前，他的老脾气一直没犯，他给亨利的应允是"想做傻瓜就随他去吧！"

因为艾丽诺·蒂尔尼的婚事，因为她搬离了诺桑觉寺这个由于亨利的放逐而使人憎恶的家，奔向她自己选择的家和自己选择的那个人，我希望所有这些使将军对艾丽诺所交往的人满意一次。我自己为之感到的快乐是非常真诚的。我不知道还有什么人，凭借毫无矫饰的美德，或在日常的磨难中久经考验，而能比艾丽诺更有资格得到并享受幸福。艾丽诺对这位男士的青睐并不是最近才开始的；长久以来他仅仅是因为身份卑微的压抑才无法向艾丽诺求婚。他出乎意料地获得爵位和财产，彻底解除了他的困境。将军在女儿陪伴他、受他驱使、安心忍耐他的所有时光中，从没有像第一次尊称她为"夫人"的时候一般，对她如许珍爱。艾丽诺的丈夫和她的确非常般配；除了他的贵族地位、他的财富和他的爱之外，说他是人世间最可爱的年轻人也是毫不夸张。更多地去描述他的优点肯定是没有必要了；人世间最可爱的年轻人瞬间就已出现在我们所有人的想象中。因此，关于刚刚提到的这个人物我只需要补充一点——我意识到写作规则不允许引入一个和我所编撰的情节无关的人物——就是这位先生曾在诺桑觉寺客居很久，他粗心的佣人丢下了那沓洗衣账单，将我的女主角卷入了她最惊心动魄的一次历险。

将军刚刚松弛下来，能听得进别人说话了，子爵和子爵夫人就得到授意，凭借对莫兰先生家境的准确了解，为哥哥亨利的事去感化将军。将军这才知道，索普对莫兰家财富第一次的吹嘘所造成的误导，远比不过他后来那一番恶意的颠覆之词；莫兰一家和穷困潦倒这种字眼完全沾不上边，而且凯瑟琳会有三千英镑的嫁妆。这对将军原来的预期是一种非常重要的修正，对他一落千丈的尊严有着极大的缓和效果；而将军私下掌握的情报也绝不是没有作用的，那是他费了不少心思才得到的，他得知富勒顿的地产全部归现任所有者支配，因此对一切贪婪的投机者都是开放的。

基于这些信息，在艾丽诺婚后不久，将军就许可他的儿子回到诺桑觉寺，然后允诺了他的婚事，他用十分谦恭的措辞给莫兰先生写了一纸空洞的表白。他所准许的这件大事很快就实现了，亨利和凯瑟琳结为眷属，钟声敲响，人人喜笑颜开；他们在十二个月之内从初次相见到举办婚礼，照此看来，在因将军的冷酷无情导致的诸多可怕的周折之后，他们并没有受到本质的伤害。两人分别在二十六岁和十八岁就过上了美满幸福的生活，已经相当不错了；另外我自己还要承认，我相信到目前为止，与其说将军无理的阻挠对他们的幸福造成了破坏，也许还不如说这对他们大有益处，促成了他们彼此了解,使他们之间的感情更加强烈。这本书总体的倾向究竟是推崇父母的专横,还是奖赏子女的反抗,我把这个问题留给有心人去参详。

苏 珊 夫 人

萼 别 译

1. 苏珊·弗农夫人致弗农先生

于兰福德　12月

我亲爱的弟弟①：

　　我实难再拒绝上次我们离别时，你邀我到丘吉尔村跟你们共度几周时光的快乐，假如你和弗农太太现在方便接待我，我希望最近几日就可以结识这位我向往已久的妹妹。现在这地方，我亲爱的朋友们总是深情款款，迫使我一拖再拖走不开，但是他们生性热情活跃，社交活动过于频繁，并不适合我眼下的处境和心情；所以，我急不可待地期盼得到允许，加入你那怡人的隐居处所。

　　我一直盼望被介绍给你那帮可爱的小孩子们，非常渴望能够引起他们发自内心的兴趣，这对我很重要，因为很快我就需要鼓起勇气跟自己的女儿分别了。她亲爱的父亲长年病重，妨碍了我给予她足够的关注，尽管良心和责任都要求我那样做。我有太多的理由担心把她托付于之的家庭女教师并不能胜任照管她的职责，所以我决定把她放在城里最好的一所私立学校，我将在去看望你的路上顺便亲自把她送到那里。你瞧，我已经断定不会在丘吉尔村被拒之门外了。实际上，倘若你无法做主接待我，那将是我真正的悲哀。

对你感激不尽的最亲爱的嫂子，
苏珊·弗农

---

①　弗农先生实为苏珊夫人的小叔子。

2. 苏珊·弗农夫人致约翰逊太太

于兰福德

　　你弄错了,我亲爱的艾丽莎,你居然以为我整个冬天都要待在这个地方:你大错特错了,虽然告诉你这一点时我很悲伤,因为我很少比刚刚一晃而过的这三个月更愉快了。但眼下,诸事不顺,这个家庭的女眷联合起来反对我。记得在我初到兰福德时,你就预言过事情会是这种情形;梅因沃林如此讨人喜欢,对此我并非没有暗自担心。我记得在驱车前往他家府邸时我对自己说:"我喜欢这个男人,上天保佑,千万不要降祸于我!"但是,我决定谨慎行事,脑子里要时时想着我才只做了四个月的寡妇,要尽可能保持沉默;而我也一直按这个决心行事,我亲爱的好人,我拒绝了任何人的殷勤,只除了梅因沃林。我避免了一切此类情况下的调情,我对所有借住在这里的人都没正眼瞧一下,只除了詹姆斯·马丁爵士,对他我倾注了些许关注,是为了把他跟梅因沃林小姐分开;但是,如果世人理解我这么做的动机,他们会嘉奖我的做法。我常被称作一个不够仁慈的母亲,但正是出于母爱的神圣冲动,才驱使我为女儿着想而这么做了;如果这个做女儿的并非世上最大的傻瓜,我会为我的努力得到应有的报酬的。

　　詹姆斯爵士对我提出向弗莱德莉卡求婚;但是弗莱德莉卡,生来就是我命里的克星,这件事上专门跟我作对,我想目前还是暂时搁置一下这个计划为好。我曾不止一次后悔我没有干脆自己嫁给他——如果他在一定程度上不那么可鄙地软弱,我一定会的;但是在这方面我承认自己相当罗曼蒂克,仅仅凭财富并不能满足我。所有这一切真令人气恼:詹姆斯爵士走了,玛丽亚发了火,梅因沃林太太打翻了醋坛子;总之,她嫉妒得如此厉害,对我恼羞成怒,当她丧失理智时去求助她的监护人①我都不会惊讶,前提是她有权联系他。但是你丈夫在这一点上堪称我的朋友;他一生中最友善、最可爱的举动就是当她一结婚,就把她永远推出了家门。所以,我要责成你让他保持这股怒气。我们现在乱成了一团,没有哪户人家闹出这么大乱子;这群人全都处于交战状态,梅因沃林几乎不敢跟我说话。是我该离开的时候了;我去意已决,我希望本周内将跟你一起在城里度过舒心的一天。如果我一如既往地不受待见于约翰逊先生,你一定要来威格摩尔街十号找我;不过我希望事情并非如此,因为约翰逊先生,无论有什么缺点,总不失为"可敬"这个伟大的称谓,况且众所周知我还是他妻子的亲密至交,他对我的轻视可有点不近情理了。

  我路过伦敦,是因为要去那个蹩脚的乡下小村子——我真的就要去丘吉尔村了。请原谅,我亲爱的朋友,这是我最后一招了。倘若在英格兰还有另一块地方对我敞开大门,我一定就放弃丘吉尔。我不喜欢查尔斯·弗农,还挺害怕他的妻子。但是,我必须在丘吉尔村住下,直到我找到更好的出路。我的大小姐将陪我一起进城,我好把她带到威格摩尔街交给萨默斯小姐照管,直到她变得更可理喻一些。在那里她可以建立起很好的人际交往,因为那里的女孩子都来自最好的人家。学校的费用很昂贵,我一辈子也承受不起。

  再会,我一到城里就跟你联系。

你永远的,
苏珊·弗农

---

① 即约翰逊先生。

3. 弗农太太致德·库尔西夫人

于丘吉尔村

我亲爱的母亲：

我很抱歉地告诉您，因力不从心，我们不能履行跟您一起过圣诞节的承诺了；这本应是一桩乐事，但突发情况使我们只能失之交臂，且不可能从中得到任何补偿。苏珊夫人给她的小叔写了一封信，宣告她要马上来访；这种拜访很可能只是心血来潮，根本无法推测她要滞留多长时间。我对此事毫无准备，我现在对这位小姐的决定也百思不得其解：兰福德恰好是个在各方面都适合她的地方，无论就其优雅奢华的生活方式，还是她对梅因沃林先生的迷恋；尽管自从她丈夫去世后，我能从她对我们的感情升温中猜想到我们将在接下来的某段时间不得不接纳她，但这样一个突如其来的变动还是让我始料未及。我想，弗农先生在斯塔福德郡时对她是过于好了；而她对他的态度，且不说她的一贯品性，自从我们最初结婚以来就一直如此精明算计、小肚鸡肠，只要不是像他那般温和友善的人都不可能不觉察到这一切；尽管，作为他哥哥的遗孀，生活处于窘迫之下，应该给予她金钱上的援助，但我还是忍不住认为他盛情邀请她来丘吉尔村拜访我们完全是多余之举。但是，他总是一厢情愿地把每一个人都想得最好，她故意倾吐悲痛，表白悔恨，发誓审慎，这些都足以使他心软，使他发自内心地相信起她的真诚；但是，就我自己来说，我还是不信任她，尽管这位小姐现在的口吻信誓旦旦，我还是不能确定我的看法，我需要进一步搞清她到我们这里来的真正用意。你现在能猜到，我亲爱的母亲，我在以什么样的心情等候她的到来。她就要有机会来施展她那远近闻名的种种魅力来博取我的待见了；而我必须努力提防她种种花招的影响，如果其中并无实质内容的话。她表现出意欲结识我的最大热情,又极为亲切地提到我的孩子,但我还没笨到会相信一个对自己的孩子都马马虎虎——如果不是缺乏仁慈——的女人,会真心喜爱上我的哪个孩子。弗农小姐在她的母亲来我们这里之前,将被送往伦敦的一所学校,我很高兴如此,无论是为她着想还是为自己起见。跟她的母亲分开对她有利,一个十六岁的姑娘受了如此糟糕的教育,到了这里恐怕也难以合群。我知道,雷金纳德盼望见到这位迷人的苏珊夫人已经很久了,我们只等着尽快跟他团聚了。我很高兴父亲的状况一直不错;爱你们大家。

凯瑟琳·弗农

4. 德·库尔西先生致弗农太太

于帕克兰兹

亲爱的姐姐:

我恭喜你跟弗农先生就要把全英国最善于卖弄风情的女人迎进家门了。我一直被告知要把她视为出了名的调情高手,但就在最近我恰巧听说了关于她在兰福德的一些行为细节;事实证明,她没有将自己的行为限于多数人喜闻乐见的正派大方的调情,而是一心盼着把别人全家弄得苦不堪言,从而自己获得幸灾乐祸的满足。她对于梅因沃林先生的行为,带给他妻子妒忌的痛苦;她还打起一个年轻人的主意,那位先生本来是爱慕梅因沃林先生的妹妹的,结果她夺走了这个友善姑娘的爱。这些情况我都是从史密斯先生那里知道的,他现在到了我们街区(我跟他在赫斯特和维尔福德一起吃过饭),他刚从兰福德过来,跟她在一起度过两个星期,所以有资格告诉我们这些情况。

她到底是个什么样的女人啊!我真想见见她,所以一定会接受你们好心的邀请的,这样我就能领教那种魔法般的力量了,那魔力如此神通广大,可以在同一时间同一所房子里俘获两个男人,而他们俩都并非自由身,可以为某人一见倾心、神魂颠倒——而这一切并非出于青春的魅力!我很高兴得知弗农小姐不会陪同她母亲同来丘吉尔村,因为她在个人风度上乏善可陈;而且据史密斯先生所说,她既迟钝又骄傲。骄傲和愚蠢一旦合到一起,无论怎样装腔作势都于事无补,弗农小姐只会遭受无情的蔑视;但是不管怎样我可以得出结论,苏珊夫人具有一定程度的迷人骗术,对此无论旁观还是探察都一定非常有趣。我很快就可以跟你们在一起了。

永远爱你的弟弟,
R. 德·库尔西

5. 苏珊·弗农夫人致约翰逊太太

于丘吉尔村

我亲爱的艾丽莎,就在要离开城里之前,我收到了你的便笺,很高兴约翰逊先生对于前一天你的约会没起疑心。无疑把他完全骗过去才是上策,既然他如此顽固,必须对他采用诡计。我平安到达了这里,弗农先生对我的款待是无可挑剔的;但是我得承认我对他妻子的表现并不同样满意。我承认她有着无可挑剔的教养,不乏一个时髦女人的风韵,但是凭我的口味她的风度还并不能真的把我打动。我想让她对我一见倾心。见面时我尽量表现得友善,但我是徒劳的。她不喜欢我。只要想想我确实曾经煞费苦心阻止我的小叔迎娶她,这种冷淡就不足为奇了;然而很显然,为一件六年前我影响过的事而斤斤计较是气量狭小的,更何况我的影响并没有成功。我有时不由得后悔在我们被迫出售弗农城堡时,没有让查尔斯买下来;但是当时境遇难堪,尤其因为拍卖就在他结婚时进行;每一个人都该体谅那种微妙的感情,我丈夫的威望万不可因他弟弟对家族地产的占有而降

低。要是事情安排得当,让我们避免离开城堡,我们还能跟查尔斯住在一起并使他一直单身,我就绝没必要劝说我丈夫把它转让给外人了;但查尔斯正在跟德·库尔西小姐结婚的当口,这使我的做法合情合理。现在这里有不少孩子,我从他购买弗农城堡当中又能获得什么好处呢?我对此的拒绝可能会给他的妻子留下不好的印象,但是如果前提就是不喜欢的,理由从来都不缺乏。在钱的方面,他倒没有受到牵制,这对我是有利的。我真的对他还怀有一份敬意,他是那样容易被别人说动!

这所房子很不错,家具时尚,每件物品都露出富有和优雅。我猜想查尔斯一定很有钱:一个人一旦投身银行业,那他就是在钱堆里打滚了;但是他们并不懂得怎样处置这些钱,几乎不交什么朋友,除了出差也从来不去伦敦。我们将过得要多乏味就有多乏味。我打算通过我妯娌的孩子们去赢得她的芳心;我已经叫得出所有孩子的名字,尤其要对其中的一个特别上心,小弗雷德里克,我把他放在我的膝盖上,为他亲爱的伯父的离去而叹气。

可怜的梅因沃林!我不必告诉你我多么想念他,他是怎样永远存留在我的脑海里。我刚到达这里时,接到了一封他写来的心情低落的信,上面充满了对他妻子和妹妹的抱怨,以及对他残酷命运的哀叹。我对弗农夫妇说这是他太太的来信,就此岔开了话题,而我给他写信时必须以你做掩护。

你永远的,
苏·弗农

6.弗农太太致德·库尔西先生

于丘吉尔村

哦,我亲爱的雷金纳德,我已经见到了这个危险人物,我该给你描述描述她，尽管我希望你很快就能做出你自己的判断。她真的极其漂亮；无论你怎样质疑一个不再年轻的女人的吸引力，我都应该，从我的角度而言，宣称我很少见过像苏珊夫人这样可爱的女人。她优雅动人，长着美丽的灰色眼睛和黑色睫毛；从外表看人们不会猜测她超过二十五岁，尽管实际上她足足要再年长十岁。尽管一直耳闻她的艳名，我倒并没有打算钦羡她；但我还是不禁觉得她拥有一种匀称、光彩与优雅的不寻常的结合。她对我讲话非常温和大方，甚至挺亲热，我们以前从未谋面，要不是我知道她曾经多么不愿让我嫁给弗农先生，我一定会把她当成一位可以依恋的朋友了。我相信，人人都有一种倾向，认为生性放荡的人必定举止轻浮，头脑野蛮的人必定语言粗鲁；至少我本来是准备见证苏珊夫人做些很不得体的举动的。但是她的面容甜蜜至极，声音和举止都温柔可人。我对此情景实感遗憾，因为这不是欺骗又是什么呢？不巧的是，我早看透了她。她确实聪明又讨人喜欢，完全懂得如何使跟她谈话的人感到惬意；她能说会道，对语言运用自如，只不过我觉得她太乐于运用这种技巧把黑的说成白的。她几乎已经叫我相信，她为自己的女儿呕心沥血，尽管长期以来我一直怀着相反看法。她如此爱惜而忧虑地谈起她，对于自己疏忽了对她的管教而痛彻肺腑，然她又将此描绘为无论如何都不可能避免的；我不得不回想起这位夫人在城里怎样花钱如流水，而她的女儿却被留在斯塔福德郡交给仆人照管，或是个强不到哪去的家庭女教师，才没有让自己相信她所说的话。

如果她的举止对我这颗本来就厌恶她的心都能产生巨大影响，你便可以推断出这对慷慨大度的弗农先生是多么更富作用力了。我倒希望我像他一样容易糊弄，像他一样相信她离开兰福德到丘吉尔村来是出于自愿；如果她不是在那儿足足逗留了三个月才发现她的朋友们的生活方式不适合她的境况和感受，我倒可能相信她，以为失去像弗农先生这样一位生前她确曾深爱过的丈夫，可能会使她想要离开社交圈子，隐退一阵子。但是我没法忘记她拜访梅因沃林家的时间有多久,而且当我仔细去想她跟他们在一起时所过的日子与她现在必须遵从的生活方式有多么不同,我就只能推测,她希望通过符合礼节的行为举止重建声誉,尽管这已为时过晚;这使她从一个实际上她乐不思蜀的家庭中退了出来。但是你的朋友史密斯先生讲的故事不见得完全属实,因为她经常跟梅因沃林太太通信。无论如何,那故事肯定夸大其词了。不可能两个男人同时那么快地上了她邪恶的圈套。

你的,

凯瑟琳·弗农

7.苏珊·弗农夫人致约翰逊太太

于丘吉尔村

我亲爱的艾丽莎,承蒙你好心留意弗莱德莉卡,我对你此种友情深表感激;但是就因为我对你的深情毫不怀疑,我绝不能强求你做此牺牲。她是个蠢丫头,根本无可圈点之处。所以,出于我的考虑,我不会耽误你哪怕一刻的宝贵时间去把她召唤到爱德华街,尤其每一次拜访都意味着要漏掉一大堆受教育上的事,而在她待在萨默斯小姐那里的阶段我真希望时间能全用到那上面。我要求她在吹拉弹唱上能富有一定的品位,建立起充足的自信,因为她有着跟我一样的纤手玉臂以及尚可差强人意的嗓子。我未成年时过于任性,从未用心学过任何东西,以至于对现在打造一个风月佳人所必需的种种技艺都毫无造诣。并不是说我要倡导那种正盛行的精通一切语言、艺术以及各门学问的时髦风头。让一个主妇精通法语、意大利语和德语纯属浪费时间;音乐、唱歌和绘画等等,可以使一个女人获得一些掌声,但不会给她仪态万方的名单上再多增加一个情人,毕竟,那才是最重要的。所以,我并不是说弗莱德莉卡的才学应该更浅薄,我倒很庆幸她不会在学校待得太久以达到能够透彻地理解事物。我希望看到她不出十二个月就能成为詹姆斯爵士的妻子。你知道我把希望寄托在什么上了,那确实是一个好理由,因为以弗莱德莉卡的年龄还待在学校里一定是一件丢脸的事。顺便提一句,考虑到这些情况,你最好不要再邀请她了,因为我希望她会感到她的处境要多难以忍受就有多难以忍受。我对詹姆斯爵士有把握,找个理由就能让他再度求婚。我要烦劳你到城里来的时候劝阻他在这期间别再拈花惹草。时不时请他去你处所坐一坐,跟他谈谈弗莱德莉卡,这样他就不会忘掉她了。

总而言之,在这件事上我极其推崇我自己的行为,把这看成一桩乐事,既不乏谨慎也不缺柔情。对这样门第高贵的求婚,一些做母亲的会坚决要求女儿从一开始就接受提议,但是我自己不能强迫弗莱德莉卡接受一桩她发自内心厌恶的婚事,相反,我采取的办法是故施严厉,只为让她自己做出选择,让她过得一点不舒服直到最后接受他——关于这死丫头说这么多就够了。

你可能想不到我是怎么在这里想办法打发时间的,头一个星期真是百无聊赖,度日如年。但是,现在,情况开始好转,我们的圈子增加进了弗农太太的弟弟,一个英俊的小伙子,他答应陪我解闷。有一些关于他的事,叫我很感兴趣,那种倨傲,加上无拘无束的随便,以后我要教训他改正。他充满活力,似乎也聪明,等到我激发起他对我更大的尊敬,超过对他姐姐的仁厚作风给他根植的影响,他就可以成为一个令人愉快的调情高手了。征服一颗傲慢的心灵,让一个顽固的人不再自以为是,那真让人感到其乐无穷啊。我已经以我的沉默镇定叫他仓皇失措了,我还要争取驯服这帮傲慢自大的德·库尔西家的人,叫他们姿态降得更低,直到让弗农太太明白她出于手足的告诫叮嘱完全是徒劳,并让雷金纳德相信她只是在恶意地中伤我。这一计划的实施至少可以让我开心,能防止我因跟你和所有那些我爱的人不幸分离而陷入痛苦。再叙。

你永远的，
苏·弗农

8.弗农太太致德·库尔西夫人

于丘吉尔村

我亲爱的母亲：

你千万别指望雷金纳德过几时就回家了。他巴望由我来告诉你眼下天气转暖，户外放晴，正适宜出门，这诱使他答应了弗农夫人让他延长在苏赛克斯逗留的邀请，这样他们就可以一起狩猎了。他打算立刻把他的马匹弄过来，所以您什么时候才能在肯特郡看见他是不好说的。我不想在您面前掩饰我对这一变化的心情，我亲爱的母亲，但是我认为你最好不要把他们的事儿告诉父亲，他本来就对雷金纳德过分担心，这件事会叫他陷入惊恐不安，从而严重影响到他的健康和心情。苏珊夫人一定故技重施，要在这两个星期当中让我的弟弟爱上她。总之，我深信他超出原定回家时间继续耽留这里，其原因是对她着魔的程度不亚于跟弗农先生一起打猎的愿望，当然我也就不能从他漫长的拜访中得到兄弟陪伴本该带来的快乐了。实际上，我被这个无原则的女人的诡计给激怒了；还有什么证据可以比雷金纳德对她所抱的荒谬看法，更能有力地证明这个女人的危险性的？他本来一进这个家门的时候是断然反对她的！他在寄来的最后一封信中明明通过几件事向我描绘过她在兰福德的所作所为，这些事是听一位对她很了解的绅士讲述的，如果此言属实，无疑应激起听者对她的憎恶，而雷金纳德也完全愿意相信。他对于她的看法，我敢肯定，跟任何一个英国妇女对她的看法一样糟：他刚来的时候，很明显把她当作一个既无须体贴亦无须尊重之辈；当时在他看来，她对任何愿意跟她调情的男人投射来的关注都会感到愉悦。

然而她的行为,我承认,已经排除了这种看法;我没法察觉出她待人接物有一丁点不妥——没有丝毫虚荣、造作、轻浮。并且,依据她浑身上下的魅力,如果雷金纳德对这个人的从前全不了解,我丝毫不奇怪他对她抱有好感。但是我眼睁睁看他如此显然地违反理智、违反证据地为她着迷,着实感到吃惊。他的仰慕起初虽然也强烈,但尚未超出自然的限度,她既然是如此温柔甜美,我并不奇怪他为之所动;但是最近他提到她时,溢美之词渐趋离谱。昨天他还说,凭借如此漂亮和才干,无论她打动一个男人的心到何程度他都不奇怪;当我怨叹她那乖劣的性格来回敬他时,他却提出见解,认为无论她有何缺点,那都是她受教育贫乏和早婚造成的,总之无论如何她是一个了不起的女人。

他这样因为热烈的爱慕而为她的种种行径找借口,或故意视而不见,真叫我懊恼;如果不是我知道雷金纳德在丘吉尔村已经乐不思蜀起来,即使未受邀请也定会延长驻留时间,我会后悔弗农先生劝留他的。

苏珊夫人行为的动机当然不外乎卖弄风情,或者一种获得众人青睐的欲望——我无论如何也看不出她有什么更过分的念头;但是看到一个像雷金纳德这样的年轻人完全被她欺骗了感情,我真感到屈辱。

凯瑟琳·弗农

9.约翰逊太太致苏·弗农夫人

于爱德华街

我最亲爱的朋友,祝贺你迎来了德·库尔西,我无论如何劝你一定要嫁给他;我们都清楚,他父亲的财产相当可观,我相信这些肯定是要继承的。雷金纳德爵士身体非常衰弱,不太可能挡住你的路太久。我听说这个年轻人口碑很好;尽管没有一个人能真的配得上你,我最亲爱的苏珊,德·库尔西先生可能还是一个值得的人选。当然梅因沃林要暴跳如雷了,但你很轻易就能安抚住他;并且,即使按最谨小慎微维护名誉的做法,也不能要求你一直干等着这位阁下获得自由。我已经见到了詹姆斯爵士,上个星期他来城里住了几天,拜访过爱德华街几次。我跟他谈起你和你的女儿,他远未忘记你,我肯定无论娶你们母女当中的谁,他都会很高兴。我给了他弗莱德莉卡的态度将会软化的希望,并告诉他她已经大有长进。我为他向玛利亚·梅因沃林求爱训斥了他,他辩解说他只是在开玩笑,我们因为她必将失望而痛快地大笑起来;简言之,谈话很投机。他还跟以前一样傻。

你忠实的,
艾丽莎

10. 苏珊·弗农夫人致约翰逊太太

于丘吉尔村

我非常感激你,亲爱的朋友,向我提出关于德·库尔西的建议,我知道你完全确信这一举动再明智不过,然而我还不能当即决断付诸行动。我不能在如结婚这样严肃的事情上草率地做决定;尤其是我目前还不缺钱用,而且很有可能,在那位老绅士死之前我都很难从这桩结合中捞到什么好处。确实,我胸有成竹,相信事情在我掌控之内。我已经叫他完全领教了我的魔力,现在可以享受征服的快乐了,我征服了一颗原本打定主意不喜欢我的心、一个对我的过去完全怀有偏见的人。我希望,他的姐姐也该服气了,认识到任何试图刻薄狭隘地评价别人,从而造成不利影响的打算,在这个人本人展示出其具有何等智慧和风采后,都会变成徒劳。我清楚地看到,她对于我在她弟弟心目中越来越获好评而感到不安,并且我肯定,她对我施加的阻挠是不遗余力的;但现在他已经怀疑起她对于我的看法有失公正,我想我便可以对抗她了。

对于我,发现他日复一日越来越亲密,是令人愉快的,尤其愉快的是观察到他因我举止的冷漠克制而改变了态度,我震住了他那近乎自来熟的无礼之举。从一开始我的行为就一直是有戒备的,在我的整个人生中,从未比这次更举止检点、更少卖弄风情过,但可能我的支配欲也从未如此坚决过。我时而多愁善感,时而严肃恳谈,已经完全制服了他,我敢说我至少已经叫他有一半爱上我了,而且我完全不需要进行那种司空见惯的逢场作戏。要是弗农太太能意识到,以我的威力完全可以对她的诬陷施以种种报复,她就更该觉察到,驱使我行为的,仅仅是温文尔雅、坦率谦逊的天性。不过,随她怎样想、怎样做吧。我还没有发现一位姐姐的忠告能够阻止一个年轻人按照自己的意愿坠入情网。我们俩已经在朝着某种相互信任的方向发展,简言之,我们希望结成一种柏拉图式的友谊。在我这一方,你可以确定根本不会再进一步了,就算我不是对另一个人如此死心塌地,我也会特别注意,绝不把我的感情投注给一个胆敢曾经如此蔑视我的男人。

雷金纳德有一副好长相,你听到的关于他的溢美之词也非浪得虚名,但是比起我们在兰福德的朋友仍逊色太多。他没有梅因沃林优雅、会哄人,相比而言也缺乏一种能力:那就是用言语把人哄得开心,好像周围都更觉可爱似的。但是,他倒是令人愉快的,可以给我解闷,使时间非常容易打发,叫人过得快活,否则这些光阴就要花在拼力对付我那妯娌的沉闷上了,还要听她丈夫的无趣的谈话。你对詹姆斯爵士的陈述真让我满意,我打算很快就把我的意图暗示给弗莱德莉卡小姐。

你的朋友,
苏·弗农

11. 弗农太太致德·库尔西夫人

于丘吉尔村

最亲爱的母亲,对雷金纳德我真的越来越不放心了,因为我眼看着苏珊夫人对他的影响增强得太快。他们现在成了最要好的朋友,经常在一起没完没了地卿卿我我;她巧言谄媚,卖弄风骚,以达到征服他的目的。我不可能眼看他们这么快建立起亲密关系而不有所警觉,但我目前仍不能推断苏珊夫人的计划在于最后达到结婚的目的。我希望您不惜使用任何借口再次催雷金纳德回家;他根本不愿意离开我们,我已经多次委婉提醒他父亲的身体正岌岌可危,当然,这是在家中需要保持的礼节的限度内。那女人对他的影响力现在一定是束缚不住的了,她已经完全推翻了他先前对她的坏印象,不仅说服他忘记了她有过的行径,而且还使他为她辩护起来。史密斯先生在兰福德讲述过她的所作所为,指责她使得梅因沃林先生和一个跟梅因沃林小姐订了婚的年轻人,都意乱情迷地堕入她的情网;对于这一说法,雷金纳德刚来到这里时曾深信不疑,可他现在已经被说服,认为史密斯先生的话只是捏造出来的诽谤。他还激动地告诉了我他的转变,对他起初抱另一看法感到悔恨。

我真后悔让她迈进这个家门!我一直预料到她来要带来麻烦;但是我远没想到要为雷金纳德担心。我预想到自己可能摊上一个最不友好的伙伴,但一点都没想到我的弟弟会有被诱惑的危险,这个女人的为人他本来很清楚,对于她的品性他发自内心地蔑视。如果您能让他离开这里,那可太好了。

您的女儿,
凯瑟琳·弗农

12.雷金纳德·德·库尔西爵士给儿子的信

于帕克兰兹

我知道年轻人在恋爱的事情上,通常即使对最亲近的人也拒不容许任何盘问,但我希望,我亲爱的雷金纳德,你应该超越这一点,不要让一位做父亲的牵肠挂肚,对其焦虑置若罔闻,认为有权利拒绝信任他并忽略他的劝告。你应该明白,作为一个古老家族的唯一的儿子以及代表者,你生活中的一举一动都与那些和你亲近的人休戚相关;尤其是婚姻大事这一点,事关重大到会影响方方面面——你自己的幸福、你双亲的幸福,以及家族的名誉和信誉。我并不认为,你会故意瞒着你母亲跟我本人而建立起那样一种特别的关系,至少,你该说服我们赞同你的选择。可我仍忍不住担心,那个最近一直纠缠你的女人,会引诱你跟她结婚;而你的全部家人,无论亲疏远近,必然都强烈反对这门亲事。

苏珊夫人的年龄本身就是一个实际的障碍,但更为严重的是她人品的欠缺,相比之下年岁相差十二岁的悬殊简直是小问题了。要不是你已被一种魔力遮住了双眼,我在此重复她那众所周知的不端行为可真显得好笑了。她忘记自己刚去世的丈夫,煽动挑逗其他男人,她奢侈浪费、放荡无度,她的种种行径如此骇人听闻,以至于弄得当时没有人能装作视而不见,到现在也没人能忘掉。查尔斯·弗农先生一直对我们家轻描淡写地描述她的行为,然而尽管他大度地竭力替她说话,我们却知道她曾出于最自私的动机千方百计地想阻挠他跟凯瑟琳成婚。

我的年岁和每况愈下的身体都叫我极其盼望看到你成家立业、安顿下来。对你未来妻子的嫁妆财产,我自己资产丰厚所以并不关心,但是她的家庭和人品必须都是无懈可击的。若你的选择已经确定无疑、无可挽回,那么我可以承诺立刻就同意你的选择;然而我有责任,去阻止一桩只凭老谋深算的手腕促成,而最终必将一败涂地的结合。

有可能她的行为只出于爱慕虚荣,或者想获得一个她认为必然对她格外轻视的男人的钦佩;但很有可能她要瞄准进一步的目标。她没什么钱,自然要寻求一桩她有利可图的姻缘;你知道你自己的权利,我是无法阻止你继承家族财产的。并且,要我在有生之年使你陷入忧虑痛苦,将其作为一种复仇,这是我在任何情况下都不齿去做的。我老老实实地告诉你我的心情和打算吧:我并不想让你害怕我,但要唤醒你的理智和感情。倘若得知你娶了苏珊夫人,我的人生将充满痛苦——这将摧毁我心中一直以来的那个具有正直和尊严的儿子;我将羞于再见到他,听到他的消息,乃至想起他。

也许写这封信除了减轻我的头痛,我说了这么多根本没用,但是我有责任告诉你,你对于苏珊夫人的迷恋在你的朋友们那里已经不是秘密,我要警告你远离她。我很愿意听一听你不再相信史密斯先生的情报的理由,因为一个月前你还对其真实性确信不疑。

如果你能向我确保,你只是暂时享受跟一位聪明的女人来往,只是产生了对她的美貌和才干的崇拜,此外根本没有进一步的打算,绝不会因其魅力而对她的缺点视而不见,你就能让我重回幸福;但是,如果你不能做到这一点,至少要对我解释清楚,是什么使得你对她的看法发生了如此大的转变。

你的父亲,
雷金纳德·德·库尔西

13. 德·库尔西夫人致弗农太太

于帕克兰兹

我亲爱的凯瑟琳：

上次收到你的来信时，我不幸正待在屋子里养病。因为患了感冒，我的眼睛难受得看不了信，于是我只好接受你爸爸为我读信的建议，而他就这样完全知道了你对你弟弟的担心，这真令我苦恼。我打算等眼睛一恢复就亲自给雷金纳德写信，竭力说明像他这样前途无量的年轻人，跟苏珊夫人这样一个狡猾的女人建立亲密关系是危险的。而且，我还打算提醒他，我们现在非常孤单，非常需要他在这些漫长的冬季夜晚能使我们打起精神来。这样做起不起作用，现在无从确定，但最叫我烦心的是，雷金纳德爵士已经知道了一件我们可以预见会引他不舒心的事情。他一读这封信就完全领会了你在担心什么，我肯定他从那一刻起直到现在都没有放下这件事。他给雷金纳德写了一封长信，让送信来的同一位邮差寄出，信上谈的都是这件事，尤其要求他解释他从苏珊夫人那里听到了什么，让他不再相信最近那些令人震惊的传闻。他的回信今天早上到了，我会给你装在这个信封里，因为我猜你会想要看一看。我希望这封信能更叫人满意，但里面尽是把苏珊夫人往好处想而写的话，所以他关于结婚之事的保证并不能叫我真的放心。但我已经费尽口舌让你的父亲满意，自从雷金纳德的信到达以后他的确减轻了不安。我的宝贝，凯瑟琳，这真叫人气恼，你家里这位不速之客不仅阻止了我们的圣诞节聚会，还引起了这么多苦恼和麻烦！替我亲亲可爱的孩子们。

深爱你的母亲，

C.德·库尔西

14.德·库尔西先生致雷金纳德爵士

于丘吉尔村

我亲爱的爵士：

　　我刚刚收到您的来信，这封信叫我前所未有地震惊。我想我得感谢我的姐姐，她以这样的观点描述我，让我在您心中的印象受损，并叫您如此惊慌。我不知道为什么她要对一件我敢肯定除她自己以外没有人会当真的事情捕风捉影，让她自己跟家人都心惊肉跳。把这样一个意图强加在苏珊夫人的头上，会令凯瑟琳所自称的卓尔不群的理解力大打折扣的，这一优点本来连她最棘手的敌人也从未否认过；并且，如果我对苏珊夫人的举止引起了与婚姻有关的怀疑，这也必定要降低我在常识理性上的自负。我们俩在年龄上的差距无疑是个不可克服的阻碍，我恳求你，我亲爱的父亲，让心情平静下来，不要再猜忌不休了，这样不仅会扰乱您的平静，更会危害到我们之间的信任。

　　我还跟苏珊夫人待在一起，无非是要享受一下跟一位才智过人的女士谈话的短暂乐趣（正如您所说的那样）。如果弗农太太能明白，我在较长的逗留期间对她和她的丈夫都深怀亲切，她该对我们都更公正一些；但是我的姐姐实在对苏珊夫人意见太大、偏见太深。她对丈夫的爱本来使得他们俩人都令人钦羡，但她却出于这种爱而不能原谅当初对他们的结合曾有过阻挠的人，她把苏珊夫人这一举动的动机归于自私；但是在这件事以及其他很多事情上，世人都对这位夫人并不明确的意图进行了最坏的猜测，从而极大地伤害了她。苏珊夫人因为听到了一些关于我姐姐家世的不利的传闻，使她相信她一直非常牵挂的弗农先生的幸福会被这个婚姻完全毁掉。这样一来，苏珊夫人当时真正的动机就可以解释清楚了,这不但可以消除对她所有那些不实的指责,也让我明白通常的流言蜚语是多么不足为信;即使再正直的人,也难以逃脱恶意的中伤。如果像我姐姐这样,大门不出二门不迈,绝少有机会为非作歹的人,尚且难逃其咎,我们就不该轻率地责备世上那些被指控做了错事的人,他们被各种诱惑包围着,而且众所周知人本来就有犯错的能力。

我狠狠自责了一番,我竟如此轻信了查尔斯·史密斯编造的不利于苏珊夫人的谣言,现在我才明白他们对她的诽谤中伤是那么过分。关于梅因沃林太太的嫉妒,完全是他自己的捏造,而他所讲的她对梅因沃林小姐恋人的勾引,也几乎没有进一步的根据。詹姆斯·马丁爵士受到一位年轻女士的引诱,所以对她投以关注;因为他是个有钱人,她谈婚论嫁的目的很容易看出。谁都知道,梅因沃林小姐处心积虑想抓住一个丈夫,所以没有人会同情她因另一个更有吸引力的女人的出现,而失去毁掉一个杰出男人的机会。苏珊夫人远无意于这种征服,她一发现梅因沃林小姐对于爱人的背叛是多么怨恨,就不顾梅因沃林先生和梅因沃林夫人最恳切的再三挽留,当机立断地离开了这户人家。我有理由想象她的确得到了詹姆斯爵士的郑重求婚,但是她一发现他的爱慕之情就立刻离开了兰福德,所以我认为,以平常的公正眼光看来,她本来是绝没有这种算计的。我肯定,亲爱的爵士,你也会觉察到事情的真相,并因此对一个备受伤害的女人的人品做出公正的对待。

我相信苏珊夫人此次来丘吉尔村只是出于最可敬和友好的目的;她的审慎矜持堪称表率,她充分地回应了弗农先生的热情招待;她希望得到我姐姐的认可,为此做的努力实应获得比现在更好的回报。作为母亲她完美无缺:她对孩子有着牢不可破的爱,她将女儿托付给能接受良好教育的地方,便证明了这一点;但只因为她并无大多数母亲常见的盲目和软弱,结果就被指责缺乏母爱。然而,每一个足够理智的人都将知道该怎样评价她的母爱,赞同她为后代做出的正确选择,将会跟我一样,希望弗莱德莉卡·弗农的表现能显得更加配得上她母亲温柔的关怀。

亲爱的父亲,我现在已经写出了我对苏珊夫人的真实感情,您从这封信可以看出我多么崇拜她的才能,尊重她的人品;但如果您对我郑重其事的保证不给予同样的信任,依旧无中生有地担惊受怕,那您将深深地伤害和侮辱我。

谨此,
R.德·库尔西

15. 弗农太太致德·库尔西夫人

于丘吉尔村

我亲爱的母亲:

我把雷金纳德的信返还给你,我真高兴父亲看了这封信便能放心了:请转告他我的心情,恭喜他恢复心情;但只在我跟您之间,我必须坦言我只能放心弟弟眼下没有跟苏珊夫人结婚的打算,这并不等于三个月以后他没有做此打算的危险。他对她在兰福德的表现做出了一番振振有词的解释,我希望他说的是真,但他的看法一定来自她本人,因此我对此并不能全盘接受;反而,看到他们两个已经可以讨论这一话题,其中体现出的亲昵关系让我痛心。

我很抱歉招致了他的不快,但见他如此热衷于为苏珊夫人打抱不平也就不能有更好的指望了。他确实在激烈地反对我,但我希望我没有轻率地评判她。可怜的女人!尽管我有足够的理由不喜欢她,我现在还是忍不住要同情她,因为她正处于真正的烦恼之中,并且事情颇为棘手。她今早从看管她女儿的那位女士那里收到一封信,请求把弗农小姐立即带走,因为有人发现她要试图逃走。至于她为什么要逃,要逃到哪,尚不得而知。可她所处的环境明明显得那样无懈可击,她的逃走无疑是叫人难过的,苏珊夫人对此极其烦恼。

弗莱德莉卡都已经十六岁了,应该更懂事才对;但根据她母亲透露的情况,我担心她是一个乖张逆反的姑娘。不过,她的母亲也该记得,自己曾如何对她疏于照管。

苏珊夫人做出决定后,弗农先生就立即动身去了伦敦。如有可能,他将说服萨默斯小姐让弗莱德莉卡继续待在那里;如果他做不到,就先把她带回丘吉尔村,直到对她做出另外的安置。这位贵妇人此刻正跟雷金纳德沿灌木丛散步以寻求安慰,我猜想她在这个伤心的时刻,正唤起他全部的柔情。

她关于此事已经跟我谈了很多很多,她颇为能言善辩——我担心这样讲还不够,或许我应该说,她太过口若悬河,以至于并不能真的打动别人;但我还是别挑她的错了:她可能要成为雷金纳德的妻子了!但愿老天有眼!但为什么我该比其他人都更早看透呢?弗农先生宣称,他从未见过比她收到那封信时更深的痛苦了;难道他的判断力还不如我?

她非常不愿意弗莱德莉卡获准来丘吉尔村,这倒足够公正,因为这似乎在奖励本该受到惩罚的行为;但没法把她带到其他地方去,并且她不会在这里待太久。"我们有绝对的必要,"她说,"我亲爱的妹妹,你该明白,因为你十分理智,当我女儿在这里时,我们一定要对她严格以待;这种坚持需要狠心,但我会竭力配合的。我害怕我平时总是太宽容了,但我可怜的弗莱德莉卡的脾气根本忍受不了一点反对:因此你必须支持和鼓励我;如果你看到我太仁慈,你必须警醒我该进行必要的责备。"

所有这些听起来都挺合情合理。雷金纳德对这个可怜的蠢丫头大动肝火起来。诚然,他对苏珊夫人的女儿如此反感,于她是脸上无光的,因为他关于她的看法无疑来自这位母亲的描述。

好了,无论他的命运将如何,我们都因已尽最大努力拯救他而得到一些安慰。我们必须把这件事交付给更高的力量了。

永远爱你，
女儿凯瑟琳·弗农

16. 苏珊夫人致约翰逊太太

于丘吉尔村

  我最亲爱的艾丽莎，我这辈子从没受过像今晨萨默斯小姐给我的来信这样大的刺激。我那个讨厌的丫头竟然企图逃跑。我以前还没有注意到她原来是个小魔头，她似乎继承了弗农家族全部的温顺，但她一收到我的信，看到我关于詹姆斯的打算，居然就试图逃跑了；如果不是因为这个原因，我真不能解释她为何这么做了。我猜，她打算去斯塔福德郡找克拉克一家，因为她除此之外不认识其他人了。但她会受到惩罚的，她必将嫁给他。我已经派遣查尔斯进城去尽量处理好这件事了，无论如何我不想让她到这里来。如果萨默斯小姐不把她留下，你一定要替我另找一所学校，除非我们可以让她立刻结婚。按萨小姐在信中的语气，她无法叫这位小女士对自己的出格行为给出任何理由，这使我确信了我上面的解释。我认为，弗莱德莉卡过于羞涩，过于畏惧我，所以不敢说出实情，但如果她的叔叔能凭借温和的态度从她那里套出些什么说辞，我也不担心。我相信我可以把我的故事编造得跟她的一样完美。如果我还有什么可自负的，那就是我的三寸不烂之舌了。能说会道、巧舌如簧必然引来别人的关注和重视，这就跟凭借美貌引发爱慕是一个道理，而现在我正好有充分机会大显身手，因为我人生的主要时光都用在谈话上了。

  雷金纳德总觉得不自在，除了跟我单独在一起时。天气允许时，我们俩会一起在灌木丛散步几个小时。整体来说我对他非常喜欢，他很聪明，总有说不完的话，但他有时会显得有些无礼和烦人。他身上有一种可笑的细致,那就是他听说过关于我的一切非议之词,都一定要刨根问底、听我的解释,不到他认为自己弄清了事情的来龙去脉他决不罢休。这是一种爱,但我承认对我不见得适用。我更倾向于梅因沃林的温柔,对其豁达潇洒无限欣赏,他对我的优秀深信不疑,由衷青睐,无论我做什么他都认为是对的;对那些总是对感情的合理性究根问底的人,对那种总是要好奇和怀疑的癖好,我是带有一定的蔑视的。无疑,梅因沃林是超过雷金纳德的——每一个方面都比他强,只是没有接近我的力量!可怜的家伙!他被嫉妒心弄得心烦意乱,对此我并无歉意,因为我知道对于爱情来说没有比这更好的说明了。他一直在纠缠我,要求允许他到这个村来,隐姓埋名在这附近的某个地方租间房子;但我禁止这样的事情发生。那些把妇道和公众舆论抛到脑后的女人是不可原谅的。

你永远的,
苏·弗农

17. 弗农太太致德·库尔西夫人

于丘吉尔村

我亲爱的母亲:

弗农先生在星期四晚上回到家了,把他的侄女也带了回来。苏珊夫人从当天的邮差那里接到他一封短信,告诉她萨默斯小姐坚决拒绝弗农小姐继续留在学校里;于是我们就为她的到来做了准备,整个晚上都在焦急地等待他们返回。我们正在喝茶时,他们终于到了,我从未见过哪一个人像弗莱德莉卡走进屋子时那样惊恐失措。苏珊夫人,之前一直在簌簌落泪,一想到这场聚会就焦虑不已,这时以极好的克制迎接了她,一点也没有流露出内心的软弱。她几乎没有跟她说话,而我们刚一落座弗莱德莉卡就流出眼泪,苏珊夫人立即把她拉出房间,好一会都没有返回。当她回来时,她的眼睛看起来很红,她又变得跟先前一样焦虑不安了。我们再也没有看见她的女儿。

可怜的雷金纳德无比关切地看着他那风韵迷人的朋友陷入如此痛苦,满腔柔情地凝视着她,我偶尔注意到她觉察到他的神情后的扬扬得意,感到相当不耐烦了。这种可怜兮兮的场面持续了整整一晚,如此招摇而巧妙的表演,让我完全确信她实际上根本就没当回事。自从看到她女儿之后,我对她更感到恼火了;可怜的女孩看起来如此不幸,连我的心都为她感到疼痛。苏珊夫人无疑太过严厉了,因为弗莱德莉卡似乎并无那种必须严加管教的脾气。她看起来完全是胆小羞怯、心灰意冷、只求忏悔的样子。

她长得很漂亮,但不如她母亲俊俏,完全和她母亲不一样。她的肤色是柔和的,但既不如苏珊夫人娇艳迷人,也没有她光彩四溢,她的面容明显看得出弗农家族的特征,长着鹅蛋脸,温柔的黑眼睛,无论跟她叔叔还是跟我说话表情都会流露出那种特有的甜蜜可爱,因为我们对她亲切和气,当然也就赢得了她的感激之情。

她母亲总暗示她的脾气很顽劣乖张,但是我从未见过谁的面孔像她那样,没有一点歪门邪道的心思了;我从她们对待彼此的行为中看到苏珊夫人一成不变的严厉,跟弗莱德莉卡一声不吭的沮丧,我开始倾向于认为迄今为止前者对女儿缺乏真正的爱,从来都没有公正地对待过后者,或对其投注过真挚的感情。我还没能找到跟我侄女交谈的机会;她太害羞了,我想我能看出有人千方百计地阻止她跟我有过多接触。关于她逃跑的原因,并没有透露出令人满意的隐情。她那好心肠的叔叔,您可以想到,在他们一同返回的路上过于担心询问太多会伤害到她。

我真希望是我代替他去接回的她。我想在三十英里的旅途中,我可以发现事情的真相。那架钢琴这几天已经应苏珊夫人的要求搬进了她的更衣室,弗莱德莉卡白天大多数时间都待在那里,声称是在练琴;但我经过那里时很少听到动静。她一个人待在那里究竟在做什么,我不得而知。那屋子里有很多书,但并非每一个在人生的头十五年撒野的女孩都能够或者愿意读这些书。可怜的小东西!从她窗户里所能望见的景象对她绝无裨益,因为那扇窗户俯瞰着草坪,你知道,草坪的一侧是灌木丛,她正可以看见她的母亲跟雷金纳德一起散步长达一个小时,并且双方充满热情地交谈着。以弗莱德莉卡的年纪,如果这种事没有使她吃惊,那她真的是过于稚气了。给女儿做出这样一个榜样,这难道不是让人无法原谅吗?而雷金纳德仍然认为苏珊夫人是天下最好的母亲,仍然责备弗莱德莉卡是一个最一文不值的女孩!他相信她试图逃走是没有任何正当理由的,也未受到任何事情的刺激。我知道我不能肯定地说其中一定存在某种理由,因为萨默斯小姐宣称弗农小姐在威格摩尔街整个居留期间并未表现出任何固执己见或自甘堕落的迹象,直到被发现她正计划着逃走;我并不愿相信苏珊夫人已经使雷金纳德相信,并且也试图让我相信的解释:她只是不耐烦受拘束,想要逃脱学校导师的管教,于是产生了潜逃计划。哦,雷金纳德,你的判断力是多么受到奴役!他甚至不敢承认她是俊美的,当我谈到她的美貌,回答仅仅是她的眼睛没有光彩!

有时他断定她头脑愚笨、欠缺理解力,一转脸又说她脾气不好,很有问题。总之,当一个人总想说瞎话,前后就不可能一致。苏珊夫人认为斥责弗莱德莉卡是必要的,所以她可能有时决定以她生性乖张为由,有时决定痛惜她缺乏理性。至于雷金纳德,只是随着这位贵夫人说同样的话而已。

你的女儿,
凯瑟琳·弗农

18.同上,弗农太太致德·库尔西夫人

于丘吉尔村

我亲爱的母亲:

得知我对弗莱德莉卡·弗农的描述引起了您的兴趣,我很高兴,因为我相信她真的值得受到您的关怀;让我再告诉您一个最近让我兴奋的想法,我肯定您对她的良好印象一定还会提高。我忍不住认为她正对我的弟弟越来越偏爱。我随时都看到她的眼睛死死盯住他的脸,由衷的崇拜溢于言表。他的确很英俊;而且言谈举止的风度中有一种坦率,一定更给人以好感,我肯定这也是她的感受。她平时沉思忧郁,但无论雷金纳德说什么俏皮话,她的脸上都会闪现出明亮的微笑;每当他谈论起那种至关重要的话题,如果他说出的哪怕一个音节曾从她耳边漏掉,都算我大错特错了。

我想让他觉察到这一切,因为我们知道像他那样一颗心如果生出感激之情,将有怎样的作用;如果弗莱德莉卡天真无邪的感情能把他从她母亲那里拉过来,我们就该赞美她来到丘吉尔村的那一天。我亲爱的母亲,我想您不会不同意把她收作一个女儿的。的确,她年纪很轻,所受教育不高,并有这样一个轻浮的母亲作为糟糕的榜样;然而我敢断言她的性情是极好的,她的本性也很善良。

尽管全然没有哪一方面的造诣,她却决非人们以为的那样无知,她喜欢书籍,把大部分时间都花在阅读上。她母亲现在对她管得不那么紧了,这样我就尽量让她多跟我待在一起,并下了很大力气克服她的羞怯。我们成为了很好的朋友,尽管她在她母亲面前从不做声,却单独跟我聊了很多;我能看出,如果苏珊夫人更恰当地照顾她一些,她会远远表现出更多的优点。在她不受压抑时,没有比她更温顺、更充满深情、更富有教养的人了,她的小表亲们都

非常喜欢她。

$\qquad\qquad\qquad\qquad\qquad$你深情的女儿，
$\qquad\qquad\qquad\qquad\qquad\quad$C. 弗农

19. 苏珊夫人致约翰逊太太

于丘吉尔村

　　我知道，你一定很着急，想进一步听到弗莱德莉卡的情况，并且会认为我之前疏忽大意忘了写给你。她上周四跟她叔叔一起来到这里，当然，我在她一到来时就立即查问了她那样做的原因，并很快明白了我是完全正确的，她逃跑正是因为我的那封信。对这种前景的想象把她吓坏了，凭着完全是小女孩才会有的那种固执愚蠢，她决计逃脱那个住处，暂且在她的朋友克拉克一家那里待上一段。她竟然真的逃出了两条大街那么远，幸亏这时人们想起她，追了上来，把她撵上了。

　　这就是弗莱德莉卡·弗农小姐的首战成果；如果我们意识到这是刚刚十六岁的稚龄所获得的成就，我们就足可以对她未来的名声做最了不得的预测了。然而，让我格外吃惊的是萨默斯小姐拿出她那得体的礼节，声明不再允许这丫头继续留在学校里了；考虑到我女儿的家族关系，这一细节便显得如此离奇，以至于我只能推测这位女士是害怕拿不到钱。不管怎样，现在弗莱德莉卡被交回了我的手里；她现在没有别的事可做了，便忙于追求她的罗曼司计划，这从兰福德就已开始。她竟然跟雷金纳德·德·库尔西堕入爱河了！不惜违背母意，拒绝完美无瑕的求婚，这些对于她还不够；她还要不经母亲赞同就向别人表达爱意。我从未见过她这个年龄的女孩这样闹笑话的。她的感情相当激烈，她天真无邪地袒露情感，足以给每一个看见她的男士嘲笑她的理由，显得自己十分滑稽。

天真无邪在情场上可绝对行不通;这丫头是个天生的傻瓜,她的天真要么是本性使然,要么就是被感情影响。我还不确定雷金纳德怎样看她,不过这也无关紧要。她现在对于他只是一个无足轻重的对象,如果他明白了她现在的感情,肯定要对她不齿。她的美貌受到弗农一家的极度抬捧,但并没有打动他。她得到她婶婶的极度宠爱,当然是因为她很不像我。她真是个弗农太太的好伴侣,后者十分享受做主的感觉,喜欢一个人掌握谈话中所有的理性和智慧:弗莱德莉卡永远都不会抢她的风头。当她刚来时,我花了些力气去阻止她跟她的婶婶过多见面;但我后来的看管有所放松,因为我本以为她会遵守我限制她们交谈的规定。

　　不过别以为我暂时宽宏大量,就会放弃为她安排的结婚计划。绝非如此。在这一点上我是不会动摇的,尽管我还没想好促成此事的具体方法。我不会选择在这里把此事拿到桌面上来,好让弗农先生和弗农太太头脑精明地盘查个究竟,可我现在还禁不起立刻进城的折腾。所以弗莱德莉卡小姐的事儿一定要等等再说了。

你永远的,
苏·弗农

20. 弗农太太致德·库尔西夫人

于丘吉尔村

　　现在我们有了一位非常出人意料的不速之客,我亲爱的母亲:他是昨天到达的。我听见门口传来一辆马车的声音,当时我正在照料孩子们用餐;我猜也许需要我去迎接一下,就随即离开育儿室,刚下楼走到一半,就遇到弗莱德莉卡面如死灰地跑上来,从我身边径直冲向她自己的房间。我立即跟进去,询问她发生了什么事。"哦!"她说,"他来了——詹姆斯先生来了,我该怎么办呀?"这并没给我解释清楚,于是我请求她告诉我到底是什么意思。但这时我们被一阵敲门声打断了;是雷金纳德,他是被苏珊夫人派来叫弗莱德莉卡下楼的。"是德·库尔西先生!"她说,脸腾的一下红了,"母亲叫我,我必须去了。"

我们三人一起下了楼,我看见弟弟颇为惊讶地打量着弗莱德莉卡那副惊恐的表情。在早餐室里,我们看见了苏珊夫人跟一个绅士模样的年轻人,她向我们介绍那是詹姆斯·马丁爵士——你应该还记得,这正是传闻中她千方百计从梅因沃林小姐手中夺过来的那个人。但情况似乎是,她并非为自己争夺他,或者自从把机会转给女儿后就放弃了他;因为詹姆斯爵士现在已经完全堕入情网,爱上了弗莱德莉卡,并得到做母亲的全然的鼓励。但是,我肯定,可怜的女孩并不喜欢他;尽管他长得不赖,谈吐也不错,但无论在弗农先生还是我的眼里,他看上去都是一个颇为懦弱的年轻人。

我们走进去时,弗莱德莉卡看上去如此害羞、如此不安,我感到非常同情她。苏珊夫人非常殷勤地接待着她的客人,但我可以觉察出她看见他并未喜出望外。詹姆斯爵士侃侃而谈,为贸然造访丘吉尔村找了很多得体的借口,向我予以解释——他谈话的过程中时不时夹杂着大笑,虽然所谈的话题根本不需要这样——他把很多事情说了一遍又一遍,反复告诉苏珊夫人前几天晚上他看见过约翰逊夫人。他时不时地跟弗莱德莉卡交谈几句,但更多的是跟她的母亲交谈。可怜的女孩始终坐在那里,一言不发,她沮丧地看着地面,脸色红一阵,白一阵;而雷金纳德则静静地看着眼前的这一幕。

最后,我相信苏珊夫人是坐烦了,于是她提议出去走走;我们把两位绅士一起留在楼下,上楼去穿外衣。当我们上楼时,苏珊夫人请求到我的更衣室一起待一会儿,因为她急于私下里跟我一起聊一会。我于是把她引到房间,门一关上,她就说:"我这辈子还从没遇到比詹姆斯爵士贸然而来更让人吃惊的事,我为这种意外向你表示道歉,亲爱的妹妹;但是对我而言,作为母亲,这是一种极高的恭维。他实在迷恋我的女儿,稍微久一点看不到她简直就活不下去。詹姆斯爵士这个年轻人性格和蔼可亲,人品极好;他确实有点过于喋喋不休,但不出一两年的工夫这一点就能改正;在其他方面都跟弗莱德莉卡那样匹配,因此我看到他对她的迷恋,一直感到无比欣慰;我相信你和弟弟对这桩结合也会给予由衷的赞许。我以前从未对任何人提到这件事成真的可能性,因为我以为弗莱德莉卡在学校期间这件事还是不要外传为好;但是现在,我已经确定弗莱德莉卡长大了,不愿再受一点儿上学的限制,于是我现在认为,她跟詹姆斯爵士的结合就在不远的将来了。我原本就打算过几天就让你本人和弗农先生弄清楚这件事的来龙去脉,我肯定,我亲爱的妹妹,你会原谅我把这件事瞒了这么久;也会同意我的看法,这类的事情若是一直悬而未决,无论出于什么原因,都必须无比谨慎地加以隐瞒。只有你在若干年后尝到把甜蜜的小凯瑟琳托付给一个在社会关系和人品上都无懈可击的年轻人的时候,你就会知道我现在的感受。但是,感谢上帝,你不可能体会到我对这件事情心花怒放的全部缘由。因为凯瑟琳将生活无忧,而不像弗莱德莉卡,日子能否过舒服全要靠碰运气。"

　　最后,她要求我恭喜她,以此结束了她的话。我相信,我恭喜她的时候多少有点尴尬;因为,事实上,她突然披露如此重要的一件事,这叫我回答时没法说清自己的想法。但她还是极度亲热地对我表示感谢,感谢我是那样真心实意地关注她本人跟她女儿的幸福;然后她又说:"我不善于与人交谈,我亲爱的弗农太太,我也从来都没有那种本事,能装出我的心中所不具有的情感;所以,我相信你会信任我下面的话:在认识你之前我就听到关于你的称赞,然而我没想到,我会像现在这样喜爱你。我还必须补充,你对我的友谊尤其可喜,是因为我有理由相信有人试图让你对我产生偏见。我只希望那些人——不管是谁,我要感谢他们的美意——能够看到我们俩现在在一起的关系,明白我们对彼此真心的喜爱;但是我不再耽搁你了。上帝保佑你,为你对我和我女儿的友善,愿上帝继续赐给你现有的这些幸福。"

对这样一个女人,我能说什么呢,我亲爱的母亲?她的表达如此诚恳、如此庄重!但我还是忍不住要怀疑她所说的每一句话的真实性。关于雷金纳德,我相信,他不知道事情是怎么一回事。当詹姆斯先生到来时,他表现出全然的震惊和疑惑:这个年轻人的伧俗以及弗莱德莉卡的不安,占据了他的全部心思;虽然后来跟苏珊夫人片刻的私下交谈对他起了作用,但我肯定,他还是受到了伤害,因为她居然允许这样一个男人向她的女儿献殷勤。

詹姆斯先生镇定自若地继续邀请自己在这里待了好几天——他希望我们不要把这种行为看得太古怪,尽管他很清楚这种做法非常鲁莽,但他还是擅自套上亲戚的关系;还笑着总结说希望很快他就能真的成为一名亲戚。甚至就连苏珊夫人也被这种热切之情弄得发窘;我相信,她已经发自内心地希望他离开。

但是,必须为这个可怜的姑娘做点什么,如果她的感受确实跟我和她叔叔所猜的一样。她不该成为一个计策或野心的牺牲品,也不该为此担惊受怕。这个女孩的心已经识出雷金纳德·德·库尔西的与众不同,因此无论他多么轻视她,她都应该得到比做詹姆斯·马丁的妻子更好的命运。我一有机会单独跟她在一起,就想着问出事情的真相,但她似乎想要避开我。我希望这不是出于什么恶劣的原因,希望我不会发现自己把她想得太好了。她面对詹姆斯爵士的举止充分说明她清楚眼下的处境,并且感到了尴尬,可我看这种态度对后者无疑是一种鼓励。再会,我亲爱的母亲。

你的女儿,
C. 弗农

21. 弗农小姐致德·库尔西先生

先生,我希望您原谅我的冒昧;我痛苦至极才迫不得已这么做,否则我的羞耻之情定会阻止我打扰您。詹姆斯·马丁爵士的事叫我苦不堪言,在这世上除了给您写信,我没有其他法解救自己了,因为我甚至不被允许跟叔叔和婶婶谈论这一话题;在这种情况下,我担心我向您的求助会被看作钻空子,就好像我只听从母亲所下命令的字面含义,而没领会其精神实质。但是如果您不站在我这一边,劝她停止这件事,我真的会心烦意乱得不得了,因为我没法忍受他。除了您,没有人有任何机会可能说服她。所以,如果您大发慈悲站在我这边,说服她把詹姆斯爵士打发走,我将对您不胜感激,这份谢意绝非语言所能表达。我从一开始就根本不喜欢他,这不是一时的念头,我向您保证,先生;我一直认为他愚蠢、粗鲁而且脾气古怪,现在他变得比以前更糟。我宁可自己出去谋生,也不想嫁给他。我不知该为这封信怎样致歉才好,我知道此举冒昧至极。我很清楚这会让母亲怒火冲天,但我不后悔冒这个险。

先生,我是您最恭顺的仆人,
弗莱德莉卡·苏·弗农

22. 苏珊夫人致约翰逊太太

于丘吉尔村

真令人难以忍受!我亲爱的朋友,我以前从没这样怒火中烧过,所以一定要给你写信宣泄一下,我知道你会理解我全部的感受。万没想到,詹姆斯·马丁爵士竟然在星期二闯上门来!你应猜到我有多吃惊,还有恼怒——因为,如你所知,我从不希望他在丘吉尔村露面。真是遗憾,你居然事先不知道他有这个打算!实际上他光是人来了还不够,还自作主张地在这里逗留了几日。我几乎想要给他下毒!但我把事情妥善处理了一番,把我的故事告诉了弗农太太,完全达到了目的,她不管真实感情如何,都没有说出任何反对我的意见的话。我还提出要弗莱德莉卡在詹姆斯爵士面前举止恭顺,让她明白我已经完全下定决心要把她嫁给他。她表达了一些她的痛苦,但仅此而已。这一段日子,我对这桩亲事可说是格外下定决心,因为我看到她对雷金纳德的爱慕迅速增长,还因为我不能确保这种爱慕如果被知晓了,就一定不会激起回报。只建立在同情基础上的关注在我看来是可鄙的,但我无法放心地认为他们不会产生这样的感情。的确,雷金纳德还没有在任何一点上对我变得冷淡起来,然而他最近总不由自主地提到弗莱德莉卡,毫无必要,还说了些称赞她的人品的话。

对我的客人的出现,他万分惊讶,起初他紧张地观察着詹姆斯爵士,看到他那多少混杂着些嫉妒的样子我感到很高兴;但不幸的是,我没法真的折磨到他,因为詹姆斯爵士虽然对我格外殷勤,却很快就使得所有人都明白他的心是献给我女儿的。

说服德·库尔西倒没费太大力气。当我们单独在一起时,我让她相信,我基于种种理由希望促成这桩婚事,这是完全合理的,并且整个事情似乎都被我安排得妥妥帖帖。他们谁都不难看出,詹姆斯爵士不是所罗门①,但我已经明确禁止弗莱德莉卡向查尔斯·弗农或他的妻子抱怨,所以他们都没有干涉的借口;尽管我相信,我那无礼的妯娌只要一有机会就想这么做。

但一切都安安静静,悄无声息地进行着;尽管詹姆斯滞留在这里让我度日如年,我仍对事态的进展感到完全满意。那么,你可以猜到,当我的计划突然被全盘打乱时我会是怎样的感受,而且制造麻烦的是我最没有想到的人。雷金纳德今天早上走进我的更衣室,一副一反常态的严肃表情;稍微寒暄几句之后,他就长篇大论地告诉我他希望跟我讲讲道理,想说明我违反女儿的意愿,允许詹姆斯爵士追求

---

① 所罗门为古代以色列国的国王,西方文化语境中的智者。说一个人"不是所罗门",指此人愚笨。

她是有违人情、极为不妥的。我完全愣住了。当我发现他并非在开玩笑时,就平静地请求他解释一下,到底是什么使他产生这种冲动,又是谁授意他来向我兴师问罪。于是他讲述了原委,言谈间夹带着少许傲慢的恭维和不合时宜的温柔,而我漠然地倾听着。他说我的女儿已经给他讲述了一些关于她自己、詹姆斯爵士以及我的情况,这叫他极为不安。

简言之,我发现事情的开端竟然是她给他写了封信,请求他出面干涉,而他在收到她的信之后,跟她关于此事进行了谈话,了解详情,并弄清她真正的想法。我丝毫不怀疑这丫头趁此机会向他毫无保留地求了爱,我透过他谈起她的样子就可以肯定这一点。希望这种爱让他幸福!我将永远鄙夷他这种男人,对于他从未有意激发,也从未请求公开的示爱,竟然怀抱着感激之心!我将永远厌恶他们两个。他对我不可能有真正的关注,否则他不会听信她;而她,带着她那与我作对的心和粗野的感情,竟然投怀送抱寻求一个年轻男人的保护,而她以前几乎从未跟他说过几句话!我对她的厚颜无耻和他的轻易受骗都无法理解。他怎么敢相信她告诉他的那些对我不利的话!他难道不应确信,我所做的一切都出于不可辩驳的理由吗?他对于我的智慧与善良的那些信赖去哪了?若他真的爱我,难道不该对中伤我的人义愤填膺——况且那个人还是个黄毛丫头,小孩子,既无天资也无教育,是他一直以来被告知要鄙夷的人?

我保持住了一段时间的平静,但人都有忍无可忍的时候,我希望我后来的话足够反击他。他竭力地,费了半天的劲,想软化我的愤怒;但若哪个女人被训斥了一通后仍能欣然接受恭维,那她就是个真正的傻瓜。终于,他离开了房间,显得和我一样激动,比来的时候更为气愤。我不失冷静,但他让狂暴的怒火占据了全部身心;所以我可以期待,事情很快便可平息,他的气愤可以永远消除,而我会依旧恼怒,永不和解。

他现在把自己关在房间里了,我听见他离开我的房间后回到了那里。可以想象,他回想起这一段该是多么不舒服!但是有些人的心思很难猜。我还没能让自己镇定下来去见弗莱德莉卡。今天发生的事情她不会很快就忘掉的;她将发现她坦白那温柔的爱是徒劳无用的,这将使她永远遭受举世的耻笑,她那受伤的母亲将对此怀有最深切的怨恨。

你深情的,
苏·弗农

23. 弗农太太致德·库尔西夫人

于丘吉尔村

最亲爱的母亲,让我祝贺您吧!这件叫我们大家焦急不堪的事情已经渐趋明朗的结局。我们的前景颇为可喜,现在事情已经有了这么好的转变,让我都后悔曾把我的担心告诉你。因为,那种得知危险结束本应有的喜悦,或许难以补偿你先前担惊受怕的苦。我高兴得发抖,几乎拿不稳笔;但还是决定短短写上几行让男仆詹姆斯带回去,好让您明白是什么事要让您如此惊讶了——雷金纳德很快就要返回帕克兰兹啦!

大约半小时前我还跟詹姆斯爵士在早餐厅里坐着,这时弟弟叫我到房间外面去。我立刻看出发生了什么事情;他满面通红,说话时情绪激动——您知道当他一心血来潮时就是那副焦急的模样,亲爱的母亲。"凯瑟琳,"他说,"我今天要回家。我很遗憾要离开你们了,但我必须走,我已经有太久没看到父亲和母亲了。我要让詹姆斯带上我的猎犬马上就走,如果你有什么信件,可以让他捎回。我将于星期三或星期四回到家,因为我要先去一趟伦敦,到那里办些事,但是在我离开你们之前,"他压低了声音,显得更加激动了,继续说,

"我必须警告你一件事——不要让弗莱德莉卡·弗农被那位马丁弄得不快。他想要娶她,她母亲在撮合这件亲事,但她哪怕想一下这件事都忍受不了。请相信,我知道我说的都是千真万确的;我知道弗莱德莉卡正因为詹姆斯爵士继续滞留在这里而万分苦恼。她是个甜蜜的姑娘,应该得到更好的命运。马上打发走他吧,他本人只是个傻瓜;但她母亲到底在想什么,只有上帝知道!再见了。"他热切地握着我的手,又补充说,"不知道你什么时候能再见到我,不过记住我告诉你的关于弗莱德莉卡的事,你一定要把这件事放在心上,那就是让她受到公正的对待。她是一个和善的姑娘,头脑清楚,远比我们认为的要聪明。"

然后他离开我,跑上楼去。我并未阻拦他,因为我知道他的感受。当我听到他这番话时,我心里的感受如何,就不必去描述了。我站在原地愣了一两分钟,被一种实际上颇为惬意的意外俘虏了;然而要获得平平静静的快乐,还需经历一番思考。

我返回早餐室大约十分钟之后,苏珊夫人走了进来。我得出结论:她跟雷金纳德无疑是吵架了,所以我好奇地急于从她的脸色上确定我的猜测。然而,这位小姐真是说谎的高手,她完全显得漫不经心,在谈了一些无关紧要的事情之后,她对我说:"我从威尔逊那里得知我们要失去德·库尔西先生了——他真的今天上午就要离开丘吉尔村吗?"我回答说,是这样的。"他昨晚还什么都没告诉我们呢,"她笑着说,"甚至今早在早饭时也没讲;但或许他自己也没想到。年轻人总是心血来潮,决定做得快,等到要施行时推翻得也快。如果他最后决定不走了,我一点也不奇怪。"

说着她立刻离开了房间。但是,我相信,亲爱的母亲,我们不必担心他会改变眼下的决定;事情已经发展得很激烈了。他们一定吵嘴了,并且是为弗莱德莉卡的事。她如此镇定,简直让我惊讶。你看到弟弟,会多么高兴啊;看见他依旧配得上你的珍视,仍能够成为你的幸福!

等我下一次写信时,就能够告诉你詹姆斯爵士已经走了,苏珊夫人被击败了,弗莱德莉卡获得了安宁。我们还有很多事要做,但会一件件完成的。我等不及想打听这次意外的转变是怎么发生的了。在信尾我要跟开头一样,向您致以最热烈的祝贺。

您永远的,
凯瑟琳·弗农

24. 同上,弗农太太致德·库尔西夫人

于丘吉尔村

亲爱的母亲,我难以想象,我发上一封信时那种难抑的喜悦这么快就被泼了一盆冷水,可悲地急转直下了。我不该给你写那封信,我真是怎样后悔都不够。然而谁又能预料发生的事呢?亲爱的母亲,就在两个小时以前还令我欢欣的希望全都破灭了。苏珊夫人与雷金纳德的争吵已经和解,我们又都回到以前的状态了。只不过有一点收获,詹姆斯·马丁爵士被打发走了。我们现在还能指望什么呢?我真是非常失望;雷金纳德差一点就走了,他的马已经备好,差不多都已经牵到门口了:看到这情景谁还会不放心呢?

有那么半个小时我仍盼着他离开。就在我把给你的信发出去之后,我去找了弗农先生,坐在他房间里跟他详细讲了整个经过,然后决定把弗莱德莉卡叫过来,吃过早饭后还一直没看见她。我在楼梯上遇到她,看见她正在哭。

"我亲爱的婶婶,"她说,"他要走了——德·库尔西先生就要走了,都是我的错。我害怕你会生我的气,但实际上我根本不知道事情会弄成这样。"

"我亲爱的,"我回答说,"不要因为这个缘故就以为一定要向我道歉。我倒感到无论是谁能把我弟弟弄回家,我都该领情,因为,"

我回忆起来,"我知道父亲非常渴望见到他。但你是做了什么才叫他决定回去的呢?"

她的脸唰地红了,回答说:"我对于詹姆斯爵士很不快,所以就忍不住——我知道,我做了不该做的事;但是你不知道我一直所陷的痛苦:母亲命令我不许对你和叔叔讲这件事,但——""所以你就跟我弟弟说了,请求他进行干涉。"我帮她解释着说。"没有,但我给他写了信——我确实写了,我今天早上在天亮前就起了床,写了两个小时;当我把信写好,我想我永远也不会有勇气把信给他。但是吃过早饭,我要回房间时,在走廊里遇到了他,我意识到关键的时候到了。于是强迫自己把信交出去。他人很好,马上就把信接了过去。我不敢看他,就立刻跑开了。我是那么恐慌,气都喘不过来。我亲爱的婶婶,你根本不知道我这段时间多痛苦。""弗莱德莉卡,"我说,"你早该把你所有的痛苦都告诉我。你会发现我是你的朋友,随时可以帮助你。你认为你的叔叔跟我就不会像我的弟弟一样支持你吗?""确实,我并不怀疑您的好意,"她说着,脸又红了,"但我以为德·库尔西先生无论怎样说服我母亲都能办到,但我错了:他俩为这件事吵得很凶,他现在要走了。母亲永远都不会原谅我了。我的处境将比以前更糟。""不,你不会的,"我回答说,"到了现在这个时候,她的禁令不该再阻止你跟我说这件事。她没有权利叫你过得这么不开心,她也不可能得逞。而你向雷金纳德求助,只能给各方面都带来好处。我相信这是事情最好的发展。放心吧,你再也不会被搞得如此不快了。"

就在这时,我大为震惊地看见雷金纳德从苏珊夫人的更衣室里走了出来,我的心立刻又提了起来。他看见我之后,明显十分困窘。弗莱德莉卡一下子就不见了。"你要走吗?"我说,"你可以在弗农先生自己的屋子里找到他。""不,凯瑟琳,"他回答道,"我不走了。你能让我跟你说几句话吗?"

我们走进了我的房间。"我发现,"他一边说着,一边更窘了,

"我又凭借惯有的愚蠢冲动行事了。我完全错怪苏珊夫人了,还因为对她所做的事判断错误,差点就离开这里了。但这是个天大的误会,我想,我们误解了彼此。弗莱德莉卡并不理解她的母亲,苏珊夫人完全是为她好。但是她跟她母亲并不贴心,所以,苏珊夫人一直不清楚怎样才能让她的女儿开心。另外,我其实无权干涉此事。弗农小姐向我求助是找错人了。简言之,凯瑟琳,一切都弄错了,但现在误会都解除了。苏珊夫人,我相信,希望就此事跟你谈一谈,如果你有空的话。""当然有空。"我回答说,并为他这一通蹩脚的独白而深深叹了口气。但是,我未做评论,因为语言此时是徒劳的。

雷金纳德很高兴离开我,我去见苏珊夫人,实际上也有一点好奇,想听听她关于此事的阐述。"我不是跟你说过了吗,"她微笑着对我说,"你的弟弟终究不会离开我们的?""你的确说过,"我冷冷地回答,"而我还自以为你一定说错了。""我本来不会冒险说出这句话,"她回敬道,"不过在那一刻我突然想起,他要离开的决定可能由今天上午我跟他之间的一场谈话引起,谈话结束时他非常不满,因为我们彼此并没有真正理解对方的意思。这不过是一场意外的争吵,并且我对此可能跟他负有同样的责任,意识到这一点的当下,我就立刻决定,不该因此叫你跟你的弟弟分开。如果你记得的话,我当时立刻就离开了屋子。我决定要尽可能及时地澄清那些误会。事情是这样——弗莱德莉卡激烈地反对嫁给詹姆斯爵士。""那么夫人您以为她应该乐意?"我有几分激动地叫了起来,"弗莱德莉卡头脑十分灵活,而詹姆斯爵士毫不开窍。""我对此至少并不觉得遗憾,我亲爱的妹妹,"她说,"正相反,看到我女儿显示出如此的理智,我感激不尽。詹姆斯爵士当然上不得台盘(他那种孩子气让他看上去更糟)。如果弗莱德莉卡果真拥有我希望在自己女儿身上存在的洞察力和才干,或者我早知道她有如此程度,我就不会这么急于促成这桩亲事了。""很奇怪,唯独您对您女儿的思想视而不见!""弗莱德莉卡从来都没有展现出自己的优点;她的举止总是很害羞,像个孩子,而且她又害怕我。她可怜的父亲还在世的时候,她就被宠坏了;因此我后来必须拿出严厉的态度,这叫她从感情上疏远了我。她既没有闪光的智力,没有天资,也不具有那种好胜的、迫使自己不断提升的头脑。""不妨说,她的缺陷在于她所受的教育!""上帝知道,我亲爱的弗农太太,我对这一切多么心知肚明;但提起这件事,就似乎是在指责一个对我来说是神圣的名字,所以我倒希望忘掉所有这类事情。"

说到这,她假装哭起来。我对她不耐烦了。"但是,"我说,"夫人您到底要就我弟弟跟您的争吵告诉我一些什么呢?""这次争吵源自我女儿的一个举动,正说明了她缺乏判断力,也体现了我刚刚提到的她对我那不幸的惧怕——她给德·库尔西先生写了信。""我知道她写信的事。你禁止她对她叔叔或我讲出她痛苦的缘由。所以,除了给我弟弟写信,她还能做什么?""我的上帝啊!"她尖叫道,"你把我看成什么人了!你觉得我怎么可能清楚她的不愉快!难道是我有意让我的孩子遭受痛苦,还因为担心你来打断这个魔鬼计划而禁止她对你讲出实情?你认为我不具有任何一种真诚、自然的感情?促使她幸福是我在这个世间首要的责任,而我却把她交付给永恒的灾难?这种想法真可怕!""那么,你坚决要求她保持缄默是出于什么目的呢?""我亲爱的妹妹,不管事情怎么发展,她向你求援又有什么用呢?为什么我要让你烦心这种连我自己都不会理会的请求?无论为了你的缘故,还是为了她,或为了我自己,这样的事情都不可能令人满意。我自己的决心一旦下定,就不希望被任何人干涉,无论出于什么样的情谊。的确,我被误解了,但我相信我自己是对的。""但是夫人您一直挂在嘴边的误解是怎么回事呢!你对女儿的感情所持有的惊人误解,究竟从何而来!你难道不知道她不喜欢詹姆斯爵士?""我知道他绝非她所中意的人,但我相信,她对他的反感并非因为看出他有什么缺陷。但是,亲爱的妹妹,在这个问题上你不该再这么刨根问底了。"然后,她亲热地拉起我一只手,继续说道,"我真诚地承认这里面有一点隐瞒。弗莱德莉卡叫我非常不快!她向德·库尔西先生求援,尤其伤害了我。""你到底想要表达什么意思,"我说,"搞得这么神秘?如果你认为你的女儿对雷金纳德是有所爱慕的,她对詹姆斯爵士的反感也不应该被你置之不理,哪怕她的反感不是来自他的愚蠢。而无论如何,夫人您为什么要因为我弟弟的干涉而跟他吵架呢,您难道不知道,见死不救绝不是他的天性?"

"你知道,他的性情是热心的,于是他来规劝我;他对这受虐待的丫头倾注了满腔同情,好一个身陷不幸的女主角!我们彼此闹了误会:他对我小题大做地加以责备,而我虽然现在明白了他干涉的原因,却在当时认为他这样做毫无道理。我真心尊重他,所以当我以为我看错了人,就感到一种说不出的侮辱。我们俩当时都很激动,当然都该责备。他决定离开丘吉尔跟他一贯的冲动相符。然而,当我明白了他的意图,就开始想到我们可能都误解了对方的意思,于是决定在事情还来得及挽回的时候进行一番解释。我对你家中的任何一员都必然怀有一定的喜爱,因此我承认如果我跟德·库尔西先生的结识以如此沮丧的方式收尾,那显然会伤害到我。现在我不得不说,既然我已经确定弗莱德莉卡有合理的原因不喜欢詹姆斯爵士,我马上就会告诉他必须放弃对她怀有的一切希望。我斥责我自己让她为此事如此不快,尽管我是无辜的。我要尽我可能叫她得到补偿;如果她像我一样看重自己的幸福,如果她的判断力足够明智,足以约束自己,那么她现在可以很安心了。我亲爱的妹妹,请原谅我侵占了你的时间,但是我的性格就是这样的。这番解释之后,我相信我再也不用忧惧我在你心目中的形象受损了。"

我本可以说"的确不会!",但我一言未发就离开了她。我已经无法再忍受了,一旦开口我肯定要说个没完。她的厚脸皮!她的耍花招!但我不想详述这些;这会叫您受打击的。我只能内心暗自生厌。

我一勉强镇定下来,就返回了会客室。詹姆斯爵士的马车已经停在门口,而他一如既往地那么快活,很快就上路了。这位贵妇人要让别人坠入或逃出情网,是多么容易啊!

尽管此事已解决,弗莱德莉卡看起来仍旧不愉快:也许仍害怕她母亲发怒,或是尽管害怕我弟弟离开,看到他留下又心怀醋意。我看见她如此近距离地观察着他和苏珊夫人,可怜的姑娘。我现在对她不抱希望了,她的爱意是没有一点儿得到回报的机会了。他对她的看法跟之前大为不同了;他对她仍保有一定公正的看法,但跟她母亲的和解排除了更进一步的可能。

我亲爱的夫人,准备好迎接最坏的情景吧!他们结婚的可能性无疑提高了!他比过去更忠实于她。如果这种不幸果真发生,弗莱德莉卡肯定就完全属于我们了。

我庆幸我的上一封信比这一封只早一点,因为您从中获得的快乐只能最终归于失望,所以让这快乐不要太久,是颇为重要的。

你永远的,
凯瑟琳·弗农

25. 苏珊夫人致约翰逊太太

于丘吉尔村

亲爱的艾丽莎,我请求你的祝贺:我又做回了我自己,正快乐而得意着!几天前我给你写信时,我确实是怒不可遏,并且有十足的理由。嗨,我还不知道现在是否能够完全平静,因为我为了要维持和平相处的局面,付出了远超过我原本打算做出的努力——他的那副气派,来自一种高人一等的正义感,这尤其显得傲慢!我向你保证,我不会轻易地原谅他。他竟然差点要离开丘吉尔!我几乎还没有写完上一封信,威尔逊就给我带来这个消息。所以,我发现必须采取一定措施;因为我不能接受一个脾气暴躁又爱记恨的男人对我为所欲为。任由他怀着对我的恶感离开,无异于对我名声的辱没;从这一点来看,我屈尊纡贵是必要的。

我派威尔逊去传告,说我希望在他离开前跟他说几句话,他立刻来了。我们上次分手时那怒火中烧的神情现在已有所缓和。他似乎对我的召唤感到惊讶,他觉得我可能要说一些话软化他,对此有一半期待又有一半害怕。我的神色,如果表露出我希望的样子,是镇定而高贵的;然而,我还有一定的沉默,让他相信我的心情并不佳。"请原谅,先生,我冒昧把你叫过来,"我说,"但既然我刚才已经得知你今天要离开此地的打算,我就有责任请求你,不要因为我的缘故缩短在这里哪怕一小时的居留。我完全明白我们之间发生的事,叫你我任何一方都觉得继续待在同一个屋檐下是让人不适的:亲密的友谊经受了如此剧烈、如此完全的转变,将使得任何未来的交流变成最严厉的惩罚;你离开丘吉尔村的决定无疑跟我们俩的相处情况有关,还因为你那我已熟悉的冲动性格。但是,我想说,请你不要因为我做出这般牺牲,迫不得已离开你如此喜爱和亲近的亲人们。我继续留在这里不能给弗农先生和太太带来与和你相聚同样的愉快,再说我本来就已经叨扰够久了。所以,我的告别,不管怎样,都很快要发生,或许再提前一点也毫无不便之处;所以我必须要提出请求,无论如何我不愿让彼此之间如此亲近的一家人因为我被拆散。至于我去哪里,对谁都不重要,对我自己而言都是无所谓的,但你的一切社会关系都非儿戏。"

我说到这里就结束了,希望你对我的一通演说感到满意。这番话对雷金纳德产生的影响证实了他确有虚荣心,因为他几乎是立刻就感到受用了。我一边说,一边看到他表情发生变化,这是多么令人愉快啊!我看见他经历了一番搏斗,一边在恢复温柔,一边还残存着不满。如此容易被打动的情感,是叫人愉快的东西;我并非嫉妒他拥有这种情感,也绝不愿意自己拥有这种情感,只是当一个人想影响另一个人时,这种情感提供了相当的便利。这个雷金纳德,在我几句话之下就立刻软化,变得俯首帖耳,而且比以前更温驯、更充满依恋、更忠诚；可他却因为那颗傲慢的心中最初燃起的一点怒火就几乎离我而去，甚至不愿听我一点解释。

尽管他现在低三下四了，我却不能原谅他这一次的傲慢，我没想好应该在这次和解之后立刻赶走他以惩罚他，还是嫁给他，好以后永远戏弄他。但这两种伎俩都过于激烈，须三思而后行，现在我只能在不同的主意之间摇摆。我有很多事情要考虑：我必须惩罚弗莱德莉卡，并且要非常严厉，因为她居然向雷金纳德求助；我也必须惩罚他，因为他居然欣然接受了求助，还胆敢做出后来的举动。我必须折磨我的姐娌，因为自从詹姆斯爵士被打发走之后，她那么无礼地得意扬扬；只是为了让雷金纳德跟我和解，我才不得不牺牲了那个倒霉的年轻人。我必须为这些天来卑躬屈膝受到的耻辱而得到补偿。为了达到这些目的，我制订了诸多计划。我还打算很快就进城一趟，不管我还有其他什么打算，都要先把这个计划付诸行动；因为无论我打什么主意，伦敦都是最佳的实施之地：至少，我可以有幸在那里得到你的陪伴，并且可以补偿在丘吉尔村这十个星期的苦修。

我认为依照我的性格，在打算了这么久之后，应该把我女儿跟詹姆斯爵士的婚事撮合成。请让我知道你对此事的看法。你知道，耳根子软，容易被别人的一己之见左右，是一种我绝不稀罕的品质；弗莱德莉卡也没有任何理由来违背自己母亲的意愿，满足她那任性的要求。还有她对雷金纳德那徒劳的爱！挫败这种荒谬的浪漫恰是我的责任。所以，从各方面考虑来看，把她带到城里立刻嫁给詹姆斯爵士，都正是我必须履行的责任。

当我自己那违背雷金纳德的意志奏效后，我就能对与他和好感到得意了，这一点现在我并没做到。因为尽管他还在我掌控之中，但我之前放弃了我们那次争吵的重点，所以这让我觉得胜之不武。

告诉我对所有这些事你的看法，我亲爱的艾丽莎，让我知道你能否在离你家不远的地方给我找一个合适的住所。

最依恋你的，
苏·弗农

26. 约翰逊太太致苏珊夫人

于爱德华街

  我很高兴你询问我的意见，我的建议是：你自己来城里，事不宜迟，但要把弗莱德莉卡留在原地。要实现你维护自己地位的目标，抓住机会嫁给德·库尔西先生才是更有效的手段，而不是把弗莱德莉卡嫁给詹姆斯爵士而激怒他跟他的家人。你该多想想你自己，少想一点你的女儿。她在外面并不会让你脸上有光，她在丘吉尔村与弗农一家待在一起是恰得其所。但你天生适合社交，让被放逐在外，无疑令人可惜。所以，把弗莱德莉卡留在那吧，让她自己为给你带来的麻烦受惩罚，放任那颗浪漫的温柔之心便足以让她一直痛苦下去，而你一旦能抽身就该立刻来伦敦。

  我还有另外一个敦促你这么做的理由：梅因沃林上个星期来了，尽管有约翰逊先生在此，他还是硬找机会见到了我。他因你而痛苦不堪，他对德·库尔西先生的嫉妒已经到了眼下他们绝不适宜见面的地步。然而，如果你不允许他在这里见到你，我可不能担保他不会采取非常鲁莽的举动——比如说立刻跑到丘吉尔村去，那就太可怕了！而且，如果你采取我的建议，决定嫁给德·库尔西，那么对于你，把梅因沃林赶走也是绝对必要的；也只有你才能发挥足够的影响把他打发回他妻子身边。

  叫你来我还有另一番用意：约翰逊先生下周二离开伦敦，他要去巴斯疗养，如果那里的水适合他的身体，又能让我如愿的话，他将因痛风而卧床好几个星期。他不在时，我们就可以彼此做伴，痛快享受一番。要不是有一次他强迫我保证不邀请你到家里来,我就请你来爱德华街了;只怪我太缺钱了,要不然我根本不会被强迫这样做。但是,我可以在上西摩街给你找一套很好的带客厅的公寓,这样我们就能在那里或者我这里经常聚在一起了;因为,我把自己对约翰逊先生的承诺只理解为(至少当他不在时)不让你在家里过夜。

可怜的梅因沃林给我讲了许多关于他妻子嫉妒的故事。巴望这样一个风流男子一心一意,真是个傻女人!但她要不是这么蠢得无可救药也就根本不会嫁给他了,她可是一笔巨额财富的继承人,而他一文不名:我知道,除了他准男爵的身份,她应该已经有一个头衔了。她缔结这门婚事真是荒谬得愚不可及,尽管约翰逊先生是她的保护人,我却无法和他持一样的意见。我永远都不会原谅她。再会。

你永远的,
艾丽莎

27. 弗农太太致德·库尔西夫人

于丘吉尔村

我亲爱的母亲,这封信将由雷金纳德带给您。他漫长的造访总算要结束了,但我担心这次分离太迟了,对我们已经没什么好处。她要去伦敦看望她的密友约翰逊太太。起初她打算让弗莱德莉卡陪她一起去,以便给她找到监护人,但我们否决了这个主意。弗莱德莉卡一听说要离开就难受坏了,我受不了让她任凭她母亲支配;伦敦所有再好的监护人加起来也不能补偿对她的安宁的破坏。我还为她的健康担心,担心她身上的每一件事都要被她母亲或她母亲的那帮朋友毁坏,不过我相信她的信念将依旧完好。但是,她要么跟那帮人混在一起(我毫不怀疑那是群坏种),要么被置于完全的孤独,我难以判断哪种情况对于她更糟。而且,如果她跟她母亲在一起,唉,她很可能也要跟雷金纳德在一起,那才真是最大的不幸。

现在我们将获得暂时的平静,我相信,我们那些平时的娱乐,像是书籍、谈话、运动、孩子等等这些家庭生活的乐趣,将逐渐使她克服那年轻的爱恋。如果她受到轻视的原因是这世上任何其他女人,而不是她母亲,我都毫无疑问能做到这一点。

苏珊夫人要在城里待多久,是否还要返回这里,这些我都不清楚。我不可能多么热切地请她再来,然而如果她选择回来,即使我缺乏热情也挡不住她。

我一得知这位夫人要亲临伦敦城,就忍不住问雷金纳德是否打算在城里度过这个冬天。尽管他声称还没决定,但他说话时的表情和声音让人怀疑他在说谎。我不再悲叹了,我看这事已经发展得太快,打算绝望地听之任之了。如果他很快离开您去往伦敦,那么每一件事就都算完了。

你最亲的,

凯·弗农

28. 约翰逊太太致苏珊夫人

于爱德华街

我最亲爱的朋友,我痛苦不堪地给你写信:刚才发生了最不幸的事情。约翰逊先生拿出最狠的一招对我们俩发出致命的一击。我猜想,他已经通过这样那样的渠道,听说你即将来伦敦一事,于是立刻决定装作痛风发作,这即使不会完全取消他去巴斯的行程,也至少要将其后延。我相信,他这痛风可以随心所欲地招之即来,挥之即去;有一次我要和汉密尔顿一家去湖区的聚会时他也是这样,然而,当另一次我想去巴斯度假时,他却怎么也没有发作的症状。

我很高兴我的信把你深深触动,并且看来德·库尔西一定非你莫属了。你到这里后就给我消息吧，我尤其想听听你打算怎样对待梅因沃林。我没法告诉你什么时候能去见你，我肯定要受到极大的限制。他病倒在这里而不是巴斯，真是一个恶心的伎俩，我根本没办法支配自己的时间了。在巴斯，他的老姑姑们可以照顾他，但在这里一切担子都压在我身上；而他以极大的耐性忍受着痛苦，这让我也找不到借口发脾气了。

你永远的，
艾丽莎

29.苏珊·弗农夫人致约翰逊太太

于上西摩街

我亲爱的艾丽莎：

要让我讨厌约翰逊先生，也并不需要这次痛风，但现在我的厌恶已经到了无以复加的地步。把你像个看护一样囚禁在寓所里！我亲爱的艾丽莎，你犯了什么错，要受罚嫁给像他这个年岁的男人！他正到了拘束古板、不可调和、得痛风的年纪，他已经不再年轻，没法讨人喜欢了；但又没老到很快就死的程度。

我大概在昨晚五点钟到达，还没咽下晚饭梅因沃林就露面了。我无意掩饰他的出现带给了我真正的快乐，我也不想隐瞒把他的人品和风度跟雷金纳德比较后我那强烈的感慨，后者完全相形见绌。有那么一两个小时我甚至惊讶于自己决定嫁给他，尽管这个想法突如其来又不合情理，在我的脑海里没有持续太久，但我却觉得我并不急于渴望完成这桩婚事；我也没有急不可待地盼望雷金纳德按照我们的约定进城。我可能会找这样或那样的借口推迟他到来。梅因沃林不走他绝对不可以来。

对于是否该结婚我仍拿不定主意；如果雷金纳德爵士死了，我就不会犹豫不决了,但是像这样一切取决于老家伙那反复无常的状态,并不适合我自由的精神;如果我决定为此事等待一段时间,现在就已经有足够的借口:我才只做了十个月的寡妇。

我目前丝毫没有对梅因沃林透露我的打算,或让他以为我跟雷金纳德的关系超出了最常见的调情,这样安抚他就差不多了。再会,下次见;我很喜欢我的住处。

你永远的,
苏·弗农

30. 苏珊·弗农夫人致德·库尔西先生

于上西摩街

我已经收到你的来信,尽管我并不想隐瞒,我很高兴看到你为何时会面已经不耐烦起来,但我仍感觉有必要推迟原定的时间。别以为我这样行使我的权力太不仁慈,别未经我解释就怪我善变。在从丘吉尔村出来后的旅途中,我有足够的闲暇去反思咱俩在当前的处境,对每一个细节的回顾都给我以提醒,让我相信我们的行为需要敏感谨慎,迄今为止我们太少顾及这些了。感情使我们操之过急,已经鲁莽到了跟朋友的意见和世人的眼光相违的程度。我们太不设防了,轻率地订下这桩婚事,但既然有这么多理由担心我们的关系会遭到你要依仗的亲友们的反对,我们就不该将其付诸实施,莽撞到底。

我们没法责备你父亲指望你缔结于你有利的婚姻的愿望;像你们这样财力丰厚的家庭,渴望使财富进一步累增,这愿望即使不说合理,也再寻常不过了,完全不必大惊小怪。他有权利要求一个有钱的女人成为他的儿媳,我有时候怪我自己,连累你建立起这么一种轻率的关系;但对和我有同样感觉的人,理性的作用力总是来得太迟。我现在刚守寡几个月,虽然对我丈夫的记忆中,在数年婚姻生活里来自他的幸福是那么寥寥无几,我仍不能忽略早早地再婚这种粗俗之举一定会使我遭致世人的指点,更不能忍受的是,还会遭致弗农先生的不满。或许我可以随着时间对那些泛泛的不公责难漠然置之,但如你所知,若失去他可贵的尊敬,我是不能忍受的;想到这一点,我就还会意识到我也伤害了你跟你家人的关系,我怎么还可以一意孤行呢?我现在就怀着这种刻骨的疼痛,从双亲手中夺走他们的儿子,将使得我——即使有你相伴——成为最痛苦的人。

所以,推迟我们的结合无疑是明智之举,一直推迟到事态更有希望为止,直到出现对我们有利的好转。为了帮助我们下定这个决心,不在场将是必要的。我们绝不能见面。这种判决尽管看起来残酷,做出声明却是必要的,也只因为这样我自己才接受了这一点,而你也将同意我的看法,当你以我此刻不得不采取的角度看待这件事的时候。你完全可以,也必须确信,只有最强烈的责任感才驱使着我不惜伤害自己的感情要求延长我们的分离,你更不必怀疑我对你的感情无动于衷。所以,我再一次重申,我们不应该,我们也一定不可以,现在就见面。我们彼此分离几个月,可以让弗农太太那出于姐弟之情的担忧冷却一下,她习惯了奢侈享受的日子,认为在所有场合下财富都是需要的,而她那种思想也是不可能理解我们的。

让我很快得到你的回信——要很快。请告诉我,你同意我的意见,不会因此责怪我。我不能忍受责怪:我的情绪并不高涨,不需要再压制一下。我必须想办法找点消遣,幸运的是城里还有很多朋友;在他们当中就有梅因沃林夫妇,你知道我跟他们夫妇两人都是至交。

我是,你非常忠实的,
苏·弗农

31. 苏珊夫人致约翰逊太太

于上西摩街

我亲爱的朋友：

那个折磨人的家伙，雷金纳德，来了。我的信本来打算让他在乡下多待一阵，结果却使得他加速进城。尽管我希望他离开，然而，我还是忍不住高兴又看到一个证明他爱我的证据。他完全忠实于我，献出了心和灵魂。他会亲自带去这张便笺，以把自己引荐给你，他盼望跟你结识。请让他跟你待一个晚上吧，这样我就不用害怕他返回这里了。我已经告诉他我状况不佳，必须独处；如果他再度来访局面将陷入混乱，因为仆人是不可靠的。所以，我恳求你，把他留在爱德华街。你会发现他并不难对付，我允许你随心所欲地跟他调情。同时，别忘了维护我真正的利益：你要用尽所有言语让他相信，如果他留在这我就要倒霉了；你知道我的原因——我要顾全礼节，等等。我自己会更加卖力地劝说他，但我对于摆脱他已经不耐烦了，因为梅因沃林还有半个小时就要来了。再会！

苏·弗农

32. 约翰逊太太致苏珊夫人

于爱德华街

我亲爱的好人：

我苦不堪言，真不知如何是好。德·库尔西先生来得太不是时候了，梅因沃林太太正好在这之前进屋，无论如何要见她的保护人一面，但我直到事后才知道此事，因为当她跟雷金纳德进门时我恰好出去了,否则无论如何我也会把他打发走——结果她跟约翰逊先生关在了一起,而他在客厅里等着我。她昨天是追踪她丈夫到这里来的,但或许你已经从他那里知道了。她来到我家寻求我丈夫的干涉,在我还什么都不知道的时候,你想隐瞒的一切就都被他知道了,不幸的是她还从梅因沃林的仆人那里套出话来,知道自从你进城后他就每天都探访你,还刚刚亲自跟踪他一直到你门口!我能怎么办呢!事实是这样可怕的东西!这下德·库尔西知道了一切,他现在正单独跟约翰逊先生在一起呢。别怪我;这事确实是没法阻挡的。约翰逊先生怀疑德·库尔西打算要娶你已经有一阵子,决定只要知道他来家里就要跟他单独谈谈。

那个面目可憎的梅因沃林太太——可叫你安慰的是,已经把自己折磨得比以前更瘦更丑了——现在还在这儿呢,他们几个正都在一起私下交谈呢。还能做什么呢?至少,我希望他能让他的妻子陷入更深的烦恼。给你我焦急的祝福。

你忠实的,
艾丽莎

33. 苏珊夫人致约翰逊太太

于上西摩街

这一番说明真是令人恼怒。你当时离开家真是个天大的不幸!我以为晚上七点你必定在家呢!但我并没有泄气。不要因为替我担心而折磨你自己啦;请放心,我会对雷金纳德自圆其说的。梅因沃林刚才走了;他告诉了我他老婆跟来的消息。蠢女人,她耍这通花招以为能怎样呢?但我还是希望她安安静静地待在兰福德。雷金纳德起初会有点火,但不消明天晚饭工夫,一切就又会好转的。再会!

苏·弗

34.德·库尔西先生致苏珊夫人

于旅馆

我写信只为向你告别。现在魔咒被解除了,我看清了你的真面目。昨天我们分开之后,我就从无须质疑的权威人士那里得悉了你的历史,这让我只能痛心地确认,我曾经上了你的当,并且决定立即跟你永远分开是绝对必要的。我所指的事,你无可否定。兰福德!兰福德!这一个词就足够了。我在约翰逊先生家里,从梅因沃林太太本人那里得到这些消息。你知道我曾多么爱你;你可以从心里明白我现在的感受,但我还没有软弱到要向一个只会为唤起这种痛苦而自鸣得意的女人倾诉衷肠,况且我的感情也从未得到她的真心。

R.德·库尔西

35.苏珊夫人致德·库尔西先生

于上西摩街

我不想描述接到你的便条并读过之后此刻的惊诧。梅因沃林太太究竟告诉了你什么,引起你感情上如此剧烈的变化,我极力寻找合理的因由,还是百思不得其解。难道我还没有对你解释清关于我的每一件事情吗,这些事可能引起争议,而俗人的恶意凭借这些把我涂抹得身败名裂?你现在究竟听说了什么使你动摇了对我的尊重?难道我对你有所隐瞒吗?雷金纳德,你使我肝肠寸断得难以言喻。我难以相信梅因沃林太太出于妒火的陈词滥调再度复燃,至少不能相信有人又听信了她。马上到我这里来吧,把现在这匪夷所思的事解释清楚。相信我,单单兰福德这一个词,并不是多么有说服力的讯息,能取代进一步解释的必要。如果我们一定要分手,那么至少你亲自前来道别还算大方——但我没心思开玩笑,说实话,我是很严肃的;因为,尽管仅一个小时,你对我的态度已沦为一种耻辱,对此我不知道该怎样去承受。我将数着分秒直到你来。

苏·弗

36. 德·库尔西先生致苏珊夫人

于旅馆

为什么你要给我写信?为什么还要求我讲出详情?但是,既然必须如此,我就不得不直言说清了。自从弗农先生死后所有关于你生活中不端行为的记录,早先就传到了我这里,跟通常的人们一样,我在见到你之前是完全相信的;但你施展了扭曲的才能,使我决心不接受这些说法;但这些传言已经在我面前被无可辩驳地证实了。不仅如此,我还被确定无疑地告知了一件以前我全不知情的事,你跟那个男人之间的关系已经存在一段时间,并且还继续着;你这样破坏别人家庭的安宁,来回报对你的盛情迎接。离开兰福德后,你一直跟他保持通信;不是跟他妻子,而是跟他,而且他现在每天都去你门上。难道,你还敢抵赖吗?所有这些都发生在我被鼓励、被接受为一个情人的时候!我若是没有从中摆脱将会怎样!我对此只是心存感激,远远不会抱怨不休,悲叹不止。我自己的愚蠢使我险入绝境,而我尚未受难要归功于另一个人的善良和诚实;可是不幸的梅因沃林太太,她追述往事时已经五内俱焚,简直使她丧失理智,她又如何得到安慰呢!

在有了这番发现之后,你不可能再对我要和你告别装作惊讶了。我终于恢复了理智,学会憎恶那种叫我屈服的伎俩,这种憎恶超过了我鄙视自己屈服于这种威力的软弱。

R.德·库尔西

37.苏珊夫人致德·库尔西先生

于上西摩街

我很满意,送走寥寥几行字之后,我就再也不会烦扰你了。你两周前还急于建立的誓约现在不符合你的观点了,我很高兴发现令尊令堂的精明建议并没有落空。你重归平静,我不怀疑是这种孝行立竿见影的结果;我还自以为是地希望不会看到这一令人失望的局面呢。

苏·弗

38.约翰逊太太致苏珊·弗农夫人

于爱德华街

我对你跟德·库尔西先生的决裂很痛心,尽管并不惊讶;他刚刚写信告诉了约翰逊先生这件事。他说他今天离开伦敦。请相信我明白你所有的感觉,并且,如果我告诉你我们连通信的交流都要很快中断,请不要生气。这叫我痛苦不堪,但约翰逊先生发誓如果我固执地维持跟你的关系,他将在余生迁入乡村。你知道,只要还有其他选择我就绝不能接受这种极端的做法。

你一定已经听说梅因沃林夫妇要分开了,我担心梅因沃林太太又要搬回我们家住;但她仍如此喜欢她的丈夫,为他烦扰不已,也许她活不太久了。

  梅因沃林小姐刚刚来到城里跟她姨妈在一起,有人说她宣称再次离开伦敦前要让詹姆斯·马丁爵士属于她。如果我是你,一定把他据为己有。我差点忘了告诉你我对德·库尔西先生的看法:我真的一看到他就感到欢喜,我认为,他跟梅因沃林一样一表人才,并且有一副开朗、愉快的面容,人们一见到他就忍不住会喜欢上他。约翰逊先生跟他现在成了世上最好的朋友。再会,我亲爱的苏珊,我真希望事情没有发生得这么不顺。那次倒霉的兰福德之行!但是我敢说你已经倾尽全力了,而命运是不可违抗的。

你忠诚的贴心人,
艾丽莎

39. 苏珊夫人致约翰逊太太

于上西摩街

我亲爱的艾丽莎:

  对我们必须分手这件事,我只能认了。眼下的情况,你也不可能另做选择。我们的友谊不能被此破坏,当情况更可喜时,当你的处境跟我一样独立时,我们可以再次相聚,如以往一样亲密。为此我将急不可耐地等待,同时可以安安稳稳地向你确认,我从来没有比眼下的时刻更自在、更满意于我自己以及关于我的每件事的状态。你的丈夫令我憎恨,雷金纳德叫我鄙视,我再也不会看见他们俩当中的任何一个了。难道我不该欢喜吗?梅因沃林比以往更专心于我,倘若情况允许,我甚至不知道自己是否还能抵挡住他结婚的请求。这件事,如果他妻子跟你们住在一起,也许你就有能力助我一臂之力。她那种激烈的感情终将把她搞垮,而愤怒会让她持续处于这种状态。对此我全靠你的友情相助了。我现在对自己从未奋不顾身嫁给雷金纳德而心满意足,我也同样决定弗莱德莉卡绝不会嫁给他。等到明天,我要把她从丘吉尔村接出来,让玛利亚·梅因沃林对即将到来的结果瑟瑟发抖吧。弗莱德莉卡在离开我之前将成为詹姆斯爵士的妻子,她可能哭哭啼啼,弗农夫妇可能勃然大怒,但我不在意他们。我已经厌倦了让我自己的意志屈从于其他人的反复无常,以及让我的判断服从于我根本无须听命于他们而且对他们也不存敬意的人。我已经放弃得太多,太容易被别人牵着鼻子走了,但弗莱德莉卡马上会看到我的改变。

再会,最亲爱的朋友,但愿下一次痛风发作对你更有利!你可以把我当作坚贞不渝的自己人。

苏·弗农

40. 德·库尔西夫人致弗农太太

我亲爱的凯瑟琳:

我有振奋人心的消息告诉你。如果我今天早上没发出信,你就不必因为得知雷金纳德去伦敦而烦恼了,因为现在他回来了。雷金纳德回来,不是为请求我们答应他迎娶苏珊夫人,而是告诉我们他们已经永远分手了。他回到家才一个小时,我还来不及了解具体情况,因为他情绪低落,我也没心情问问题,但希望我们很快就能知晓一切。这真是他自从出生以来,叫我们最高兴的一小时。诸事称意,只除了你不在这里,所以我们特别希望和恳求你能尽快来这里加入我们。你已经有好几周没有来拜访过我们;我希望你来这里对于弗农先生没什么不便,并恳求你把所有的孩子们都带来,当然也包括你那位可爱的侄女——我希望能见到她。迄今为止的整个冬天都难过而寒冷,没有雷金纳德在身边,也不见从丘吉尔村来人。我以前从来没有发现过冬天是如此沉闷。但这次愉快的团圆将叫我们再次变得年轻。弗莱德莉卡总是出现在我的念头里,当雷金纳德恢复了他一贯的好脾气(我相信他很快就会的),我们就可以试着让他再次动心,我对于在不远的将来看到他们两个牵手充满希望。

你慈爱的母亲,
C.德·库尔西

41.弗农太太致德·库尔西夫人

于丘吉尔村

我亲爱的母亲:

您的信真是让我出乎意料、无比震惊!是真的吗?他们真的分手了——而且是永远?如果我敢于相信,一定要乐不可支,但在我曾目睹那一切之后,我又怎能放心呢。雷金纳德真的跟您在一起了!我格外惊讶的原因是,就在星期三,也就是他回到帕克兰兹的那一天,我们意外而不情愿地接受了苏珊夫人的造访,她看起来快活而轻松,似乎更像是要到了伦敦就嫁给他,而不是永远跟他分开。她待了大概两个小时,跟以前一样既深情又可亲,没有透露一个字、一点迹象表明他们之间已经不和或冷淡了。我问她,我弟弟到伦敦后是否见到了她;正如你能猜到的,我不是对事实有所疑问,而是为了看她的表情。她毫不难为情地立即回答说,他好心地在星期一拜访了她,但她相信他已经回家了,当时我还根本不相信。

我们愉快地接受您好心的邀请,下个星期四我们和小家伙们就能跟您在一起了。祈祷上帝,雷金纳德到时不会又进城去!

我也希望能把弗莱德莉卡带去,但我很遗憾地告诉您,她母亲到这里的任务就是来接她离开。而尽管这个可怜姑娘陷入悲惨,我们却无法留住她。我完全不愿放她走,她叔叔也一定要留下她,劝说的话都说尽了;但苏珊夫人宣称她眼下要在伦敦安顿下来几个月,女儿不在她身边由她看管,她就不能放心。至于她的态度,无疑是非常和善并得体的,弗农先生相信弗莱德莉卡现在能够得到母亲的慈爱了。我真希望我也可以这么认为。

可怜的姑娘在离开我们时心都要碎了。我叮嘱她要常给我写信,并记住一旦她遭遇任何困难我们都永远是她的朋友。我特地单独见了她一次,所以才能够说这些话,我希望这让她多少舒服了一点;但我仍会担心,直到我亲自去一趟城里,搞清楚她的状况。

关于你在信的结尾里宣告的你所期盼的婚事,我希望其前景能比目前显露的情形好一些。眼下,情况似乎不妙。

你永远的女儿,
凯·弗农

结 局

这一系列通信,因某些当事人的相聚,以及另一些当事人的分手,不可能再继续下去了,虽然这对于邮局是个大损失。弗农太太跟侄女的书信交流也对这种状况无甚裨益;因为从弗莱德莉卡的措辞中,前者很快发现,女孩的信都是在她母亲的审查之下写的!于是她按捺住一切具体的询问,想等亲自进伦敦后再弄清一切,于是就终止了琐碎而频繁的通信。同时,从她知无不言的弟弟那里,她又详细得知了他跟苏珊夫人之间所经历的一切,这使得后者在她心目中的地位更低了,因此她更加急于使弗莱德莉卡从这样一位母亲的手中脱离出来,让她置于自己的照料之下。尽管成功的希望渺茫,但她决心不惜一切手段要找个机会让她姊娌同意这个安排。她对此事的担忧,使她迫切要求尽早去伦敦拜访;而弗农先生——从之前我们已经看得出,他活着只做别人想要他做的事——很快就找出一些需要协调的业务要前去伦敦办理。弗农太太一门心思想着这件事,于是一到伦敦就拜访了苏珊夫人,而她受到了如此从容不迫、欢欣雀跃的盛情迎接,叫她差点厌恶地转身离她而去。苏珊夫人似乎一点儿不记得雷金纳德,也没有一丝内疚感,因此没有面露任何难堪的神色。她精神大好,似乎急于表现她对弟弟和弟妹是如何关怀备至,以表明她感受到了他们的友善,并乐于跟他们相聚。弗莱德莉卡不比她母亲有更多的变化;跟以前一样,一到她母亲跟前就手足无措,神情胆怯,这让她的婶婶确定她的处境不佳,从而坚定了改变这一切的计划。但是苏珊夫人看起来却是充满了关爱之情。詹姆斯爵士带来的困扰已经完全过去了,只在说明他不在伦敦时提了一次他的名字。事实上,她的一切言谈都挂念着女儿的幸福和进步,她愉快而感激地宣告,弗莱德莉卡每天都在成长为让家长感到满意的样子。

弗农太太,怀疑而吃惊,不知该不该相信她的话,但她没有改变自己原来的决定,只担心要达到目的恐怕更难了。这时情势开始出现一点好转的苗头,苏珊夫人问她弗莱德莉卡的状态是否看起来跟在丘吉尔村时同样良好,因为她必须承认她有时感到焦虑,怀疑起伦敦是否完全适合女儿。弗农太太顺着这个话茬说了下去,直接建议她统观念的侄女跟随他们回到乡下。苏珊夫人对这种好意简直有说不出的感谢,但出于多种原因,她不知该怎样跟她的女儿分开;尽管她自己的计划尚未完全定下来,但她相信不久的将来她会凭自己的能力把弗莱德莉卡带到乡下,最后,她彻底拒绝接受这种绝无仅有的关怀。但是,弗农太太坚持提出这一邀请,而苏珊夫人尽管一再回绝,抵制几天时间之后似乎也就不那么强硬了。幸运的是,一场流感的警报决定了本来不可能这么快决定的事。苏珊夫人母性的忧惧被强烈地唤醒,以至于除了让弗莱德莉卡脱离流感的威胁,她不再考虑任何事情了;她担心流感对她女儿体质造成侵害,超过了担心世间所有的混乱!

弗莱德莉卡跟随叔叔和婶婶返回了丘吉尔村;三个星期以后苏珊夫人宣布她跟詹姆斯·马丁爵士结了婚。这让弗农太太确信了她以前只是怀疑的事,那就是她本可以省去恳请带走弗莱德莉卡的麻烦,苏珊夫人其实从一开始就是这样打算的。弗莱德莉卡来做客名义上说是六个星期,然而,她的母亲尽管写了一两封亲热的信邀请她返回,却不加犹豫地答应这群人的请求,同意延长她的居留。在接下来两个月的信中,她不再提到弗莱德莉卡不在身边的事;再接下来两个月乃至更久的时间里,她根本就不给她写信了。弗莱德莉卡于是在叔叔和婶婶的家里安顿下来,直到雷金纳德·德·库尔西有心情跟人交谈,接受奉承,被巧施手腕与她坠入爱河——他需要时间克服对她母亲的感情,忘记自己拒绝再次堕入情网的许愿以及对异性的憎恶,这一切花上十二个月的时间才有可能被盼到。对一般人来说三个月就足够了,但雷金纳德感情的持久程度不亚于其激烈的程度。

苏珊夫人对她此番梅开二度是感到幸福还是不幸,我认为是无法查明实情了;因为无论她的说法属于哪一种,又有谁能当真呢?世人只能凭借可能性来推断——与她为敌的东西,只有她的丈夫和她的良心。詹姆斯爵士遭遇的苦难似乎超出了仅仅因愚笨该承受的代价,因此我就让大家去怜悯他吧。对我自己而言,我得说我只能同情梅因沃林小姐:她来到城里,花光了她接下来整整两年的开销,一掷千金置办衣物,只为把他留在手里,结果却被一个年长她十岁的女人骗走了本应属于她的人。